图书在版编目（CIP）数据

诗经选 / 霍振国译注 . — 南京 : 江苏人民出版社，
2023.5
ISBN 978-7-214-26983-6

Ⅰ.①诗… Ⅱ.①霍… Ⅲ.①古体诗—诗集—中国—
春秋时代②《诗经》Ⅳ.①I222.2

中国版本图书馆 CIP 数据核字 (2022) 第 015858 号

书　　　　名	诗经选
译　　　　注	霍振国
责 任 编 辑	胡海弘
装 帧 设 计	凤凰含章
出 版 发 行	江苏人民出版社
地　　　　址	南京市湖南路 1 号 A 楼，邮编：210009
印　　　　刷	文畅阁印刷有限公司
开　　　　本	710 mm×1 000 mm　1/16
印　　　　张	18.5
插　　　　页	4
字　　　　数	367 000
版　　　　次	2023 年 5 月第 1 版
印　　　　次	2023 年 5 月第 1 次印刷
标 准 书 号	ISBN 978-7-214-26983-6
定　　　　价	45.00 元

（江苏人民出版社图书凡印装错误可向承印厂调换）

前言

　　《诗经》是我国最早的一部诗歌总集，具有浓郁的现实主义风格，收录了自西周初年至春秋中叶（公元前 11 世纪—公元前 6 世纪）大约五百年间的诗歌 311 篇，其中 6 篇有题目而无内容，可能为当时的笙诗，后人取其整数，称之为"诗三百"。先秦时期，《诗经》称为《诗》，西汉时《诗》被儒家尊为经典，始称《诗经》，并沿用至今。此外，西汉学者毛亨、毛苌曾为《诗经》作过详实的注疏，这个版本称作《毛诗》，在后世流传最广，影响也最大。

　　《诗经》作品的作者绝大部分已经无法考证，不过可以确定的是，他们生活的地域主要是黄河流域，即西起今甘肃东部，东至山东，北起河北西南，南及江汉流域的古中原地区。

　　关于《诗经》的收集和编辑，历代说法众多，目前主要有以下三种主流：

　　其一，王官采诗说。该说法最早见于《左传》，"襄公十四年"引《夏书》曰："遒人以木铎徇于路。"杜预注云："遒人，行人之官也。木铎，木舌金铃。徇于路，求歌谣之言。"有人据此认为，周天子为了了解民情，会在农忙时派出专门的使者到全国各地采集民谣，再由史官汇集整理后给天子看。当时的采诗官称为"行人""遒人""轩车使者"。故西汉学者刘歆在《与扬雄书》中也称："诏问三代、周、秦轩车使者，遒人使者，以岁八月巡路，求代语、僮谣、歌戏。"《汉书·食货志》载："孟春之月，群居者将散，行人振木铎徇于路，以采诗，献之大师，比其音律，以闻于天子。故曰王者不窥牖户而知天下。"

　　其二，公卿献诗说。该说法称，当年周天子为了考察各诸侯国的民风和国君政绩，"考其俗尚之美恶"，下令诸侯献诗。《国语·周语》载："故天子听政，使公卿至于列士献诗……是以事行而不悖。"《晋语》亦言："古之王者……于是乎使工诵谏于朝，在列者献诗。"

　　其三，孔子删诗说。该说法见于《史记·孔子世家》。其中记载："古者诗三千余篇，及至孔子，去其重，取可施于礼义……三百五篇。"意思是说，孔子时社会上流行的诗有三千余篇，后来孔子根据礼仪标准编选了其中305篇，整理成书。对于这一说法，唐代孔颖达、宋代朱熹、明代朱彝尊、清代魏源等均持怀疑态度，理由是，根据《左传》中的记载，公元前544年鲁国的乐师为吴公子季札奏的"风"诗，次序与现今的《诗经》基本相同，而当时孔子还不到10岁。

综合以上三种说法，现在我们通常认为，《诗经》是经过很多人长时间的收集整理加工而成书的，非一人一时之功。

关于《诗经》中诗的分类，自古即有"四始六义"之说。"四始"指位列"风""小雅""大雅""颂"篇首的四首诗，这四首诗可以看作《诗经》的灵魂所在；"六义"则指与《诗经》息息相关的六个关键词——"风、雅、颂、赋、比、兴"，"风、雅、颂"是《诗经》的三种诗歌类型，"赋、比、兴"则是《诗经》中最主要的三种艺术手法。

"风"的原意是"风俗"，这里借指民谣，它是相对于"王畿"——周天子的直辖区的民歌而言的。"风"包括周南、召南、邶（bèi）、鄘（yōng）、卫、王、郑、齐、魏、唐、秦、陈、桧（huì）、曹、豳（bīn），即今黄河流域之山西、陕西、河南、河北、山东等地15个方国或地区的民歌，称"十五国风"，凡160篇，为《诗经》的核心内容。可以推知的是，这些民歌收入《诗经》时，多半是经过了润色处理的。

"雅"即王畿之乐。周人称"王畿"为"夏"，古代"雅"和"夏"通用，因此有"雅乐"一说。此外，"雅"又有"正"的意思，当时周人把王畿之乐看作正声的典范，犹如清代人把昆腔叫作"雅部"，都带有一种尊崇的意味。朱熹在《诗集传》中说："雅者，正也，正乐之歌也。其篇本有大小之殊，而先儒说又各有正变之别。以今考之，正小雅，燕飨之乐也；正大雅，会朝之乐，受釐陈戒之辞也……词气不同，音节亦异。""雅"乐按音乐的形式又可细分为"小雅"和"大雅"，其中小雅74篇，大雅31篇，凡105篇。这其中固然多半是士大夫的作品，但"小雅"中也有不少类似民谣的作品，如《黄鸟》《我行其野》《谷风》《何草不黄》等。

"颂"是宗庙祭祀的乐歌和史诗，内容多是歌颂祖先的丰功伟绩的。《毛诗序》说："颂者，美盛德之形容，以其成功告于神明者也。"王国维说："颂之声较风、雅为缓。"说的就是这类祭祀音乐的节奏特点。"颂"分"周颂""鲁颂"和"商颂"，其中周颂31篇、鲁颂4篇、商颂5篇，凡40篇。虽说"颂"是祭祀时颂神或颂祖先的乐歌，不过也有例外，比如鲁颂4篇全是歌颂鲁僖公的。

"赋"，按朱熹《诗集传》中的说法，"赋者，敷也，敷陈其事而直言之者也"。就是说，赋是铺陈叙事的，是《诗经》中最基本的表现手法。如"死生契阔，与子成说。执子之手，与子偕老"，即是直接表达自己的感情。

"比"，按朱熹的解释，是"以彼物比此物"，也就是比喻之意，明喻和暗喻均属此类。《诗经》中用"比"的地方很多，手法也富于变化。如《氓》

用桑树从繁茂到凋落的变化来比喻爱情的盛衰；《鹤鸣》用"它山之石，可以攻玉"来比喻治国要用贤人；《硕人》连续用"荑荑"喻美人之手，"凝脂"喻美人之肤，"瓠犀"喻美人之齿等等，都是《诗经》中用"比"的佳例。

"兴"，用朱熹的解释，是"先言他物以引起所咏之词"，也就是借助其他事物为所咏之内容作铺垫。它往往用在一首诗或一章诗的开头。有时一句诗我们拿不准是"比"是"兴"时，可用是否用于句首或段首来辅助判断。比如，《氓》中的"桑之未落，其叶沃若"就是"兴"。最原始的"兴"只是一种发端，同下文并无意义上的关系，表现出思绪的无端飘移、联想。就像"秦风"的《晨风》，开头的"鴥彼晨风，郁彼北林"，与下文的"未见君子，忧心钦钦"云云，我们很难发现彼此间的意义联系。虽然就此例而言，也有可能是因时代悬隔才不可理解，但这种情况一定是存在的。就是在现代的歌谣中，仍可看到这样的"兴"。由于"兴"是这样一种微妙的、可以自由运用的手法，后代喜欢含蓄委婉韵致的诗歌的诗人对此也就特别有兴趣，构成中国古典诗歌的一种特殊韵味。

《诗经》全面地展示了西周初年至春秋中叶的社会生活，真实地反映了我国奴隶社会从兴盛到衰败的历史全貌。它不仅展示了古代劳动人民被剥削被压迫的悲惨命运和他们的反抗斗争，也反映了沉重的兵役和徭役给劳动人民带来的深重灾难；不仅忠实反映了普通人的爱情和婚姻，也忠实反映了历史上许多重大事件。这一切，对于我们考察周代的历史、宗教、文化习俗无疑有很大价值。因此，可以毫不夸张地说，《诗经》其实就是西周初年到春秋中叶这五百年间社会生活的一面镜子。

孔子曾概括《诗经》的特色说："诗三百，一言以蔽之，曰思无邪。"并教育弟子诵读《诗经》以作为立言、立行的标准。先秦诸子中，引用《诗经》者极多，如孟子、荀子、墨子、庄子、韩非子等人在说理论证时，多引述《诗经》中的句子以增强说服力。那么何谓"思无邪"呢？后人注疏说："盖言诗三百篇，无论孝子、忠臣、怨男、愁女，皆出于至情流溢，直写衷曲，毫无伪托虚徐之意。"这里的"思无邪"就是"真情流露、毫不矫饰"的意思。这无疑是对《诗经》最中肯的判词，也是我们后人理解《诗经》的关键切入点。总之，作为我国民间诗歌的不二源头，《诗经》在经历了近三千年的时光洗礼之后，已成为一种文化基因，融入华夏文明的血液之中了。

我们编著的这本《诗经选》是在参考了大量《诗经》版本的基础上精心编纂而成的，分别从原文、注释、译文、解析等方面进行了全新解读。本书译文部分以直译为主，为使行文顺畅，还兼用了意译法，确保通俗易懂。注释部分主要是针对一些较难懂和有争议的字、词进行重点阐释。解析部分力求把原文的思想神髓以简明透彻、浅显易懂的语言表达出来。这本《诗经选》版式新颖，并附有近百幅贴合文意的精美插图，增添了趣味性。本书不仅适合广大初读《诗经》者学习入门，更可以作为研习《诗经》的参考书使用。如果读者能在阅读本书的过程中有些许收获，我们将感到莫大的鼓舞。

目录

2

风

周 南

关雎

原文

关关①雎鸠②，在河之洲③。窈窕④淑女，君子好逑⑤。

参差荇菜⑥，左右流之。窈窕淑女，寤寐⑦求之。

求之不得，寤寐思服。悠哉悠哉，辗转反侧。

参差荇菜，左右采之。窈窕淑女，琴瑟⑧友之。

参差荇菜，左右芼⑨之。窈窕淑女，钟鼓乐之。

注释

①关关：鸟和鸣声。②雎鸠：水鸟名，俗称鱼鹰。③洲：河中的小沙滩。④窈窕：美好的样子。⑤逑：配偶。⑥荇菜：多年生草本植物，叶略呈圆形，浮在水面，根生水底，夏天开黄花，结椭圆形蒴果，全草可入药。⑦寤（wù）寐（mèi）：醒与睡。常用以指日夜。⑧琴瑟：指琴与瑟两种弦乐器。古代常合奏。⑨芼（mào）：扫取，拔。

译文

一起鸣叫的雎鸠，栖息在河中沙滩。文静美好的姑娘，是君子的好配偶。
参差不齐的荇菜，或左或右不停采。文静美好的姑娘，日夜都想去追求。
追求她没有得到，日夜都思念不已。想来想去思不断，翻来覆去难入眠。
参差不齐的荇菜，或左或右把它采。文静美好的姑娘，弹琴奏瑟表亲爱。
参差不齐的荇菜，或左或右把它摘。文静美好的姑娘，击钟鼓使她快乐。

解析

这是描写男子追求爱慕的女子的情诗。它是《风》的开始，也是《诗经》的第一篇。古人把它冠于三百篇之首，可见对它评价很高。《史记·外戚世家》曾经记述说：《易》基

《乾》《坤》，《诗》始《关雎》，《书》美厘降……夫妇之际，人道之大伦也。"又《汉书·匡衡传》记载匡衡上疏云："婚姻之礼正，然后品物遂而天命全。孔子论《诗》以《关雎》为始，言太上者民之父母，后夫人之行不侔乎天地，则无以奉神灵之统而理万物之宜……此纲纪之首，王教之端也。"他们的着眼点是迂腐的，但对诗本义的概括基本正确。

《关雎》一诗形象生动地描绘出青年男子在追求自己心上人时焦虑急迫，昼思夜想难以入眠的相思情景，也表现了在周代礼乐文化规范下的审美情趣以及道德意识。而诗中那些鲜活的词汇，如"窈窕淑女""君子好逑""辗转反侧"等，至今仍被人们使用。

葛覃

原文

葛①之覃②兮，施③于中谷④，维叶萋萋⑤。黄鸟⑥于飞，集于灌木，其鸣喈喈⑦。

葛之覃兮，施于中谷，维叶莫莫⑧。是刈⑨是濩⑩，为絺⑪为绤⑫，服之无斁⑬。

言告师氏⑭，言告言归。薄⑮污我私，薄浣我衣。害浣害否，归宁⑯父母。

注释

①葛：多年生草本植物，花紫红色，茎可做绳，纤维可织葛布。②覃（tán）：延长。③施（yì）：蔓延。④中谷：谷中。⑤萋萋（qī）：茂盛的样子。⑥黄鸟：黄莺。⑦喈喈（jiē）：鸟鸣声。⑧莫莫：茂盛的样子。⑨刈（yì）：斩，割。⑩濩（huò）：煮。⑪绤（chī）：用细的葛纤维织的布。⑫绤（xì）：用粗的葛纤维织的布。⑬斁（yì）：厌倦，懈怠，厌弃。⑭师氏：女师。指抚育古代贵族女子并教授其女德者。⑮薄：语助词。⑯归宁：出嫁女子回娘家探视父母。

译文

葛草长得长又长，蔓延到了山谷中，叶子长得很茂盛。黄莺在丛中飞翔，落在灌木树丛中，鸣叫声声像歌唱。

葛草长得长又长，蔓延到了山谷中，叶子长得很茂盛。割来把它煮一煮，织成粗布和细布，穿上葛衣很舒服。

去向女师告个假，就说我要回娘家。先洗净我的内衣，再洗净我的外衣。洗了的和没洗的衣物要分开，然后回家探望我的父母。

解析

这是一首描写已婚妇女生活的诗歌。在当时的社会，已婚女子要回娘家是一件很不容易的事，同时也是一件大事。所以诗歌中的妇女做了种种准备，例如采葛、煮葛、织成粗细葛布、做好衣服等，然后再去禀告女师，征得她的同意，最后才能回娘家。诗中写出了已婚妇女幸福喜悦的心情，反映了人们尤其是妇女对美满幸福婚姻的追求和向往。全诗采用倒叙的结构，手法别致，先叙新婚的喜悦，再叙婚后的勤劳，最后"卒章显其志"，点出归宁的主旨。

卷耳

原文

采采①卷耳②，不盈顷筐。嗟我怀人，寘③彼周行④。

陟⑤彼崔嵬⑥，我马虺隤⑦。我姑酌彼金罍⑧，维以不永怀。

陟彼高冈，我马玄黄⑨。我姑酌彼兕觥⑩，维以不永伤。

陟彼砠⑪矣，我马瘏⑫矣，我仆痡⑬矣，云何吁矣。

注释

①采采：茂盛，众多。②卷耳：菊科植物，又称"苍耳"或"枲耳"。③真（zhì）：同"置"，放下。④周行：大路。⑤陟（zhì）：登上。⑥崔嵬（wéi）：本指有石的土山，后泛指高山。⑦虺（huī）隤（tuí）：疲乏而生病（多用于马），也作"虺㥊"。⑧金罍（léi）：青铜的大型酒器。金，指青铜。⑨玄黄：马有病的样子。⑩兕（sì）觥（gōng）：古代酒器。腹椭圆形或方形，圈足或四足，有鋬、盖，一般制成带角兽头形。盛行于商代和西周前期。后亦泛指酒器。⑪砠（jū）：上面有土的石山；一说为上面有石的土山。⑫瘏（tú）：疲劳致病，多指马。⑬痡（pū）：疲劳致病，多指人。

译文

卷耳明明很茂盛，采来采去不满筐。只因想念远行人，竹筐丢在大路旁。
登上高高的石山，我的马儿腿儿软。且将酒杯斟满酒，让我不再长思念。
登上高高的山冈，我的马儿眼玄黄。且将酒杯斟满酒，让我不再长忧伤。
登上高高的石山，我的马儿已累瘫。仆人累得走不动，我的忧愁何时完。

解析

诗歌描写一位妇女怀念她外出的夫君，设想夫君在旅途上的种种困顿遭遇。第一章写思妇，二三四章写征夫。妇人的丰富想象如目睹其夫征役之苦一样，这种如梦如痴的想象表达了深深的思念。叙事的层次采用层层递进的写法，以及衬托的手法，都表现了妇人的思念之情。思念是人世间最常见的情感之一，这首诗也为我国的思人诗拉开了序幕。

螽斯

原文

> 螽斯①羽，诜诜②兮。宜尔子孙，振振③兮。
>
> 螽斯羽，薨薨④兮。宜尔子孙，绳绳⑤兮。
>
> 螽斯羽，揖揖⑥兮。宜尔子孙，蛰蛰⑦兮。

注释

①螽（zhōng）斯：虫名。体长寸许，绿褐色。雄虫的前翅能发声，雌虫尾端有剑状的产卵管。②诜诜（shēn）：众多的样子。③振振：众多貌；盛貌。④薨薨（hōng）：成群的昆虫一起飞的声音。⑤绳绳：众多貌；绵绵不绝貌。⑥揖揖：会聚的样子。⑦蛰蛰：团结和顺的样子。

译文

螽斯扇动着翅膀，纷纷聚集在一起。你的子子孙孙们，一定会人丁兴旺。

螽斯扇动着翅膀，哄哄嗡嗡飞一堆。你的子子孙孙们，一定会济济一堂。

螽斯扇动着翅膀，纷纷会聚在一起。你的子子孙孙们，一定会团结和顺。

解析

这是一首祝贺人们多子多孙的祝福诗。古人认为人丁繁衍是家族兴旺的保证。一是由于古代生产力低下，需要充足的劳动力，二是为了子孙能够继承家业。这首诗以"螽斯"作为起兴反映了人们生活中最朴素的愿望。

桃夭

原文

桃之夭夭①，灼灼②其华。之子于归，宜其室家。

桃之夭夭，有蕡③其实。之子于归，宜④其家室。

桃之夭夭，其叶蓁蓁⑤。之子于归，宜其家人⑥。

注释

①夭夭：绚丽茂盛的样子。②灼灼：鲜明的样子。③蕡：硕果累累的样子。④宜：适合，适当。⑤蓁蓁：树叶茂盛的样子。⑥家人：该女子夫家的人。

译文

桃树枝儿多茂盛，桃花朵朵好鲜明。姑娘就要出嫁了，夫妻美满天做媒。

桃树枝儿多茂盛，果实繁多又甘甜。姑娘就要出嫁了，定成和谐好家庭。

桃树枝儿多茂盛，它的叶儿密蓬蓬。姑娘就要出嫁了，幸福美满大家庭。

解析

这是一首祝贺婚姻的诗，每章都用茂盛的桃树起兴。用桃树的枝、花、叶、果来衬托新娘的年轻美丽和朝气蓬勃。

全诗更是采用了重章叠唱的手法，用叠句来突显轻快的旋律，形成一幅有花有人、有声有色、情景交融的美好画面，更反映了古代人民追求美好生活的愿望。古代诗词小说中的"面若桃花、人面桃花"等词语也是受了《桃夭》的影响。

芣苢

原文

采采芣苢①，薄言②采之。

采采芣苢，薄言有之。

采采芣苢，薄言掇③之。

采采芣苢，薄言捋④之。

采采芣苢，薄言袺⑤之。

采采芣苢，薄言襭⑥之。

注释

①芣（fú）苢（yǐ）：即车前子，可以食用。②薄言：发语辞。刘淇《诸子辨略》卷五："薄，辞也；言，亦辞也。薄言，重言之也。《诗》云'薄言'，皆是发语之辞。"③掇：把东西从地上拾起来。④捋：从茎上把籽撸下来。⑤袺：手拿着衣襟兜东西。⑥襭（xié）：把衣襟系在腰带上兜东西。

译文

茂盛的车前子密密麻麻，人们都开始采摘了。

茂盛的车前子密密麻麻，人们都已经采到了。

茂盛的车前子密密麻麻，人们都去拾取了。

茂盛的车前子密密麻麻，人们都从它茎上把籽撸下来。

茂盛的车前子密密麻麻，人们都用手提着衣襟把它兜起来。

茂盛的车前子密密麻麻，人们都把衣襟系在腰带上兜回来。

解析

这是一首优美的劳动者之歌。反映了妇女在采摘车前子时的欢快心情，也记录了当地的一种风俗活动。

整首诗用"采、有、掇、捋、袺、襭"六个动词，清晰地刻画出采摘车前子的画面。也可以看出采摘车前子对于她们的重要性，以及她们对美好生活的憧憬。

汉广

原文

南有乔木，不可休思。汉有游女①，不可求思。
汉之广矣，不可泳思。江之永矣，不可方②思。

翘翘③错薪，言刈④其楚。之子于归，言秣⑤其马。
汉之广矣，不可泳思。江之永矣，不可方思。

翘翘错薪，言刈其蒌⑥。之子于归，言秣其驹。
汉之广矣，不可泳思。江之永矣，不可方思。

注释

①游女：是汉水女神。②方：乘筏渡水。③翘翘：柴草高出一块的样子。④刈：割下。⑤秣：喂养。⑥蒌：蒌蒿。

译文

南山有棵枝干高耸的树，无奈不能在树下休息。汉水的游女多么美丽，无奈却不能追求她。

汉水宽阔无边，确实没法游到对岸。长江水流又急又长，木筏不能渡过汪洋。

柴草生得又杂又高，想把那荆条割下来。她就要出嫁了，快快喂饱她的马。
汉水宽阔无边，确实没法游到对岸。长江水流又急又长，木筏不能渡过汪洋。

柴草长得又杂又高，我去把萎蒿割下来。姑娘如果真要嫁给我，喂好马驹去接她。
汉水宽阔无边，确实没法游到对岸。长江水流又急又长，木筏不能渡过汪洋。

解析

　　这首诗中写虽然有高大的树木却不能休息，虽有爱慕的女子却不能如愿以偿地在一起。他幻想着姑娘可以嫁给他，亲自驾车去迎接她，然汉不可泳，江不可方，那种失落心情与此景融合在一起，刺人心痛，什么原因让他未能如愿以偿？诗给人留下了悬念，这悲苦的爱情使诗歌带着一层忧郁与感伤。

召南

采蘩

原文

于以①采蘩②？于沼于沚③。于以用之？公侯之事。

于以采蘩？于涧之中。于以用之？公侯之宫。

被④之僮僮⑤，夙夜在公。被之祁祁⑥，薄言还归。

注释

①于以：问词，往哪儿。一说语助。②蘩：水草名，即白蒿。可食用，常作祭品。③沚：水中小洲。④被（bì）：古代妇女取他人之发编结披戴的发饰，相当于今之假发。⑤僮僮（tóng）：形容首饰繁多，又说发髻高而蓬松的样子。⑥祁祁：众多的样子。

译文

哪里去采白蒿？在沼泽和沙洲旁。采来白蒿做什么？拿给公侯祭祖先。
哪里去采白蒿？去到幽深山涧旁。采来白蒿做什么？拿给公侯祭宗庙。
头饰佩戴得整齐，从早到晚去庙堂侍奉。首饰佩戴得华丽，侍奉结束才回家去。

解析

这是古代女子采蒿时唱的歌。此诗记叙了古代妇女采白蒿助祭的经过。而到野外去采白蒿，在祭祀场所守候侍奉，肯定不属于王公贵族们干的事。做这些事的只能是下等的仆人，而且是女仆。千辛万苦到野外采来白蒿，是供王公贵族祭祀用；费心劳神打扮装点，不是为自己，而是为别人。当侍奉结束，那曳着松散的发辫行走在回家路上的女宫人，此刻究竟带几分庆幸、几分辛酸，似乎已不必再加细辨——"薄言还归"的结句，已经化作长长的喟叹之声，对此作了无言的回答。

草虫

原文

喓喓①草虫②，趯趯③阜螽④。未见君子，忧心忡忡。亦既见止，亦既觏⑤止，我心则降。

陟彼南山，言采其蕨。未见君子，忧心惙惙⑥。亦既见止，亦既觏止，我心则说⑦。

陟彼南山，言采其薇。未见君子，我心伤悲。亦既见止，亦既觏止，我心则夷⑧。

注释

①喓喓（yāo）：虫鸣叫的声音。②草虫：蝈蝈。③趯趯（tì）：昆虫跳跃的样子。④阜螽：即蚱蜢。⑤觏（gòu）：遇见，相遇。⑥惙惙（chuò）：忧郁不安的样子。⑦说（yuè）：同"悦"，高兴。⑧夷：平静，指心中安定。

译文

草虫喓喓鸣叫，蚱蜢四处蹦跳。没有见到君子，忧思不断真焦躁。已经见到心上人，终于在这时相遇，心里安宁不忧愁。

登上高高南山，采摘鲜嫩蕨菜叶。没有见到君子，忧思不断真凄切。已经见到心上人，终于在这时相遇，心里喜悦乐陶陶。

登上高高南山坡，采摘青青的薇菜。没有见到君子，心中悲伤真烦恼。已经见到心上人，终于在这时相遇，心里平静又欣慰。

解析

这是一首抒写一位女子因思念行役在外的丈夫而引发忧伤情怀的诗。诗首章将思妇置于秋天的背景下，头两句以草虫鸣叫、阜螽相随蹦跳起兴。秋景最易勾起离情别绪，怎奈得还有那秋虫和鸣相随的撩拨，于是埋在妇人心底的相思之情一下子被触动了，激起了心中无限的愁思。而本诗构思的巧妙，就在于打破了常规，完全撇开离情别绪，改用拟想，假设所思者突然出现在自己的面前，那将是如何呢？这里以"既见""既觏"与"未见"相对照，情感变化鲜明，欢愉之情可掬。运用以虚衬实，较之直说如何如何痛苦，既新颖、具体，又情味更浓。人有悲欢离合，月有阴晴圆缺，此事古难全。离别的忧思，相聚的喜悦，以想象为心灵的慰藉，是古往今来人世间永恒的主题，为我们提供了可歌可泣的永恒源泉。

采蘋

原文

于以采蘋①？南涧之滨。

于以采藻？于彼行②潦③。

于以盛之？维筐及筥④。

于以湘⑤之？维锜及釜⑥。

于以奠之？宗室牖下。

谁其尸⑦之？有齐⑧季女⑨。

风·召南

注释

①蘋：一种多年生水草，古人常用作祭品。②行（yǎn）：通假字，通"衍"，水沟。③潦（lǎo）：雨后路上的积水。④筥（jǔ）：圆形的筐。方称筐，圆称筥。⑤湘：烹煮（供祭祀用的牛羊等）。⑥锜（qí）：有足锅。釜：无足锅。⑦尸：主持。古人祭祀时用人充当神，称尸。⑧齐（zhāi）：通假字，通"斋"，指不吃荤，不喝酒，以示对神的恭敬。⑨季女：行将出嫁的少女。

译文

到哪里去采浮萍？就在南面涧水滨。
到哪里去采水藻？就在那水沟积水。
用什么来盛放？有那圆篓和方筐。
用什么来烹煮？有脚的锅与无脚的釜。
祭品安置在哪里？宗庙祠堂窗户下。
谁来主持祭礼？有那斋戒的美丽少女。

解析

此诗描写女子采蘋祭祀的活动。《毛传》云："古之将嫁女者，必先礼之于宗室，牲用鱼，芼之以蘋藻。"全诗三章，每章四句。首章两问两答，点出采蘋菜、采水藻的地点；次章两问两答，点出盛放、烹煮祭品的器皿；末章两问两答，点出祭地和主祭之人。

这首诗的艺术魅力主要源于问答体的章法，而其主要构成因素就是五个"于以"的运用，全诗节奏迅捷奔放，气势雄伟，而五个"于以"的具体含意又不完全雷同，连绵起伏，摇曳多姿，文末"谁其尸之，有齐季女"戛然收束，奇绝卓特，烘云托月般地将季女的美好形象展现给读者。

行露

原文

厌浥①行②露，岂不夙夜？谓③行多露。

谁谓雀无角④？何以穿我屋？谁谓女⑤无家？何以速⑥我狱？虽速我狱，室家不足！

谁谓鼠无牙？何以穿我墉⑦？谁谓女无家？何以速我讼？虽速我讼，亦不女从！

注释

①厌（yì）浥（yì）：形容潮湿的样子。②行（háng）：道路。③谓：同"畏"，意指害怕。④角：啄，嘴。⑤女：同"汝"，你。⑥速：招，致。⑦墉：墙，墙壁。

译文

路上露水湿漉漉，难道不想早赶路？但怕路上露水多。

谁说麻雀没有嘴？怎么啄穿我房屋？谁说你还没成家？为何害我上公堂？即使让我蹲监狱，你也休想把我娶！

谁说老鼠没有牙？怎么穿透我的墙？谁说你还没成家？为何害我吃官司？即使让我吃官司，我也坚决不嫁你！

解析

这首诗是一位不知名的女子为拒绝与一个已有家室的男子重婚而作。首章首句"厌浥行露"起调气韵悲慨，使全诗笼罩在一种阴郁压抑的氛围中，暗示这位女性所处的环境极其险恶，抗争的过程也将相当曲折漫长。次章用比兴方法说明，即使强暴者无中生有，造谣诽谤，用诉讼来胁迫自己，她也决不屈服。第三章谓鼠虽有牙而无穿我墙之理，你已有妻则无使我遭诉讼之理，但你若欲陷我于诉讼，我也不会屈从你。

此诗风骨遒劲，格调高昂，从中我们不难体会到女性为捍卫自己的独立人格和爱情、尊严所表现出来的不畏强暴的抗争精神。这是气节作为主体价值的一种体现。

气节是为了维护某种内在的价值观，比如尊严、人格、理想等，而不顾牺牲现实的实际利益，乃至付出血和生命的代价的表现。这首诗表现出作者崇高的精神追求和思想境界。

羔羊

原文

羔羊之皮，素丝五紽①。退食自公，委蛇委蛇②。

羔羊之革，素丝五緎③。委蛇委蛇，自公退食。

羔羊之缝④，素丝五總⑤。委蛇委蛇，退食自公。

注释

①五紽（tuó）：五，通"午"，岐出、交错；紽，丝结、丝钮。五紽指缝制细密。②委（wēi）蛇（yí）：同"逶迤"，从容自得的样子。③緎（yù）：缝。④缝：皮革。⑤總：即"总"的繁体字，八十根丝为一总。

译文

羊羔皮做的大袄，五处花边白丝缝。吃饱喝足退朝走，逍遥踱步慢悠悠。
羊羔皮做的大衣，五处花边白丝缀。逍遥踱步慢悠悠，吃饱喝足退朝走。
羊羔皮做的大袍，五处花边白丝缠。逍遥踱步慢悠悠，吃饱喝足退朝走。

解析

本诗描写的是身穿羔羊皮裘袄的贵族大夫悠闲自得的生活状态。这首诗清代以前学

者皆以为是赞美在位者的，今人诗说仍是美、刺并存。全诗不用一个讥刺的词，更没有斥责之语，诗人只是冷静而客观地抉取大夫日常生活中习见的一个小片断，不动声色用粗线条写真。但实则表达着对大夫无所事事、无所作为的厌恶。

先映入诗人眼帘的是那官员的服饰——用白丝线镶边的羔裘。《毛诗故训传》说"大夫羔裘以居"，故依其穿戴无疑是位大夫。头两句从视觉来写，暗示其人的身份，第三句是所见也是所想，按常规大夫退朝用公膳，故诗人见其人吃饱喝足由公门出来，便猜想其是"退食自公"。这副貌似悠闲的神态，放在"退食自公"这个特定的场合下，便不免显出滑稽可笑又丑陋可憎了。三章诗重复这个意思，回环咏叹，加深了讥刺意味。

摽有梅

原文

摽①有梅，其实七②兮。求我庶士，迨其吉兮。

摽有梅，其实三兮。求我庶士，迨③其今兮。

摽有梅，顷筐塈④之。求我庶士，迨其谓⑤之。

注释

①摽（biào）：落下。②七：指的是树上的果实还剩下七成。③迨：及，趁着。④塈（xì）：通假字，通"概"，拿，取。⑤谓：说。

译文

梅子熟了纷纷往下落，树上还剩下七成。追求我的好男子，不要错过今天这个好时光。
梅子熟了纷纷往下落，树上还剩下三成。追求我的好男子，要趁着今天这个好时辰。
梅子熟了纷纷往下落，拿着浅筐来拾取。追求我的好男子，只要你说一句话。

解析

这是一篇写女子渴望爱情的诗。由梅子剩下七成到剩下三成到纷纷落地，可以看出女子希望马上得到爱情。所以她告诉男子要"迨其吉兮、迨其今兮、迨其谓之"。可见当时的社会风俗并没有束缚男女之间的爱情，也反映了质朴的民风。

敢于将自己内心的欲求表达出来，而不顾忌外来的压力，这本身就需要极大的勇气，本身就值得赞赏。随着时代的发展，现代的女性早已超越了表达自己内心欲求的方式，而以现实的行动去实现和追求自己的理想。正如时髦话说的："妹妹你大胆地往前走！"这样做，同样需要勇气和自信，同样得到赞赏和讴歌，没有什么可以嘲弄和指责的。

小星

原文

嘒①彼小星，三五②在东。肃肃③宵征，夙夜④在公。寔命不同！

嘒彼小星，维参与昴。肃肃宵征，抱衾与裯。寔命不犹⑤！

注释

①嘒（huì）：微光。②三五：形容星星稀少。③肃肃：急急忙忙赶路的样子。④夙夜：早晚的意思。⑤犹：如。

译文

小星闪着微光，三三五五地镶嵌在天空上。急急忙忙地在夜间赶路，早晚不停地为公家办事。这就是不一样的命运啊！

小星闪着微光，参星和昴星也出现在了天上。急急忙忙地在夜间赶路，拿着自己的被子和床帐。这就是我的命不好！

解析

这是一位下层的官员在外办事，早晚奔波、不能安居的怨歌。全诗都用微弱的星星和在夜间匆忙赶路刻画出了一个劳动者形象，本来夜间应该在家休息，但自己却"抱衾与裯"不能安居。因此发出了"寔命不同、寔命不犹"的感慨。

诗的夜景描写十分生动，将一幅夜间行进图展现在我们面前。诗歌两章均将自然现象与人的命运联系在一起，包含了一种对世间不平的深深抱怨。同时我们也能体会到社会底层人民的辛劳和凄苦。

江有汜

原文

江有汜①，之子归，不我以②。不我以，其后也悔。

江有渚，之子归，不我与。不我与，其后也处③。

江有沱④，之子归，不我过。不我过，其啸⑤也歌。

注释

①汜（sì）：由主流分出而复汇合的河水。②以：用，指需要。③处：忧愁。④沱：江水的支流。⑤啸：号哭。啸也歌，指悔恨地悲歌号哭。

译文

大江滔滔有叉流，这个人儿回故里，不肯带我一同去。不肯带我一同去，将来懊悔来不及。

大江之中有沙洲，这个人儿回故里，不再相聚便离去。不再相聚便离去，将来忧伤定不已。

大江也会有支流，这个人儿回故里，不见一面就离去。不见一面就离去，将来后悔长号哭。

解析

对于本诗有两种不同的理解：一是说弃妇说怨，一是说男子失恋。无论哪种理解，总的基调是一致的，都是对已经破碎的爱情的追忆。

诗人满怀哀怨，唱出了这首悲歌。生活中虽然有"天涯何处无芳草"的大度，但是很多人还是陷于"除却巫山不是云"的执着，给内心带来痛苦的煎熬。这是当代人与古人共有的浪漫情怀。

野有死麇

原文

> 野有死麇①，白茅②包之。有女怀春，吉士③诱之。
>
> 林有朴樕④，野有死鹿。白茅纯束⑤，有女如玉。
>
> 舒而脱脱⑥兮，无感⑦我帨⑧兮，无使尨⑨也吠。

注释

①麇（jūn）：一种似鹿而小的动物，俗名獐子。②白茅：一种夏季开白花的草本植物。③吉士：古时对男子的美称。④朴樕（sù）：小树。⑤纯（tún）束：捆扎，包裹。⑥脱（tuì）脱（tuì）：形容动作文雅舒缓。⑦感（hàn）：通假字，通"撼"，动摇。⑧帨（shuì）：女子的佩巾。⑨尨（máng）：长毛狗，多毛狗。

译文

山野有只死獐子，白茅缕缕将它包。少女春心刚萌动，英俊猎手来追求。

树林里面有小树，荒野有只小死鹿。白茅紧紧把它捆，有位少女颜如玉。
你我悄悄相亲爱，别动我的美佩巾，别惹狗儿汪汪叫。

解析

这是一首优美的爱情诗。前两章以叙事者的口吻旁白描绘男女之情，朴实率真；后一章全录男女相爱时的言语，活泼生动。侧面表现了男子的情炽热烈和女子的含羞慎微。转变叙事角度的描写手法使整首诗情景交融，正面侧面相互掩映，含蓄诱人，赞美了男女之间自然、纯真的爱情。

谈情说爱，男欢女爱，肯定属于不便于说清楚的一类事情。男女幽会，多半在夜里四下无人处，其中幸福甜蜜的滋味，只有两个人才能体会，外人永远不可能分享。这是神奇的、妙不可言的爱情的味道。

驺虞

原文

彼茁①者葭②，壹发五豝③，吁嗟乎驺虞④！

彼茁者蓬⑤，壹发五豵⑥，吁嗟乎驺虞！

注释

①茁：草木初生出来的样子。②葭（jiā）：初生的芦苇。③豝（bā）：雌性的野猪。④驺（zōu）虞：历来有两种说法，一说猎人，一说义兽。⑤蓬：蒿草。⑥豵（zōng）：一岁的小野猪。

译文

芦苇茁壮又茂盛，箭箭射在母猪上，猎手箭法真神奇！
蓬草茁壮又茂盛，箭箭射在小猪上，猎手本领真高强！

解析

本诗是赞美猎人的诗歌。第一章在春和日丽之时，风煦润物，花木秀出，母猪藏匿在郁郁葱葱的芦苇之中，极为隐秘，猎人却能够"壹发五豝"，所获不菲。第二章指出行猎是在蓬蒿遍生的原野，天高云淡，草浅兽肥，虽然猎物小猪不易被发觉，但猎人仍然能够"壹发五豵"，轻松从容。

打猎的地点、背景在变，但猎人的收获同样丰厚，足见其射技之高超。猎手是骑马射箭，勇猛顽强的男子汉。一箭射中五只野猪，将男子汉的高超箭术和英勇气概体现无遗。

邶 风

柏舟

原文

泛彼柏舟，亦泛①其流。耿耿②不寐，如有隐忧③。微我无酒，以敖④以游。

我心匪鉴，不可以茹⑤。亦有兄弟，不可以据⑥。薄言⑦往愬⑧，逢彼之怒。

我心匪石，不可转也。我心匪席，不可卷也。威仪棣棣⑨，不可选也。

忧心悄悄⑩，愠⑪于群小。觏⑫闵⑬既多，受侮不少。静言思之，寤辟⑭有摽。

日居月诸，胡迭⑮而微。心之忧矣，如匪浣衣。静言思之，不能奋飞。

注释

①泛：随水飘荡。②耿耿：忧烦不安的样子。③隐忧：痛苦，忧伤。④敖：通"遨"，遨游。⑤茹：包含，容纳。⑥据：依赖，依靠。⑦言：通"焉"，语气助词。⑧愬：告诉。⑨棣棣：文雅安和，举止得体。⑩悄悄：忧愁的样子。⑪愠：怨恨，愤怒。⑫觏（gòu）：遭遇，遇到。⑬闵：忧愁，忧患。⑭辟：通假字，通"擗"，拍胸。⑮迭：更换，轮流。

译文

柏木小船在河中飘荡，随着水波任意漂流。心中烦躁难以入睡，心头更是藏有无限忧愁。并非没有酒来消愁，姑且随心去遨游。

我的心不是青铜镜，岂能容纳各种事物。我也有亲人和兄弟，有事却不能靠他们。我曾经找他诉过苦，恰逢他发怒坏性情。

我的心不是石头，不能随意地转来转去。我的心不是草席，不能随意地打开卷起。仪表庄重又文雅，不能退让被欺瞒。

忧愁重重难排解，众多小人怨恨我。遇到的愁事已够多，受到的屈辱也不少。仔细考虑种种事，抚心捶胸忧难消。

白天有日夜有月，交替至此暗无光。心头忧愁又惆怅，就像未洗脏衣服。仔细考虑种种事，无法奋起高飞翔。

解析

这是《诗经》中有名的一首抒情诗。然而此诗有两种解释：一是写女子遭人抛弃，又被小人所迫害，但始终坚持真理，不委曲求全；二是怀才不遇的臣子在倾诉自己内心的愤懑。在此主要解释第二种。

《诗序》说："《柏舟》，言仁而不遇也。卫倾公之时，仁人不遇，小人在侧。"说明了当时社会的黑暗，小人当权，仁人志士遭到迫害。

整篇文章以河中随意飘荡的柏树起兴，表达了诗人内心的忧愁烦闷，尽管奸佞当道，但是他会维持自己的尊严，绝不服从于小人，也表现了一个正直官吏的形象。

绿衣

原文

绿兮衣①兮，绿衣黄里。心之忧矣，曷②维其已③。

绿兮衣兮，绿衣黄裳④。心之忧矣，曷维其亡⑤。

绿兮丝兮，女⑥所治兮。我思古人⑦，俾⑧无訧⑨兮。

絺⑩兮绤兮，凄其以风。我思古人，实获我心。

注释

①衣：上衣。②曷：通假字，通"何"。③已：结束，停止。④裳：下衣。⑤亡：通假字，通"忘"，忘记。⑥女：通假字，通"汝"，你。⑦古人：过世的人，文中指亡妻。⑧俾（bǐ）：使。⑨訧（yóu）：过失，罪过。⑩絺（chī）：细葛布。

译文

那件绿色的上衣啊，绿色的面子黄色的里子。看到衣服心里忧伤，不知忧愁之情何时停。

那件绿色的上衣啊，绿色的上衣黄色的下衣。看到衣服心里忧伤，不知忧愁之事何时忘。

那些绿色的丝缕啊，本是你亲手将它纺织的。我思念我的亡妻啊，温柔相劝使我没有过失。

细葛布和粗葛布啊，穿在身上如风吹般凉爽。我思念我的亡妻啊，实实在在符合我的心意。

解析

这是一首悼念亡妻的作品。诗人睹物思人，不能释怀。看到绿衣，想起这是亡妻一针一线亲手缝制的，不禁黯然神伤。又想到妻子生前对自己无微不至的关怀，现在却已物是人非，内心不禁充满忧伤，不知何时才能停止。

诗人的感情来自于内心深处，淳朴自然，深沉含蓄，有很强的感染力，使读者为之动容。此诗堪称是悼亡诗的佳作，对后世的悼亡诗产生了较大影响，如潘岳的《悼亡诗》和元稹的《遣悲怀》便是受其影响。

风·邶风

燕燕

原文

燕燕于①飞，参②池其羽。之子于归，远送于野③。瞻望④弗及，泣涕如雨⑤。

燕燕于飞，颉之颃之⑥。之子于归，远于将之。瞻望弗及，伫立⑦以泣。

燕燕于飞，下上其音。之子于归，远送于南。瞻望弗及，实劳⑧我心。

仲氏任只，其心塞渊⑨。终温且惠，淑慎其身。先君之思，以勖⑩寡人。

注释

①于：语音助词。②参：即"参差"，文中形容燕子起飞时翅膀的形态。③野：野外，郊外。④瞻望：远望。⑤泣涕如雨：泪如雨下。⑥颉：向上飞为颉。颃：向下飞为颃。⑦伫立：久久站立。⑧实劳：思念的忧愁。⑨塞渊：心地忠厚、开阔。⑩勖：勉励。

译文

燕子双双天上飞，参差不齐展翅飞。这位姑娘要出嫁，远送郊外旷野上。远远望去看不到，泪如雨下湿衣裳。

燕子双双天上飞，忽上忽下齐飞翔。这位姑娘要出嫁，送到郊外意茫茫。远远望去看不到，久久站立泪汪汪。

燕子双双天上飞，飞上飞下齐吟唱。这位姑娘要出嫁，送她向南心惆怅。远远望去看不到，辛苦思念欲断肠。

仲氏诚实可信任，心胸忠厚又包容。性格温柔又和善，行为善良又谨慎。劝我常常要念君，她的勉励记心中。

解析

这是一首写离别之景和分离之情的诗。作者有感而发，触景生情。这也是我国最早的送别之作。宋代的许顗赞叹为"真可以泣鬼神！"王士祯更推举其为"万古送别之祖"。然而诗中的送者和被送者究竟为何人至今还众说纷纭。

《毛诗序》说："《燕燕》，卫庄姜送归妾也。"这个说法被大多数读者所相信，而宋代王质在《诗总闻》中则说是"兄送其妹出嫁"。但无论说的是谁，此诗中的离别之情写得都淋漓尽致，读后更有种怅然欲涕的感觉。在诗文最后，当送者的悲情越来越深的时候，更流露出了一种忧国之情。整篇诗的情感深切，意境动人，令人百读不厌。

日月

原文

日居月诸①，照临下土。乃如之人兮，逝不古处②。胡③能有定？宁不我顾。

日居月诸，下土是冒④。乃如之人兮，逝不相好。胡能有定？宁不我报。

日居月诸，出自东方。乃如之人兮，德音⑤无良。胡能有定？俾⑥也可忘。

日居月诸，东方自出。父兮母兮，畜⑦我不卒。胡能有定？报我不述⑧。

风·邶风

注释

①居、诸：语气助词，没有实意。②古处：如"故出"，像原来那样相处。③胡：何，怎么。④冒：覆盖，普照。⑤德音：动听的言辞。⑥俾：使。⑦畜：同"慉"，喜爱。⑧述：循。不述，指不遵循义理。

译文

太阳月亮在天上，光辉普照大地上。世间竟有这种人，不再同我相交往。何时他才能定心？竟然不顾我忧伤。

太阳月亮在天上，光辉照耀着大地。世间竟有这种人，不能同我再相守。何时他才能定心？竟然不知回报我。

太阳月亮在天上，每天升起在东方。世间竟有这种人，花言巧语没心肝。何时他才能定心？使我可把忧伤忘。

太阳月亮在天上，每天在东方升起。我的爹啊我的娘，他竟爱我时不长。何时他才能定心？待我无礼不像样。

解析

这是一首弃妇申诉怨愤的诗。古代学者多认为此诗作者为卫庄姜，所指责的男子为卫庄公，是卫庄姜在被卫庄公遗弃后创作。今人一般认为这是弃妇怨丈夫变心的诗。

在太阳或月亮的光辉照耀下，一位妇人在她的屋旁望日月而申诉——日月能如常地照耀大地，为何我的丈夫不能如以往一样顾念我？

诗中没有具体描写弃妇的内心痛苦，而是着重弃妇的心理刻画。女主人公的内心世界是很复杂的，有种被遗弃后的幽愤，指责丈夫变心。同时她又很怀念她的丈夫，仍希望丈夫能回心转意。这种见弃与有望之间的矛盾，又恰恰是弃妇真实感情的流露，表现了她对爱情的执着。

击鼓

原文

击鼓其镗①，踊跃②用兵③。土国城漕，我独南行。

从孙子仲，平陈与宋。不我以归④，忧心有忡⑤。

爰⑥居爰处，爰丧其马。于以求之？于林之下。

死生契阔⑦，与子成说⑧。执子之手，与子偕老。

于嗟阔兮，不我活兮。于嗟洵⑨兮，不我信⑩兮。

注释

①镗（tāng）：象声词，形容战鼓咚咚的响。②踊跃：形容在演习或者战斗中奋起刺击的样子。③兵：指的是兵器。④不我以归：不让我回去。⑤忡：心神不宁的样子。⑥爰（yuán）：何处，

哪里。⑦契阔：聚散离合。⑧成说（shuō）：立下的誓言。⑨洵（xún）：远，长久。⑩信：诚信。

译文

战鼓擂得咚咚响，练武杀敌勇士忙。别人修路筑城墙，我独从军到南方。
追随将军孙子仲，平定陈国与宋国。完事不让把家回，心神不宁更忧愁。
不知居住在何方，不知战马葬何处。哪里去寻勇士骨？丛林之下树深处。
生死聚散各一方，当初誓言记在心。那时紧握你的手，和你一起到白头。
你我相隔太遥远，生时难以重相见。可是分别太长久，不再相信我誓言。

解析

这是一位远征异国、独行南方、久久不得回乡的士兵唱的一首思乡之歌。诗分五章，前三章征人自叙出征情景，承接紧密，已经如怨如慕，如泣如诉。后两章转到夫妻别时的信誓，谁料到归期难望，信誓无凭，上下紧扣，词情激烈，更是哭声干霄了。写士卒长期征战之悲，无以复加。

全诗只有八十个字，但将被迫南征、生死难测、有家难回的痛苦表达了出来。诗中也真实反映了远征士兵的无奈，叮嘱家人在丛林深处寻找白骨。"死生契阔，与子成说。执子之手，与子偕老。"这两句也成为打动人心的千古名句，更成为流传百世的爱情誓言。

凯风

原文

凯风①自南，吹彼棘心②。棘心夭夭，母氏劬劳③。

凯风自南，吹彼棘薪④。母氏圣善⑤，我无令人。

爰⑥有寒泉，在浚之下。有子七人，母氏劳苦。

睍睆⑦黄鸟，载好其音。有子七人，莫慰母心。

注释

①凯风：指的是南风。②棘心：这里指的是酸枣树发出的嫩芽。③劬（qú）劳：辛劳，操劳。④棘薪：酸枣树长大了可以当柴烧，比喻儿子已经长大。⑤圣善：明智善良。⑥爰：发语词，无义。⑦睍（xiàn）睆（huǎn）：形容黄莺婉转悠扬的叫声。

译文

　　煦煦和风从南来，吹那枣树嫩芽上。枣树枝叶真茂盛，母亲操劳养子忙。

　　煦煦和风从南来，枣树长大可当柴。母亲明智又善良，我辈却是不争气。

　　清凉寒泉透骨凉，源头在那浚县旁。母亲养育子七个，儿女长大娘劳累。

　　黄莺婉转在歌唱，声音悦耳真嘹亮。母亲养育子七个，不能安慰母亲心。

解析

　　这是一首歌颂母爱的诗歌。把母亲比作和煦的南风，把自己比作枣树枝芽。枣树枝芽在和煦南风的吹拂下渐渐长大，母亲哺育儿女成人，而子女们却不能成材安慰母亲的心，因而感到深深地愧疚和自责。诗中虽然没有说明母亲是怎样辛苦劳动的，但其形象还是生动地展现在我们面前。

　　这也是我国最早的歌颂母亲恩情的诗歌。母子亲情是人类当中永恒的、不可磨灭的主题之一，是人与人之间联结得最为牢不可破的纽带，这也是由天性决定的。唐朝诗人孟郊也曾说过，"谁言寸草心，报得三春晖"。

诗经选

匏有苦叶

原文

　　匏①有苦叶②，济③有深涉④。深则厉⑤，浅则揭⑥。

　　有瀰⑦济盈，有鷕⑧雉鸣。济盈不濡轨，雉鸣求其牡⑨。

　　雝雝鸣雁，旭日始旦。士如归妻，迨冰未泮⑩。

　　招招⑪舟子，人涉卬⑫否。不涉卬否，卬须⑬我友。

注释

　　①匏（páo）：葫芦。葫芦长成熟后挖空，绑在人身上可以使人漂浮渡河。②苦叶：枯叶。叶枯意味葫芦熟透。③济：水名，发源于河南济源县，经流山东入渤海。④涉：可以踏着水渡过的地方，文中指渡口。⑤厉：一说不解衣涉水，一说拴葫芦在腰泅渡。⑥揭：提起下衣渡水。⑦瀰（mǐ）：形容水满。⑧鷕（yǎo）：雌山鸡叫声。⑨牡：雄野鸡。⑩泮（pàn）：融解。⑪招招：招手的样子。⑫卬（áng）：我。⑬须：等待。

译文

葫芦瓜有苦味叶，济水深处有渡口。水深垂衣缓缓过，水浅提衣快快走。
济河水满白茫茫，雌野鸡叫声咯咯。济河水满不湿轴，野雉求偶鸣声传。
大雁雝雝鸣叫声，东方天明日初升。你若真心来娶我，趁冰未化先过河。
船夫摇船摆渡过，别人过河我不过。别人过河我不过，只把恋人静静等。

解析

　　此诗描写一位女子在济水渡口等候情人的场景。期盼的爱情充满了喜悦，而爱情的等待却又令人焦躁。这首诗所歌咏的，正是一位年轻女子对情人又喜悦、又焦躁的等候。

　　妙龄少女到了出嫁年龄，满心盼望如意郎君前来求婚，对爱情的期望和幸福的想象都伴随着她的等待。这首诗通过外部景物描写，将女子焦急等待的心情刻画得入木三分，其中有希望，又有坚定的信心，相信自己的心上人一定会来迎娶自己，这种对爱情的执着信念，让人为之心动。

谷风

原文

习习①谷风，以阴以雨。黾②勉同心，不宜有怒。

采葑采菲，无以下体③。德音莫违，及尔同死。

行道迟迟④，中心有违。不远伊迩，薄送我畿。

谁谓荼苦，其甘如荠。宴尔新婚，如兄如弟。

泾以渭浊，湜湜⑤其沚。宴尔新昏⑥，不我屑以。

毋逝我梁，毋发我笱。我躬⑦不阅，遑恤我后。

就其深矣，方之舟之。就其浅矣，泳之游之。

何有何亡⑧，黾勉求之。凡民有丧⑨，匍匐⑩救之。

不我能慉⑪，反以我为雠⑫。既阻我德，贾⑬用不售。

> 昔育恐育鞫，及尔颠覆。既生既育，比予于毒。
>
> 我有旨蓄，亦以御⑭冬。宴尔新昏，以我御穷。
>
> 有洸有溃⑮，既诒我肄。不念昔者，伊余来墍。

注释

①习习：指刮大风的声音。②黾（mǐn）：努力，勉力。③下体：文中指的是蔓菁与萝卜的根，比喻女子美好的道德品质。④迟迟：缓慢的样子。⑤湜湜：水清澈的样子。⑥昏：通"婚"。⑦躬：自身，亲自。⑧亡：通"无"。⑨丧：死亡、灾难的事情。⑩匍匐：尽全力去做这件事。⑪惠：对别人好的意思。⑫雠：冤仇。⑬贾：买卖东西。⑭御：抵挡。⑮有洸（guāng）有溃：形容男子发怒时暴戾的样子。

译文

和煦东风在吹拂，阴云密布雨凄凄。夫妻努力结同心，不该动怒发脾气。
采摘蔓菁与萝卜，不能把根埋地里。往日誓言莫要忘，与你生死不分离。
走在路上慢腾腾，心中充满了忧愁。路途不远不相送，送到房门就止步。
谁说苦菜难下咽，在我看来甜如荠。你们新婚乐无比，彼此亲热像兄弟。
泾水因为渭水浑，泾水底下清澈澈。你们新婚乐无比，不屑与我再亲近。
我的鱼坝你别去，不要开启我鱼笼。可怜身子不容留，哪里还能顾今后。
若是遇到水深处，就用筏和船过河。若是遇到水浅处，游泳渡河到对岸。
家中有无我明白，尽心尽力去筹办。左邻右舍有危难，竭尽全力去救助。
你不爱我也没事，反而拿我当仇人。好心好意你不理，就如货物卖不出。
从前恐慌又贫困，与你一同渡难关。如今丰衣又足食，你却把我当毒虫。
我将物资贮存好，贮存起来好过冬。你们新婚乐无比，拿我储备来过冬。
粗声恶气发怒火，家务繁重留给我。全然不念往日情，当初恩爱一场空。

解析

这是一篇遭到丈夫抛弃的女子写的怨诗。主人公是一位勤劳善良、性格温和、贤良淑德的女子，而丈夫却忽视了她的美德，忘记了当初的甜言蜜语，反而恶语相向。女子吃苦耐劳、勤劳持家，在贫困的家境渐渐好转后，丈夫却视妻子如毒虫。

诗中成功塑造了两种人物的形象——贤良淑德、痴心多情的女子，以及朝秦暮楚、少情寡义的男子。全诗通过男女之间的对比，也加深了我们对女子的同情，以及对男子的厌恶。

式微

式^①微式微，胡^②不归？微君之故，胡为乎中露^③？

式微式微，胡不归？微君之躬^④，胡为乎泥中？

注释

①式：发语词。②胡：怎么，为什么。③中露：雨露中，文中指的是在雨露中劳作。④躬：身体。

译文

天就要黑啦，天就要黑啦，为什么还不回家呢？如果不是国君的缘故，又怎会身受霜露之苦呢？

天就要黑啦，天就要黑啦，为什么还不回家呢？如果不为国君的贵体，又怎会在泥泞中劳作呢？

解析

这是鞭笞统治者奴役劳动人民的诗歌。全诗有二十六个字是重复使用的，却丝毫不显呆板，将劳动者的艰辛更直接地表现了出来。劳动者在霜露和泥泞中劳作挣扎，而统治阶级却过着作威作福的生活。

此诗情感自然而发，写出了劳动人民的悲惨命运，也歌唱出了劳动者的内心悲愤。

简兮

原文

简^①兮简兮，方将万舞。日之方中，在前上处。

硕人^②俣俣^③，公庭万舞。有力如虎，执辔^④如组。

左手执龠^⑤，右手秉翟^⑥。赫^⑦如渥赭，公言锡^⑧爵。

山有榛，隰^⑨有苓。云谁之思？西方美人^⑩。彼美人兮，西方之人兮。

诗经选

注释

①简：鼓声。简兮简兮，形容舞前鼓声四起。②硕人：身材高大魁梧的人。③俣俣：魁梧健美。④辔（pèi）：马缰绳。⑤龠（yuè）：古时一种管乐器。⑥翟（dí）：野鸡尾巴的毛。⑦赫：红色。⑧锡：赐。⑨隰（xí）：低湿的地方。⑩西方：周王室所在地。美人：文中指舞师。

译文

鼓声咚咚擂得响，万舞马上要开场。日头高照正当顶，舞师正在前排头。
身材高大又魁梧，宫廷里面当众舞。强壮有力如猛虎，手执缰绳像织布。
左手拿着六孔笛，右手挥动雉尾毛。面色红润如褐土，国君赐酒请他喝。
榛树生长在山上，苦苓长在低湿地。心里思念是谁人？正是王室的舞师。舞师已去无踪影，身在王室情难传。

解析

本诗用词隐约，表情婉转。所以全诗旨趣缥缈难测。旧说是讽刺卫君不能任贤授能，使贤者居于伶官的诗，而今多说为一名女子对宫廷舞师的爱慕之情。

全诗共四章，第一章写卫国宫廷举行宴会，有舞师起舞助兴，突出舞师高大魁梧的身躯和威武健美的舞姿；第二章写舞师武舞时的雄壮勇猛，第三章写他文舞时的雍容优雅、风度翩翩；第四章是这位女性情感发展的高潮，倾诉了她对舞师的深切慕悦和刻骨相思。

泉水

诗经选

原文

毖^①彼泉水，亦流于淇。有怀于卫，靡日不思。娈^②彼诸姬，聊^③与之谋。

出宿于泲^④，饮饯于祢^⑤。女子有行，远父母兄弟，问我诸姑，遂及伯姊。

出宿于干，饮饯于言。载脂载舝^⑥，还车言迈^⑦。遄^⑧臻于卫，不瑕有害？

我思肥泉，兹^⑨之永叹。思须与漕，我心悠悠。驾言出游，以写^⑩我忧。

注释

①毖（bì）：泉水流淌的样子。②娈：美好的样子。③聊：一说愿，一说姑且。④泲（jǐ）：卫国地名。⑤祢（nǐ）：卫国地名。⑥舝（xiá）：车轴头上的装饰。⑦迈：往，指归卫之行。⑧遄（chuán）：疾速。⑨兹：同"滋"，增加。⑩写：通"泻"，宣泄。

译文

泉水汩汩清清流，一直流到淇水里。思念卫国我故土，没有一日不相思。同姓美丽好姑娘，要和她们细商量。

出嫁赴卫宿在泲，饮酒饯行在祢地。姑娘出嫁到远方，远离父母和兄弟。回家问候姑姑们，还有我的姐姐们。

出门曾在干地住，饮酒饯行在言地。涂上车油上好轴，调头回家走得快。赶快回到卫国去，回去看看有何害？

思念卫国那肥泉，不禁抚心长感叹。思念故乡须和漕，我心忧郁不称意。驾上大车出游去，聊以宣泄心中愁。

解析

这是一首表达远嫁他国的卫国女子思念家乡之情的曲子。诗歌第一章"毖彼泉水，亦流于淇"两句，用泉水流入淇水起兴，委婉道出自己归宁的念头。二章写欲归不得，设想当初出嫁之时与家人饮饯诀别的情景。如今物换星移，寒暑数易，家人近况无由获知，颇令自己牵挂，归宁的念头更加坚定。第三章好似与第二章重复，但却是幻境中再生幻境，设想归宁路途上的场景，车速之快疾与主人公心情之迫切相互映发衬托。速去速回，合情合理，但最终仍不能成行，"不瑕有害"一句含蓄蕴藉。四章写思归不成，欲罢不能，只好考虑出游消忧以解思乡之愁。

家园是人类心灵中最为持久和强烈的冲动来源。久居家园的人也许不易体验到这种冲动的强烈程度，也难以对思乡愁绪有深切的感触。可假如一旦脱离家园，或者丧失家园，就会切身地体会到家园的可亲可爱。

北门

原文

出自北门，忧心殷殷①。终窭②且贫，莫知我艰？
已焉哉③！天实为之，谓之何哉！

王事适④我，政事一埤益我。我入自外，室人交遍谪⑤我。
已焉哉！天实为之，谓之何哉！

王事敦⑥我，政事一埤遗我。我入自外，室人交遍摧⑦我。
已焉哉！天实为之，谓之何哉！

注释

①殷殷：忧伤郁闷的样子。②窭（jù）：贫苦简陋。③已焉哉：既然这样了。④适（zhì）：同"摘"，扔。⑤谪：指责，责怪。⑥敦：逼迫。⑦摧：讥笑，讽刺。

译文

匆匆走出城北门，忧愁烦恼苦闷深。处境寒酸家境贫，谁能知道我艰辛？
算了吧！老天安排就这样，我还能够怎么样！

王朝差事丢给我，政事全都加给我。累了一天回到家，家人轮流责怪我。
算了吧！老天安排就这样，我还能够怎么样！

王朝差事逼迫我，政事全都丢给我。累了一天回到家，家人讥笑说我傻。
算了吧！老天安排就这样，我还能够怎么样！

解析

这是一首下层官吏诉说自己愁苦的诗。他整天为政事奔波，有忙不完的差使，工作辛苦，却没有得到相应的补偿。回到家中，还要受到家人的嘲讽和讥笑。无可奈何之下，他发出了"已焉哉，天室为之，谓之何哉"的感叹。

此诗通过下层官吏之口反映了当时的社会现象，以及他的凄苦处境。下层官吏的生活况且如此，那下层民众的生活更是苦不堪言了。

北风

原文

北风其凉，雨①雪其雱②。惠而③好我，携手同行④。其虚其邪⑤，既亟只且。

北风其喈，雨雪其霏⑥。惠而好我，携手同归。其虚其邪，既亟只且。

莫赤匪狐，莫黑匪⑦乌。惠而好我，携手同车。其虚其邪，既亟只且。

注释

①雨（yù）：落下。②雱（pāng）：形容雪大的样子。③惠而：即惠然，顺从，赞成的意思。④同行：一起同行的意思。⑤邪（xú）："徐"的同音假借词。⑥霏：大雪纷飞的样子。⑦匪：非。

译文

北风阵阵透骨凉，雪花漫天白茫茫。赞成我的好朋友，共同携手快逃亡。岂能迟疑又徘徊，处境危急莫等待。

北风阵阵透骨寒，雪花纷飞白茫茫。赞成我的好朋友，共同携手回家乡。岂能迟疑又徘徊，处境危急莫等待。

天下狐狸色都红，天下乌鸦一般黑。赞成我的好朋友，共同携手快离去。岂能迟疑又徘徊，处境危急莫后悔。

解析

这是一首写卫国百姓们相伴逃亡的诗歌。国君暴虐、危难将至，卫国的百姓相携而逃。诗中所描写的"北风其喈，雨雪其霏"，不仅是在描述当时的天气状况，也是在影射当时的政治环境。

本诗中"莫赤匪狐，莫黑匪乌"这一句揭露了先秦时代统治阶级黑暗的统治。而诗中的这两种动物也为环境增添了几分凄冷和阴暗。这种比兴手法的运用，使诗句意蕴丰富，耐人玩味。

静女

原文

静女①其姝，俟②我于城隅。爱③而不见，搔首踟蹰④。

静女其娈⑤，贻⑥我彤管。彤管有炜，说⑦怿女美。

自牧归荑，洵⑧美且异。匪女⑨之为美，美人之贻。

注释

①静女：文静贤惠的姑娘。②俟：等待。③爱：通假字，同"薆"，隐藏。④踟蹰：徘徊，犹豫。⑤娈：美好的样子。⑥贻：赠送。⑦说：通假字，通"悦"，喜爱的意思。⑧洵：的确，确实。⑨女：通假字，通"汝"，你。

译文

姑娘端庄又文静，暗中约我在城角。故意躲藏不露面，挠头徘徊心彷徨。
姑娘纯洁又漂亮，亲手送我红管草。管草红得发亮光，我最爱它真鲜艳。
亲手采荑送给我，确实奇异又美好。并非荑草真奇异，美人所赠不寻常。

解析

　　这是一首写青年男女幽会的诗歌。以男子的口吻来叙述，诉说他们甜蜜的爱情，可以看出诗中的男女是一对自由恋爱的情侣，反映了古代青年对美好爱情的追求。

　　首章写他们相约在城角，女子故意躲藏起来不见他，男子抓耳挠腮，焦急不安。第二章写男子对姑娘赠送的礼物视如珍宝。诗篇构思灵巧、意境优美、刻画生动，表现了青年男女恋爱的自由和甜蜜。

新台

原文

　　新台有泚①，河水瀰瀰②。燕婉③之求，籧篨④不鲜。

　　新台有洒⑤，河水浼浼⑥。燕婉之求，籧篨不殄⑦。

　　鱼网之设，鸿⑧则离⑨之。燕婉之求，得此戚施⑩。

注释

　　①泚（cǐ）：形容鲜明的样子。②瀰瀰（mǐ）：大水茫茫。③燕婉：燕，安；婉，顺。指夫妇和好。④籧（qú）篨（chú）：癫蛤蟆。⑤洒（cuǐ）：高峻的样子。⑥浼浼（měi）：河水涨满的样子。⑦殄（tiǎn）：通"腆"，美好。⑧鸿：蛤蟆。⑨离：通"罹"，遭受。⑩戚施：本意为蟾蜍，文中指人长得丑。

译文

　　新台倒影好鲜明，河水洋洋流不停。本想嫁个俊少年，丑陋老公太不行。
　　新台倒影长又长，河流不停汪洋洋。本想嫁个俊少年，丑陋老公太不好。
　　撒下渔网落了空，一个蛤蟆落网中。本想嫁个俊少年，偏偏摊上丑八怪。

解析

　　此诗讽刺卫宣公厚颜无耻，强占儿媳为妻。卫宣公是个淫昏的君王。他曾与其后母夷姜乱伦，生子名伋。伋长大成人后，卫宣公为他聘娶齐女，只因新娘是个大美人，他便改变主意，在河上高筑新台，把齐女截留下来，霸为己有，就是后来的宣姜。卫国人对宣公所作所为实在看不惯，便编了这首歌来挖苦他。

　　诗中以蛤蟆作比，突出了卫宣公的丑陋，而少女的反复感叹，也让人在气愤的同时深感惋惜。统治者要求百姓遵从礼教，自己却寡廉鲜耻；要求百姓忠贞不贰，自己却两面三刀；要求百姓规规矩矩，自己却为所欲为；要求百姓克己奉公，自己却以权谋私。这就是封建道德的虚伪性。

诗经选

二子乘舟

原文

二子乘舟，泛泛①其景②。愿③言思子，中心养养④。

二子乘舟，泛泛其逝⑤。愿言思子，不瑕有害。

注释

①泛泛：船在水中行走的样子。②景：同"憬"，远行的样子。③愿：思念。④养养：忧愁不定的样子。⑤逝：往。

译文

两个孩子乘船走，船儿飘飘远去了。多么思念你俩啊，心中恋意难除。

两个孩子乘船走，船影逐渐远去了。多么思念你俩啊，切莫遭遇灾祸。

解析

这是一首描写父母送别乘舟远行的孩子的诗歌。古今不少学者认为是卫太子伋的傅母所作。

首句是近景，两位年轻人终于拜别亲友登船；二句即镜头拉开，刹那间化作了一叶孤舟，在浩渺的河上飘飘远去。画面视点在送行者这边，所以画境之由近而远，同时就融入了送行者久立河岸、骋目远望的悠长思情。

全诗无一句比兴，诗中的意象，只有"二子"与一再重现和消逝的小舟。但这简简单单三十二字，却将这种离别的人间之情表达得淋漓尽致，让人动容。

鄘 风

柏舟

原文

泛①彼柏舟，在彼中河②。髧③彼两髦，实④维我仪⑤。之死矢靡它⑥。母也天只，不谅人只！

泛彼柏舟，在彼河侧。髧彼两髦，实维我特⑦。之死矢靡慝⑧。母也天只，不谅人只！

注释

①泛：形容船在河中不停漂荡的样子。②中河：河中。③髧（dàn）：头发下垂的样子。④实：是。⑤仪：指的是配偶。⑥矢靡它：没有其他的。⑦特：指的是配偶。⑧慝（tè）：更改。

译文

柏木小船漂荡荡，正好在那河中央。垂发齐眉好少年，是我心中好配偶。誓死不会变志向。我的天哪，我的娘，为何你们不体谅！

柏木小船漂荡荡，正好在那河边上。垂发齐眉好少年，是我心中好配偶。誓死不会变志向。我的天哪，我的娘，为何你们不体谅！

解析

这是一位宣扬爱情自由，要求婚姻自主的诗歌。诗歌以柏木小船起兴，隐含着命运的飘忽不定。诗中的女子已有自己意中的对象，但母亲却让她另嫁他人，所以她满腔怨恨，发誓要和母亲对抗到底。

这首诗表现了当时民间婚恋的现实状况：一方面，人们在一定范围内仍享有一定的恋爱自由，原始婚俗亦有传承；另一方面，普遍的情况已是礼教已通过婚俗和舆论干预生活。所以诗中女子既自行择欢，却又受到母亲的制约。但是，哪里有压迫哪里就有反抗，诗中也就表现了青年男女为了争取婚恋自由而产生的反抗意识。这也是追求自由爱情最早的诗歌之一，对后世影响较大。

墙有茨

原文

墙有茨①，不可掃②也。中冓③之言，不可道也。所可道也，言之丑也。

墙有茨，不可襄④也。中冓之言，不可详也。所可详也，言之长也。

墙有茨，不可束⑤也。中冓之言，不可读也。所可读⑥也，言之辱也。

注释

①茨（cí）：蒺藜。②掃：同"扫"。③中冓：宫廷内部。④襄：扫除，清除。⑤束：打扫干净的意思。⑥读：说，宣扬。

译文

那墙上的蒺藜，不能把它扫除。宫廷中的私事，可不能传播它。如果传出去了，实在丢死人。

那墙上的蒺藜，不能把它去除。宫廷中的私事，可不能细细说。如果说出去了，丑事太多了。

那墙上的蒺藜，可不能去掉它。宫廷中的事情，可不能乱宣扬。如果到处乱说，小心受惩罚。

解析

这是一首讽刺卫国君荒淫无耻的诗歌。卫宣公掠夺了儿子的妻子宣姜，卫宣公死后，长子顽又与宣姜生下了三男二女。这些宫廷中的丑行也是其国家没落的标志。诗的手法是含蓄的，用"中冓之言"来揭露统治者丑恶无耻的行径。以"墙有茨"起兴，也更加耐人寻味。

本来，当时卫国宫闱丑闻是妇孺皆知的，用不着明说，诗人特意点到为止，以不言为言，调侃中露讥刺，幽默中见辛辣，比直露叙说更有情趣。此外，全诗皆为俗言俚语，六十九个字中居然有十二个"也"字，相当今语"呀"，读来节奏绵延舒缓，意味俏皮而不油滑，与诗的内容相统一。

诗经选

鹑之奔奔

原文

鹑①之奔奔②，鹊之彊彊③。人之无良，我④以为兄⑤。

鹊之彊彊，鹑之奔奔。人之无良，我以为君。

注释

①鹑：鸟名，即鹌鹑。②奔奔：形容成双相随飞行的样子。③彊彊：同奔奔。④我："何"之借字，古音"我""何"相通。⑤兄：代指君主。

译文

鹌鹑双双共相随，喜鹊对对齐飞翔。那人德坏又无耻，为何尊他做兄长。
喜鹊双双齐歌唱，鹌鹑对对共飞行。那人腐败又无耻，为何尊他为国君。

解析

这首诗的主旨是讽刺、责骂卫国君主荒淫无耻。全诗两章，每章四句，均以"鹑之奔奔"与"鹊之彊彊"起兴，极言禽兽尚有固定的配偶，而卫宣公纳媳杀子、荒淫无耻，其行为可谓腐朽堕落、禽兽不如，枉为人兄、人君。全诗两章只有"兄""君"两字不重复，虽然诗人不敢不以之为兄、以之为君，貌似温柔敦厚，实则拈出"兄""君"两字，无异于对卫宣公进行口诛笔伐，畅快直切、鞭辟入里。

定之方中

原文

定①之方中，作于楚宫②。揆③之以日，作于楚室。树之榛栗，椅④桐梓漆，爰伐琴瑟。

升⑤彼虚⑥矣，以望楚矣。望楚与堂，景山与京⑦。降观于桑，卜云其吉，终然允臧。

灵雨既零⑧，命彼倌人，星言夙驾，说⑨于桑田。匪直也人，秉心塞渊，騋牝⑩三千。

注释

①定：定星，又叫营室星。十月之交，黄昏时分，营室星当空而立，宜定方位，造宫室。②楚

宫：楚丘的宫庙，楚丘在今河南滑县东。③揆：测度。④椅：梧桐一类的树。⑤升：登。⑥虚：山丘。⑦京：高丘。⑧零：落（雨）。⑨说（shuì）：歇息。⑩騋（lái）：七尺以上的马。牝：母马。

译文

营室星照天正中，楚丘动土筑新宫。度量日影测方向，楚丘造房正开工。栽种榛树和栗树，还有梓漆与椅桐，成材伐作琴瑟用。

登临漕邑废墟上，眺望遥远楚丘地。望了楚丘望堂邑，测量大山和高丘，走下田地看农桑。求神占卜显吉兆，结果正是好地方。

好雨夜间已停息，吩咐倌人传命令。天晴早早把车赶，歇在桑田劝农耕。他是正直有为人，内心充实又深沉，拥有良马三千多。

解析

这首诗意在歌功颂德，称颂的对象则是卫文公。卫国懿公当道时，荒淫腐败，民心离散。公元前660年，狄人攻卫，卫人无斗志，懿公死，卫亡。卫遗民不足千人渡过黄河，齐、宋援卫，立戴公，居于漕邑（今河南滑县旧城东）暂栖。前658年，齐桓公率诸侯助卫迁于楚丘。卫文公受命于危亡之际，励精图治，兢兢业业，卫国日渐强盛。这首诗短小精悍，用简短的语言概括叙述历史事件，因而显得气象宏大，加之诗句中隐含许多天文地理的古代文化成分，使其更具艺术魅力。

蝃蝀

原文

蝃蝀①在东，莫之敢指。女子有行②，远父母兄弟。

朝隮③于西，崇朝④其雨。女子有行，远兄弟父母。

乃如之人也，怀⑤昏姻也。大无信⑥也，不知命也。

注释

①蝃（dì）蝀（dōng）：彩虹，爱情与婚姻的象征。②行：出嫁。③隮（jī）：一说升云，一说虹。④崇朝：整个早晨。⑤怀：古与"坏"通用，破坏，败坏。⑥信：贞洁。

译文

一条彩虹出东方，没人胆敢将它指。一个女子出嫁了，远离父母和兄弟。

朝虹出现在西方，早上全是蒙蒙雨。一个女子出嫁了，远离兄弟和父母。

这样一个恶女子，破坏婚姻和礼节。太没贞洁真无理，父母之命不知依。

解析

　　此诗的主题是指责一个女子不听父母之言私自与恋人私奔的行为，表现了当时的婚姻习俗和古代的礼节。按现代人的眼光来看，这个不从母命的私奔女子，其实正是一个反抗礼教制度、争取婚姻自由的勇敢女性。封建社会对婚丧喜庆有着极其严格的礼仪规定，如婚事就得依父母之命、媒妁之言，当事人无权自主择偶。因此，这种大胆的私奔行为必定为封建礼教所不容，一些所谓的正人君子便将她视作淫妇而进行严厉的斥责。这首诗的现实意义也在于此，揭露了封建社会的吃人本质。

相鼠

原文

相①鼠有皮，人而无仪②！人而无仪，不死何为③？

相鼠有齿，人而无止④！人而无止，不死何俟⑤？

相鼠有体，人而无礼！人而无礼！胡不遄⑥死！

注释

　　①相：看，视。②仪：威仪，好样子。③何为：做什么，干什么。④止：用礼仪来约束自己的行为。⑤俟：等待。⑥遄：快。

译文

　　看那老鼠还有皮，做人不能没仪容！做人如果没仪容，为什么不早早死？
　　看那老鼠还有齿，做人不能没节制！做人如果没节制，不死等着做什么？
　　看那老鼠还有体，做人不能不守礼！做人如果不守礼，赶快去死别犹豫！

解析

　　这是一首讽刺诗。《毛诗序》中所说"《相鼠》，刺无礼也"，讽刺斥责官员身居高位却不讲礼仪，做些不可见人的龌龊事。诗中用老鼠来和统治者们相比，老鼠还"有皮""有齿""有体"，可是这些龌龊的统治者却"无仪""无礼""无止"。而"胡不遄死"这句则表现了人民对他们的厌恶之情。

　　诗中所讽刺的具体是什么人，现在已无从考证。但可以确定的是，诗人当时是有所指的，这也反映了当时社会道德的低下，这样没有道德的人怎么能治理好国家，怎么能使人民丰衣足食呢?

载驰

原文

　　载①驰载驱，归唁②卫侯。驱马悠悠③，言至于漕。大夫跋涉，我心则忧。

　　既不我嘉④，不能旋反。视⑤尔不臧，我思不远。既不我嘉，不能旋济。视尔不臧，我思不閟⑥。

　　陟彼阿丘，言⑦采其蝱⑧。女子善怀⑨，亦各有行。许人尤⑩之，众稚且狂。

　　我行其野，芃芃⑪其麦。控于大邦，谁因谁极。大夫君子，无我有尤。百⑫尔所思，不如我所之。

注释

①载："乃"的意思，发语词。②唁（yàn）：吊唁，慰问死者家属。③悠悠：远的样子。④嘉：赞许，赞同，认为好。⑤视：比较。⑥閟（bì）：同"闭"，闭塞不通。⑦言：语助词。⑧蝱（máng）：贝母草。⑨善怀：多忧思，多思虑。⑩尤：反对。⑪芃芃（péng）：草茂盛的样子。⑫百：形容多的意思。

译文

车马奔驰加快鞭，回到卫国去吊唁。策马向前路遥遥，真想一步到漕地。许国大夫来追我，他们如此我忧虑。

既然你们不赞同，我又不能往回赶。看来你们没良策，我的计划就可行。既然你们不赞同，我又不能重返城。看来你们没良策，我的想法能实现。

登上那个高山丘，采集贝母治忧愁。虽说女子爱多想，必是自有其主张。许国大夫反对我，他们幼稚又狂妄。

我在田野独自行，麦苗茂密不忍看。快求大国来相助，依靠他们来救援。许国大夫臣子们，不要责怪我主张。尽管你们计谋多，不如让我跑一趟。

解析

相传此诗为许穆夫人所作。许穆夫人名义上是卫宣公与宣姜之女，实际上是顽与宣姜私会所生。卫国被狄人所灭后，由于得到宋国的帮助，在漕邑安顿下来。许穆夫人知道这个情况后，立即赶去慰问，并提出了要联合起来共同对抗狄国的主张，遭到许国大夫的强烈反对。许穆夫人悲愤交加，写了这首诗歌来表达对故国的担忧和强烈的爱国主义情感。

许穆夫人也是我国历史上有最早记载的女诗人，是一位有政治头脑、有坚定主见又极富爱国激情的女子。

风·鄘风

卫风

淇奥

诗经选

原文

瞻彼淇奥①，绿竹猗猗②。有匪③君子，如切如磋，如琢如磨。瑟兮僩④兮，赫兮咺⑤兮。有匪君子，终不可谖⑥兮。

瞻彼淇奥，绿竹青青。有匪君子，充耳琇莹⑦，会⑧弁⑨如星。瑟兮僩兮，赫兮咺兮，有匪君子，终不可谖兮。

瞻彼淇奥，绿竹如箦⑩。有匪君子，如金如锡，如圭如璧。宽兮绰兮，猗⑪重较⑫兮。善戏谑兮，不为虐⑬兮。

注释

①奥（yù）：水流弯曲的地方。②猗猗（yī）：形容初生的竹子柔弱貌美。③匪：形容文采斐然。④僩（xiàn）：神态庄重。⑤咺（xuān）：坦荡。⑥谖（xuān）：忘记。⑦琇莹：晶莹明澈。⑧会（kuài）：帽子缝合的地方，缀玉于冠缝上。⑨弁（biàn）：古代一种鹿皮帽。⑩箦（zé）：浓密。⑪猗（yǐ）：通"倚"，依靠。⑫重（chóng）较（jué）：车厢上的两重横木，古人乘车常倚靠在横木上。⑬虐：粗暴，过分。

译文

看那淇水岸弯弯，碧绿竹林连片片。高雅先生是君子，学问精湛，品德良善。神态庄重胸怀广，地位显赫有威严。高雅先生真君子，一见难忘记心间。

看那淇水岸弯弯，绿竹袅娜连一片。高雅先生真君子，美丽良玉垂耳旁，宝石镶帽如星星。神态庄重胸怀广，地位显赫更威严。高雅先生真君子，一见难忘记心田。

看那淇水岸弯弯，绿竹葱葱连一片。高雅先生真君子，青铜器般精坚，玉器般庄严。宽宏大量真旷达，倚靠重较驰向前，谈吐幽默真风趣，只开玩笑不刻薄。

解析

这是一首赞歌。《毛诗序》说:"《淇奥》,美武公之德也。有文章,又能听其规谏,以礼自防,故能入相于周,美而作是诗也。"先秦时代是中华民族不断凝聚走向统一的时代,人们渴望和平、富裕的生活。在那样一个时代,人们自然把希望寄托在圣君贤相、能臣良将身上。这首诗便是赞扬了这样一位贤臣。

这首诗从君子的外貌、才能和品德三个方面由外到内地塑造了一个忠贞纯厚、庄重高雅的良臣形象。诗中的"如切如磋,如琢如磨""善戏谑兮,不为虐兮"等句子也成为日后人们用以赞扬某种品格的词语,因此不难看出《淇奥》的影响是十分深远的。

考槃

原文

考槃①在涧,硕人之宽。独寐寤言,永矢②弗谖③。

考槃在阿④,硕人之薖。独寐寤歌,永矢弗过。

考槃在陆,硕人之轴⑤。独寐寤宿,永矢弗告。

注释

①考槃(pán):逗留,盘桓,指隐居。②矢:同"誓"。③弗谖(xuān):不忘。④阿:小山坡。⑤轴:自由自在,随和的样子。

译文

逗留盘桓在山涧,贤人心宽又悠闲。独睡醒来独自言,此中乐趣永不忘。
逗留盘桓在山坡,贤人心宽又乐活。独睡醒来独自歌,此中乐趣永不忘。
逗留盘桓在高地,贤人游玩不离去。独睡醒来独自居,此中乐趣不能言。

解析

这是一首赞扬归隐山林,结庐而居的隐士的诗歌。这可能是我们迄今见到的最早的隐逸诗。归隐山林是我国古代士大夫的一种人生选择,许多贤良君子一旦仕途受挫,便选择隐居山林田园,寻找心灵的解脱和慰藉。

全诗分三章,意思连贯。无论这位隐士生活在水湄山间,还是他的言辞行动,都显示畅快自由的样子。诗反复吟咏这些言行形象,用复沓的方式,加深了读者的感受。

同时诗歌通过对环境和隐士形象的描写，将贤人、幽境、愉悦三者相结合，强烈地表达出硕人的隐居，是一种高尚而快乐的行为，是应该受到社会尊重和赞美的。

硕人

原文

硕人其颀①，衣锦褧②衣。齐侯之子，卫侯之妻。东宫之妹，邢侯之姨，谭公维私③。

手如柔荑，肤如凝脂，领④如蝤蛴，齿如瓠犀。螓首蛾眉，巧笑倩⑤兮，美目盼兮。

硕人敖敖⑥，说⑦于农郊。四牡有骄⑧，朱幩镳镳⑨。翟茀以朝。大夫夙退⑩，无使君劳。

河水洋洋⑪，北流活活⑫。施罛濊濊⑬，鳣鲔发发。葭菼揭揭⑭，庶姜孽孽，庶士有朅⑮。

注释

①颀：身材高大的样子。②褧（jiǒng）：古时用细麻布做的罩衣。③私：女子称呼姐姐的丈夫为私。④领：是颈的意思。⑤倩：微笑时脸上的酒窝。⑥敖敖：身材高大的样子。⑦说（shuì）：停下休息。⑧有骄：健壮的样子。⑨镳镳（biāo）：盛美的样子。⑩夙退：早点退朝。⑪洋洋：水盛大的样子。⑫活活（guō）：水流的声音。⑬濊濊（huò）：撒网的声音。⑭揭揭：形容长势旺的样子。⑮朅（qiè）：男子英勇的样子。

译文

身材高挑一美女，身穿锦服和罩衣。她是齐侯的爱女，她是卫侯的娇妻。她是太子的亲妹，她是邢侯的小姨，谭公是她亲妹夫。

手指纤纤如柔荑，皮肤滑腻如凝脂，脖颈美丽如蝤蛴，牙像瓠籽齐又白。额角方方眉细弯，微微一笑现酒窝，美目顾盼流情意。

美人高挑容颜好，停车休息在郊外。四匹雄马真英武，朱丝马勒闪红光。彩羽饰车来上朝，众位大夫早退朝，莫让君王太操劳。

黄河之水浩荡荡，哗哗奔流到北方。撒下渔网呼呼响，鱼儿哗哗进了网。芦苇荻草高又长，陪嫁女子衣华贵，陪从众臣也威武。

解析

　　这是卫人赞美卫庄公夫人庄姜的诗。首篇写庄姜身份高贵外貌美丽，用五个比喻句来描写庄姜的美貌风姿，用"巧笑倩兮，美目盼兮"这八个字传神地将美丽的少女形象展现在我们面前。这句诗也成为后来形容美女的词汇。然而此诗到此并未结束，紧接着写她出嫁时的盛大场面以及沿途的风景。

　　诗在描写动物、静物中，也注意了声音的描写，如撒网的声音、鱼的声音以及水的声音，显然是一幅有情有景、有声有色、动静结合的画面。诗中也大量使用了叠词，使之整齐和谐，在艺术上也形成了独特的风格。

氓

原文

　　氓之蚩蚩①，抱布贸②丝。匪来贸丝，来即我谋③。送子涉淇，至于顿丘。匪我愆期④，子无良媒。将子无⑤怒，秋以为期。

乘⑥彼垝垣，以望复关。不见复关，泣涕涟涟⑦。既见复关，载笑载言。尔⑧卜尔筮，体无咎言。以尔车来，以我贿迁。

桑之未落，其叶沃若。于嗟鸠兮！无食桑葚。于嗟女兮！无与士耽。士之耽兮，犹可说⑨也。女之耽兮，不可说也。

桑之落矣，其黄而陨。自我徂⑩尔，三岁食贫。淇水汤汤⑪，渐车帷裳。女也不爽，士贰其行⑫。士也罔极，二三其德。

三岁为妇，靡室劳矣。夙兴夜寐，靡有朝矣。言既遂矣，至于暴矣。兄弟不知，咥⑬其笑矣。静言思之，躬自悼矣。

及尔偕老，老使我怨。淇则有岸，隰则有泮。总角之宴，言笑晏晏⑭，信誓旦旦⑮，不思其反。反是不思，亦已焉哉！

注释

①蚩蚩：笑嘻嘻的样子。②贸：交换、买卖。③谋：商量结婚的事情。④愆期：过了日子。⑤无：通假字，通"毋"。⑥乘：登上。⑦涟涟：泪止不住往下流的样子。⑧尔：你。⑨说：通假字，通"脱"，摆脱。⑩徂：到了。⑪汤汤：水流滚滚的样子。⑫贰其行：行为举止前后不一样。⑬咥：笑的样子。⑭晏晏：温柔的样子。⑮旦旦：诚恳的样子。

译文

小伙子笑嘻嘻走来，抱着布匹来换丝。其实不是来换丝，而是找我谋婚事。那天送你过淇水，送到顿丘才告辞。不是故意误婚期，你无良媒来联系。请你千万别生气，秋天时节为婚期。

念君登上破城墙，遥望复关觅情郎。望穿双眼不见君，肝肠寸断泪涟涟。又见郎从复关来，说说笑笑乐开怀。你又求神又卜卦，各种卦上无凶言。婚期你赶马车来，我带嫁妆随你归。

桑树叶子未落时，碧绿润泽又茂盛。小斑鸠啊，小斑鸠，不要贪恋吃桑葚。多情女子听我言，勿将男子太迷恋。男子要是迷恋你，他能退步来脱身。女子若是把情恋，魂牵梦绕记心中。

桑树叶子掉落时，枯黄憔悴任飘零。自从嫁到你家来，多年贫困真艰难。淇水汤汤送我回，溅湿我的车帐幔。我在你家无差错，你前后行为不一样。反复无常无原则，三心二意真缺德。

做你妻子已多年，家务全是我操劳。起早晚睡把活干，累死累活没安宁。一旦好事如你愿，开始对我施暴行。兄弟不知我处境，不可怜我竟嘲讽。默默考虑仔细想，自悲自念我心伤。

你说相携到白头，老了倒使我怨恨。淇水汤汤有堤岸，沼泽虽宽也有边。两小无猜多快乐，有说有笑乐得欢。山盟海誓多真诚，如今你却把心变。誓言全都搁一边，从此分开不相干！

解析

本诗是三百篇弃妇诗的代表作，也是一个痴心女子负心汉的古老故事。女主人公在回忆中叙述了和"氓"相识、相恋、结婚、被虐、抛弃的全过程，字里行间透露着她的悔恨和心酸。女子正值妙龄，而貌似忠厚的男子借此接近她，女子冲破层层的阻力和他厮守，多年任劳任怨，而薄情寡义的男子却在她红颜老去时无情将她抛弃，回到家了还要被她的兄弟讥笑。所以发出了"士之耽兮，犹可说也""女之耽兮，不可说也"的感慨。

全诗采取倒叙的手法，有较强的叙事性，诗中也运用了对比的写法，男子刚开始是"氓之蚩蚩"，后来"至于暴矣"，女子是"女之耽兮，不可说也"，而男子是"士也罔极，二三其德"……这些对比的写法也凸显了男子表里不一的变化和女子内心挣扎的痛苦。

芄兰

原文

芄兰①之支②，童子佩觽③。虽则佩觽，能不我知。容兮遂兮，垂带悸④兮。

芄兰之叶，童子佩韘⑤。虽则佩韘，能不我甲⑥。容兮遂兮，垂带悸兮。

注释

①芄（wán）兰：草本植物，又名萝藦，有藤蔓生。②支：同"枝"。③觽（xī）：解发结的用具，用象骨制成，供成年男子使用和佩戴。④悸：衣带下垂的样子。⑤韘（shè）：象骨制的钩弦用具，套于右手拇指，射箭时用于钩弦。⑥甲：胜过。

译文

芄兰枝条尖又尖，儿童解锥带在身。虽然解锥带在身，哪里懂得大人事。大摇大摆摆架势，飘带长垂晃悠悠。

芄兰有叶似半圆，儿童扳指戴在身。虽然扳指戴在身，哪里有力胜大人。大摇大摆摆架势，飘带长垂晃悠悠。

解析

这是一首讽刺贵族装腔作势、幼稚骄横的诗。汉《毛诗序》说："刺惠公也，骄而无礼，大夫刺之。"一个儿童虽然穿着成人的衣饰，但却难以掩盖自己的行为举止，仍显出一副幼稚、不成熟的样子。

全诗共两章，采取叠沓重章的手法描述贵族少年装模作样佩戴成人衣饰、模仿成人举止的形象，但实际上却只不过是一个可笑幼稚、什么都不懂的纨绔子弟。

河广

原文

谁谓河①广？一苇杭②之。谁谓宋远？跂予③望之。

谁谓河广？曾不容刀④。谁谓宋远？曾不崇朝⑤。

注释

①河：文中指黄河。②杭：通假字，通"航"，渡过。③予：我。④刀：指的是小船。⑤崇

朝：终朝，一个早上，这是形容两国之间的距离近。

译文

　　谁说黄河广又宽？芦苇小船就能到。谁说宋国太遥远？踮起脚尖就可见。
　　谁说黄河宽又广？不能容下小木船。谁说宋国太遥远？一个早晨就能到。

解析

　　这是在宋国居住的诗人写的思乡诗。全诗只有八句话，看似单调重复，实际饱含深情。《毛诗序》说："《河广》，宋襄公母思归于卫，思而不止，故作是诗也。"虽然难以证实是否为宋桓公夫人所作，但其中却也包含了浓郁的思乡之情。《河广》运用设问与夸张的语言加以渲染，同时还以排比、叠章的形式歌唱。通过反复问答的节奏，将宋国不远、家乡易达而又思归不得的苦闷心情倾诉出来，丝毫没有矫揉造作之感，令人为之动容。

伯兮

原文

　　伯①兮朅兮，邦之桀②兮。伯也执殳③，为王前驱④。

　　自伯之东，首如飞蓬⑤。岂无膏沐⑥，谁适⑦为容？

　　其雨其雨，杲杲⑧出日。愿言思伯，甘心首疾。

　　焉得谖⑨草？言树之背。愿言思伯，使我心痗⑩。

注释

　　①伯：古代妻子对丈夫的称呼。②桀：才能出众的人，有才华的人。③殳（shū）：古代的一种兵器。④前驱：先锋的意思。⑤飞蓬：形容头发乱得跟草一样。⑥沐：清洗。⑦适：喜欢。⑧杲杲（gǎo）：明亮的样子。⑨谖：忘忧草。⑩痗（mèi）：病。

译文

　　我的夫君真英武，才智出众称英雄。丈二长矛在手上，为王出征做先锋。
　　自从夫君去征战，头发散乱如飞蓬。并非没有润发膏，打扮漂亮给谁看？
　　盼望下一场大雨，天上偏偏现太阳。心中总把夫君盼，想得头痛也甘愿。
　　哪里去寻忘忧草？找来栽在后庭院。心中总把夫君盼，魂牵梦绕心忧伤。

解析

　　这是一首写妻子思念丈夫的诗歌，写出了女子对丈夫的深厚感情。首篇写的是妻子赞美丈夫威武健壮、才智出众，是国家的栋梁之材，其中更流露她对丈夫深深的爱。继而又写自己从丈夫离开后"首如飞蓬"，因为最爱的人已经不在身边了。因为用情太深忧伤成疾，以至于想得头疼，又因为思念之苦难以忍受，希望能找到忘忧草以解相思之苦。

　　整首诗歌用层层递进的手法，由赞美丈夫，到思念丈夫，再到渴望回归，写出了对丈夫的深情。尽管她在夸赞她的丈夫，但"自伯之东，首如飞蓬"也看出她对战争的厌恶。诗的描写细腻生动，将她的相思之情描写得淋漓尽致。此诗也对后来的思归诗起到了重大影响。

木瓜

原文

　　投^①我以木瓜，报^②之以琼琚。匪^③报也，永以为好也。

　　投我以木桃，报之以琼瑶。匪报也，永以为好也。

　　投我以木李，报之以琼玖。匪报也，永以为好也。

注释

　　①投：赠送、给予。②报：报答。③匪：通"非"。

译文

　　姑娘把木瓜送给我，我用赤玉回报她。这不仅仅是回报呀，表示我们永相好。
　　姑娘把木桃送给我，我用美玉回报她。这不仅仅是回报呀，表示我们永相好。
　　姑娘把木李送给我，我用宝玉回报她。这不仅仅是回报呀，表示我们永相好。

解析

　　这是一篇男女青年互赠定情信物的诗歌。在面对美人所赠的新鲜水果时，男子视如珍宝，用佩玉回赠美人，以此来表明心意。而"永以为好"也表现了男女对爱情的忠贞。诗歌重叠回复也具有浓烈的民族色彩。

王风

黍离

彼黍离离，彼稷之苗。行迈靡靡①，中心摇摇②。知我者，谓我心忧；不知我者，谓我何求③。悠悠苍天，此何人哉？

彼黍离离，彼稷之穗。行迈靡靡，中心如醉。知我者，谓我心忧；不知我者，谓我何求。悠悠苍天，此何人哉？

彼黍离离，彼稷之实。行迈靡靡，中心如噎④。知我者，谓我心忧；不知我者，谓我何求。悠悠苍天，此何人哉？

风·王风

注释

①靡靡：行动迟缓的样子。②摇摇：心神不安的样子。③何求：寻求什么。④噎（yē）：食物堵住喉咙。

译文

看那黍苗茂又繁，高粱逐渐发新苗。迈着步子慢腾腾，心中忧伤神不宁。知道我的人，说我忧伤难过；不知道我的人，说我在企求什么？高高在上的青天哪，你可明白我的心思？

看那黍离苗又繁，高粱穗子在成长。迈着步子慢腾腾，就像喝醉酒一样。知道我的人，说我忧伤难过；不知道我的人，说我在企求什么？高高在上的青天啊，你可明白我的心思？

看那黍离苗又繁，高粱穗子串串红。迈着步子慢腾腾，心内如噎一样痛。知道我的人，说我忧伤难过；不知道我的人，说我在企求什么？高高在上的青天啊，你可明白我的心思？

解析

这是一篇写国家兴亡的诗篇。周幽王残暴无道，犬戎攻破京城，受虐受迫的人民，生活举步维艰，还要受到战争的苦难，诗人看到满地的庄稼想到朝廷的局面，不仅悲怆不已。"悠悠苍天，此何人哉？"既是在呼吁上天，也是在控诉朝廷统治者的统治。他也曾经上朝发表意见，却不被君王理解，所以发出"知我者，谓我心忧；不知我者，谓我何求"的感慨。

全诗用重叠的语句委婉地诉说自己对朝政的不满，回环反复地吟唱出自己的故国之思和悲怆的忧国之心，"黍离"也成为以后感叹亡国借景抒情的典故。

君子于役

原文

君子于役①，不知其期。曷②至哉？鸡栖于埘③。

日之夕矣，羊牛下来。君子于役，如之何勿思？

君子于役，不日不月④。曷其有佸？鸡栖于桀⑤。

日之夕矣，羊牛下括⑥。君子于役，苟无饥渴。

注释

①役：指的是徭役或者是兵役。②曷：什么时候，为什么？③埘（shí）：鸡窝。④不日不月：不知道归期。⑤桀：指的是木桩。⑥括：指的是牛羊们都聚在一起。

译文

丈夫去远方服役，不知归期是何年。不知何时回家乡？鸡都已经进窝了。
太阳西下天将晚，牛羊下山进村院。丈夫去远方服役，叫我怎能不想他？
丈夫去远方服役，没日没月没期限。不知何时才团圆，鸡已纷纷上了架。
太阳渐渐落下了，牛羊下山回家了。丈夫去远方服役，但愿不要饿肚肠。

解析

这是一首怀念在远方服役的丈夫的诗歌。诗人高适曾经说过，"少妇城南欲断肠，征人蓟北空回首"就表现了相思之苦。诗中并没有着力描写妇人的情感变化，而是描写最普通的静物，用夕阳、鸡、牛羊来将女子的深情寄托其中，在平凡中感受那此起彼伏的深情。

全诗虽然短，但情景交融，用最平凡的事情诠释了对丈夫的思念之情。此诗也成为无数诗词竞相模仿的对象。如曹植的《赠白马王彪》："原野何萧条，白日忽西匿。归鸟赴乔林，翩翩厉羽翼。"再如晋朝潘岳的《寡妇赋》："时暖暖而向昏兮，日杳杳而西匿。雀群飞而赴檐兮，鸡登栖而敛翼。"都用最普通的景物来描述自己的感情。

扬之水

原文

扬①之水，不流束薪②。彼其之子，不与我戍③申。怀哉怀哉，曷月予还归哉？

扬之水，不流束楚④。彼其之子，不与我戍甫。怀哉怀哉，曷月予还归哉？

扬之水，不流束蒲⑤。彼其之子，不与我戍许。怀哉怀哉，曷月予还归哉？

注释

①扬：悠扬，形容缓慢的样子。②薪：柴火。③戍：守卫。④楚：灌木，荆条。⑤蒲：蒲柳。

译文

小河的水慢慢流过来，冲不走成捆的柴火。那位远方的人儿，不能和我驻守申国城。想念你啊想念你，何时我才能归故里？

小河的水慢慢流过来，冲不起成捆的荆条。那位远方的人儿，不能共我守卫甫国城。想念你啊想念你，何时我才能归故里？

小河的水慢慢流过来，冲不起成捆的柳枝。那位远方的人儿，不能与我守卫许国城。想念你啊想念你，何时我才能归故里？

解析

这是一首远戍在外的战士想念妻子的诗歌。据《毛诗序》说：《扬之水》，刺平王也。不抚其民而远屯戍于母家，周人怨思焉。"春秋时代，周天子的权威削弱了，诸侯国的力量变得强大，周平王的母亲是申国人，申国常受楚国的侵扰。因此周平王为了母亲故国的安全，就从周朝抽调部分军队，到申国战略要地屯垦驻守，防止楚国侵扰。这些周朝士兵远离故乡，去守卫并非自己诸侯国的土地，心中的不满有所流露，形成诗歌，就是《扬之水》。

全诗三章，各章基本相同。诗歌文字淳朴，真切地表达出下层人民出身的士兵的真实情感。士兵最后说出了自己心里的话："怀哉怀哉，曷月予还归哉！"在家的亲人平安吗？何年何月我才能与家人相聚呢？夫妻之情，故园之思，远戍之苦，不平之鸣，都融化在这两句问话之中，深深地震撼了读者。

兔爰

原文

有兔爰爰①，雉离②于罗。我生之初，尚无为；我生之后，逢此百罹。尚寐无吪③。

有兔爰爰，雉离于罦④。我生之初，尚无造；我生之后，逢此百忧。尚寐无觉。

有兔爰爰，雉离于罿⑤。我生之初，尚无庸；我生之后，逢此百凶。尚寐无聪⑥。

注释

①爰爰：自由自在的样子。②离：通假字，通"罹"，遭受。③无吪（é）：不动嘴的意思。④罦（fú）：装有机关的网。⑤罿（chōng）：捕鸟的网。⑥无聪：不想听到。

译文

野兔子自由自在的，野鸡却落进网来。听说在我小的时候，没有战乱没有灾难；从我慢慢长大以后，遭遇种种灾难忧愁。希望睡着不愿说话。

野兔子自由自在的，野鸡却落进网来。听说在我小时候，没有徭役没有灾难；从我慢慢长大以后，遭遇种种灾难忧愁。希望睡着不愿睁眼。

野兔子自由自在的，野鸡却落进网来。听说在我小的时候，没有劳役没有灾难；从我慢慢长大以后，遭遇种种祸端灾难。希望睡着不想听见。

解析

这是一篇在战乱时写的诗歌。诗人用对比的手法写了"我生之初"和"我生之后"的场景。反映了当时社会的黑暗，控诉了各种徭役带给人民的苦难。他希望自己长睡不醒，没有知觉，来躲避这些灾难。这也反映了战争年代，人民被压迫被扭曲的心理。可见当时人民受的苦难有多深，才让他们产生了求死不想活的情感。

采葛

原文

彼采^①葛兮，一日不见，如三月兮。

彼采萧兮，一日不见，如三秋^②兮。

彼采艾兮，一日不见，如三岁兮。

注释

①采：采集。②三秋：三个季度。

译文

那个采葛的姑娘啊，一天没看见她，就像隔了三个月一样。

那个采萧的姑娘啊，一天没看见她，就像隔了三秋一样。

那个采艾的姑娘啊，一天没看见她，就像隔了三年一样。

解析

这是一首思念情人的诗歌。也有人认为是怀念友人的诗歌，不过相比较而言，还是前面的理由更加容易让人信服。

在古代，"采葛""采萧""采艾"是女子的事情，可见诗人所描写的一定是一名女子。一日不见如隔三月、如隔三秋、如隔三岁，都写出了男女之间的相思之苦。如果是朋友的话，是不可能有这种炽烈的情感的。

全诗层层递进，尽显了男女之间那种不言而喻的挚爱和相思。其中"一日不见，如隔三秋"也成为千古名句，成为诉说相思之苦的常用语。

郑 风

缁衣

原文

缁衣①之宜兮，敝予又改为兮。适②子之馆兮。还予授子之粲③兮。

缁衣之好兮，敝予又改造兮。适子之馆兮，还予授子之粲兮。

缁衣之蓆④兮，敝予又改作兮。适子之馆兮，还予授子之粲兮。

风·郑风

注释

①缁（zī）衣：古代用黑色的帛制做的朝服。②适：前往。③粲：形容新衣鲜明的样子。一说"餐"的假借。④蓆：宽大舒适。

译文

黑色朝服多合适，破了我再做一袭。你到官署办公去，回来给你穿新衣。
黑色朝服多美好，破了我再做一套。你到官署办公去，回来为你试新袍。
黑色朝服多宽大，破了我再做一件。你到官署办公去，回来就有新衣穿。

解析

对于这首诗，有人说是统治者赞美贤臣的诗作，也有人认为是描写贵族女子关心、体贴丈夫的作品。可是仔细品读这首诗，我们会充分感受到有一种温馨的亲情洋溢其间，因此，与其说这是一首描写国君与臣下关系的诗，不如说这是一首写家庭亲情的诗更为确切。

全诗共三章，直叙其事，采用常见的复沓联章形式。全诗用的是夫妻之间日常所说的话语，"宜""好""席"表现了缁衣好得不能再好，"改为""改造""改作"体现了妻子对丈夫的关心备至，一唱三叹，把主人公对丈夫无微不至的体贴之情刻画得淋漓尽致。

将仲子

原文

将①仲子兮，无逾②我里，无折我树杞。岂敢爱③之？畏我父母。仲可怀也，父母之言，亦可畏④也。

将仲子兮，无逾我墙，无折我树桑。岂敢爱之？畏我诸兄。仲可怀⑤也，诸兄之言，亦可畏也。

将仲子兮，无逾我园，无折我树檀。岂敢爱之？畏人之多言。仲可怀也，人之多言，亦可畏也。

注释

①将（qiāng）：愿、请。②逾：翻越。③爱：怜惜。④畏：畏惧、害怕。⑤怀：思念。

译文

　　请二哥听我讲，不要翻越我家院墙，别把杞树枝折断。是不是怜惜这些树呢？是怕我的父母。二哥我很牵挂你，又怕父母的责骂，这也真叫人害怕。

　　请二哥听我讲，不要翻越我家围墙，莫碰我家的桑树，是不是怜惜这些树呢？是怕我的兄长。二哥我很牵挂你，又怕兄长的责骂，这也真叫人害怕。

　　请二哥听我讲，不要翻越我后院墙，别把檀树枝折断，是不是怜惜这些树呢？是怕邻居言语伤。二哥我很牵挂你，邻居闲语多得很，这也真叫人害怕。

解析

　　这是一个天真无邪的少女对情人的低诉。全诗分三章，用了赋的手法，用劝解的口吻来叙述，描写了女子在封建旧礼教的束缚下，婉转地请求情人不要来相会。全诗均以"将仲子兮"来开头，说明女子也对这位男子有情义，但迫于礼教的束缚，只能婉言相拒。

　　春秋时期虽然"礼崩乐坏"，但当时却也要听从父母之命、媒妁之言才能结婚，《孟子·滕文公下》中也提及过："不待父母之命，媒妁之言，钻穴隙相窥，逾墙相从，则父母国人皆贱之。"鉴于当时的这种压力，女子是不能和男子相会的。但她又深深地爱着这个男子，最后理智占了上风，拒绝了男子。全诗塑造了一个天真无邪、追求自由爱情却又迫于压力束缚的女性形象。

叔于田

原文

　　叔①于田②，巷无居人。岂无居人？不如叔也。洵③美且仁。

　　叔于狩，巷无饮酒。岂无饮酒？不如叔也。洵美且好。

　　叔适野，巷无服马④。岂无服马？不如叔也。洵美且武。

注释

　　①叔：古代兄弟次序为伯、仲、叔、季，年岁较小者统称为叔，此处指年轻的猎人。②田：田猎。③洵：的确，确实。④服马：驾马。一说用马驾车。

译文

　　小叔外出去打猎，大街小巷没有人。难道真的没有人？却是无人比小叔，实在英俊又敦厚。

　　小叔外出去狩猎，街巷没人来饮酒。难道真无饮酒人？却是无人比小叔，实在英俊又聪秀。

小叔外出去打猎，街巷无人驾车马。难道真无人驾马？却是无人比小叔，实在英俊又威武。

解析

这是一首赞美年轻英勇的猎人的诗歌。这首诗刻画了一个英俊潇洒、狩猎技艺高超的男子汉形象，字里行间都洋溢着赞美之情。

全诗三章，纯用赋法，三章句式结构完全相同，给人以回环往复之感。各章各句替换几个字，既保持韵律感，又深化了主题。通过层层强调，猎人的形象更加鲜明，更加深入人心。这种重章叠句的艺术手法在《诗经》中较为常见。

大叔于田

诗经选

原文

叔于田，乘乘①马。执辔②如组，两骖如舞。叔在薮③，火烈④具举。襢裼⑤暴虎，献于公所。将叔无狃⑥，戒其伤女⑦。

叔于田，乘乘黄。两服上襄⑧，两骖雁行。叔在薮，火烈具扬。叔善射忌，又良御忌。抑磬控⑨忌，抑纵送⑩忌。

叔于田，乘乘鸨⑪。两服齐首，两骖如手。叔在薮，火烈具阜⑫。叔马慢忌，叔发罕忌。抑释掤⑬忌，抑鬯⑭弓忌。

注释

①乘（chéng）乘（shèng）：前一"乘"为动词，后一"乘"为名词。古时一车四马叫一乘。②辔（pèi）：马缰绳。③薮（sǒu）：低湿多草木的沼泽地带。④烈："迾"的假借。火迾指打猎时放火烧草，遮断野兽的逃路。⑤襢裼（xī）：脱下上衣，露出身体。⑥狃（niǔ）：习以为常。⑦女：通"汝"，你，文中指"叔"。⑧上襄：形容马首昂扬的样子。⑨磬控：控制马以刹车。⑩纵送：放马奔跑。⑪鸨（bǎo）：有黑白杂毛的马。⑫阜（fù）：旺盛。⑬掤（bīng）：箭筒盖。⑭鬯（chàng）：弓囊，此处用作动词。鬯弓：将弓放入囊中。

译文

三哥围场去打猎，驾起大车四马奔。手拉缰绳如执组，骖马好似舞翩翩。三哥冲进深草地，四处猎火齐燃烧。袒身赤膊斗猛虎，从容献于主公前。三哥请勿太大意，老虎伤人要提防。

　　三哥出发去打猎，驾车四匹黄色马。服马马头高抬起，骖马整齐如雁行。三哥冲进深草地，四面猎火齐高扬。三哥射箭箭法准，驾车本领也高强。时而勒马止步停，时而纵马奔驰去。

　　三哥出发去打猎，驾车四匹杂色马。服马齐头又并进，骖马如手双协调。三哥冲进深草地，四面猎火熊熊烧。三哥控马渐慢行，三哥放箭渐稀少。箭筒打开箭收起，弓儿放入弓袋中。

解析

　　这首诗同样也赞美了猎人的高超本领和勇气。古人以伯、仲、叔、季作排行，叔本指老三。因此这里描述的"叔"很有可能就是女子口中的"三哥"。通过三章对三哥打猎过程的描述，刻画出一个勇猛无敌的猎者形象。全诗有张有弛，将打猎过程描写如一首乐曲，在高潮之后又是一段舒缓的抒情，成抑扬之势，较有情致。

清人

原文

清人在彭，驷介①旁旁②。二矛重英③，河上乎翱翔。

清人在消，驷介麃麃④。二矛重乔，河上乎逍遥。

清人在轴，驷介陶陶⑤。左旋右抽，中军作好⑥。

注释

①驷介：四匹披甲的马。②旁旁：马强壮有力的样子。③重（chóng）英：装饰于矛头上重叠的璎珞。④麃麃（biāo）：英勇威武的样子。⑤陶陶：形容战马奔跑的样子。⑥作好：与"翱翔""逍遥"一样同为联绵词，指武艺高强。

译文

清军驻守在彭地，披甲驷马真强壮。两支矛饰红璎珞，河边来去多欢畅。
清军驻守在消地，披甲驷马多威武。两支矛饰野雉毛，河边来回真逍遥。
清军驻守在彭地，披甲驷马狂奔驰。士兵左转右抽刀，将领练武姿态好。

解析

这首诗表面上看似在赞扬清邑的士兵，实则是在讽刺郑国大臣高克军队毫无纪律，游荡涣散。

《左传》云："郑人恶高克，使帅师次于河上，久而弗召，师溃而归，高克奔陈。郑人为之赋《清人》。"

狄人侵入卫国。卫国在黄河以北，郑国在黄河以南，郑文公怕狄人渡过黄河侵入郑国，就派他所讨厌的大臣高克带领清邑的士兵到河上去防御狄人。时间久了，郑文公也不把高克的军队召回，而是任其在驻地无所事事，整天游逛。最后军队溃散而归，高克也逃到陈国去了。

这首诗结构变化很小，反复咏叹。描写军队的批甲坚固、战马强壮和军饰繁盛，可士兵却游荡涣散地舞刀弄枪，从侧面揭露和反映了真实的情况，是一首辛辣的讽刺诗，反映了郑文公的昏庸无能。

女曰鸡鸣

原文

女曰"鸡鸣。"士曰："昧旦①。""子兴②视夜，明星有烂③。""将翱将翔，弋凫与雁。"

"弋言加④之，与子宜⑤之。宜言饮酒，与子偕老。琴瑟在御⑥，莫不静好⑦。"

知子之来⑧之，杂佩以赠之。知子之顺之，杂佩以问⑨之；知子之好之，杂佩以报⑩之。

注释

①昧旦：天要亮的时候。②兴：起床、起来。③烂：灿烂。④加：射中。⑤宜：烹饪佳肴。⑥御：用，指的是夫妻一起弹琴奏瑟。⑦静好：安好、爱恋。⑧来：关怀。⑨问：赠送、给予。⑩报：回报。

译文

女子说："鸡打鸣了。"男子说："天就要亮了。""你快起来看看天上，启明星正在闪烁。""鸟儿正在天空飞翔，射点野鸭跟大雁。"

"射中鸭雁拿回家来，给你烹调做佳肴。"享受佳肴和美酒，和你恩爱到百年。你弹琴我来奏瑟，夫妻和谐多美好。

你的体贴我知晓，送你玉佩表爱意。你的温柔我知晓，送你玉佩表情意。你的情意我明了，送你玉佩表我心。

解析

整首诗是通过夫妻对话的形式展现了和谐的家庭生活，反映了夫妻之间真挚的爱情。从这些生动的情景中，我们仿佛可以看到在一个安逸的乡野的小屋中，妻子满含柔情蜜意地催促丈夫起床打猎。作者先从起床写起，再写美酒佳肴、弹琴奏瑟，最后写丈夫对妻子的爱意，送妻子玉佩来表示自己浓浓的情意。全诗用夫妻两人的对话彰显了一幅生动和谐的家庭生活。诗人闻一多曾经说过："《女曰鸡鸣》，乐新婚也。"这是有一定道理的，就算不是新婚生活，也描写了年轻夫妻之间恩爱和谐、幸福美满的新生活。

有女同车

原文

有女同车，颜如舜华①。将翱将翔②，佩玉琼琚③。彼美孟姜，洵美且都④。

有女同行，颜如舜英。将翱将翔，佩玉将将⑤。彼美孟姜，德音不忘。

注释

①舜华：木槿树的花。②将翱将翔：形容逍遥自在。③琼琚：玉佩。④都：体面，娴雅。⑤将将：同"锵锵"，玉佩相碰发出的声音。

译文

姑娘同我乘一车，容貌美如木槿花。步态轻盈如飞翔，佩戴美玉闪光华。姜姓美丽好姑娘，真是漂亮又优雅。

姑娘同我一道行，容貌美如木槿花。步态轻盈如飞翔，佩戴美玉响叮当。姜姓美丽好姑娘，高尚品德人难忘。

解析

这是一首描写贵族男女相爱的诗歌。以男子的语气口吻称赞了女子的美貌和品德。诗分二章，首章描写姜姓姑娘容貌美丽，举止优雅；二章赞美女子不但外表美丽，而且心灵更美。叙事铺陈手法的应用使得这首短小的诗歌从外至内自然而然地透露出女子的气质，外表的美丽用肉眼即可发现，而举手投足间的优雅气质和韵味是需要心灵来捕捉的，而这种美也是更加珍贵的。

狡童

原文

彼狡①童兮，不与我言兮。维②子之故，使我不能餐兮。

彼狡童兮，不与我食兮。维子之故，使我不能息③兮。

注释

①狡：通假字，通"姣"，美好的样子。②维："为"的意思。③息：安稳睡着。

译文

那个美男子，不和我说话。就是因为你的缘故，让我连饭也吃不下。
那个美男子，不和我一同进餐。就是因为你的缘故，让我睡觉都不能安心。

解析

这是一首大胆热烈的情歌，写了一位热情似火的姑娘爱上了一位英俊的小伙子，她用热烈而又大胆的诗歌向其表白。也有人认为此诗是在写一位女子失恋后，之前的恋人对其不理不睬。两者而论，似乎前者更有说服力一些。

诗篇通过女子的大胆直接的质问，表现了女子对心上人的爱慕之情。简单的语言把女子想念男子的心情表现得淋漓尽致，生动形象，让人难忘。

褰裳

原文

子惠①思我，褰②裳涉溱。子不我思③，岂无他人？狂童④之狂也且⑤。

子惠思我，褰裳涉洧。子不我思，岂无他士？狂童之狂也且。

注释

①惠：爱。②褰（qiān）：提起来。③不我思：倒叙就是不思我的意思。④童：愚昧的意思。⑤且（jū）：语气词，无义。

译文

你如果爱我想念我，就赶快提起衣裳蹚过溱水河。如果你不想念我，难道就没有别人来想我吗？你这个狂妄笨拙的傻哥哥。

你如果爱我想念我，就赶快提起衣裳蹚过洧水河。如果你不想念我，难道就没有别的好哥哥？你这个狂妄笨拙的傻哥哥。

解析

这是一首情诗。全诗只有短短二章，用富有个性的口语描摹，故言语之间，只觉女主人公泼辣、爽朗的音容笑貌如接于眉睫之间，堪称精品。虽然诗中女子指责男子的回应不够热情，事实上则是在表现女子对待爱情的真诚、热烈，表现大方、自然。诗中最后用"狂童"一词指责心上人，实则是在打情骂俏。就如作家郑振铎所说："写得很倩巧，很婉秀，别有一种媚态，一种美趣。"

丰

原文

子之丰①兮，俟我乎巷兮，悔予不送兮。

子之昌②兮，俟我乎堂兮，悔予不将③兮。

衣锦褧④衣，裳锦褧裳。叔兮伯兮，驾予与行。

裳锦褧裳，衣锦褧衣。叔兮伯兮，驾予与归。

注释

①丰：指容貌姣好标致。②昌：健壮，棒。③将：行，或曰出嫁时的迎送。④褧（jiǒng）：妇女出嫁时御风尘用的麻布罩衣，即披风。

译文

你的容貌好丰润，巷口等我去成婚，后悔当时没跟从。

你的体格多魁伟，堂上等我去结亲，后悔当时没相随。

身穿锦缎嫁衣裳，外披薄薄纱罩衫。叔呀伯呀快快来，驾车接我把路赶。

外披薄薄沙罩衫，身穿锦缎嫁衣裳。叔呀伯呀快快来，驾车接我去你家。

解析

这首诗描写的是一女子后悔从前未跟从情人，现如今热切期盼能再次与情人相随的故事。前两章是女子在回忆自己那容貌丰润、体格健壮的心上人，曾经在家门口等着自己，可自己却坐失良机；后二章是女子幻想自己能够穿上嫁衣与心爱的人白头偕老。字里行间充满了女子的悔恨与向往，让人无不叹息。

诗中对人物形象的描写和人物心理的刻画，都给人以深刻的印象。特别是主人公因深深的悔恨而引起的对幸福生活的幻想，这种悲剧意味极浓的感情大跳跃，让读者读后不能不为之动容。

东门之墠

原文

东门之墠①，茹藘②在阪。其室则迩③，其人甚远。

东门之栗，有践④家室。岂不尔思？子不我即⑤。

注释

①墠（shàn）：铲平的土地。②茹藘（lú）：草名。即茜草，可染红色。③迩：近。④有践：同"践践"，行列整齐的样子。⑤即：接近。

译文

东门附近有广场，茜草长在山坡上。他家离我近咫尺，而人却像在远方。

东门附近栗树下，房屋栋栋排整齐。哪里会不想念你？你却不与我亲近。

解析

　　这首诗写出了一位女子内心独白。她单恋着心爱的男子，可对方却未必知道她的心意。女子没有勇气去向男子表白，只得以东门山上茜草起兴，表达自己与男子近在咫尺却无缘相恋的叹息。单相思的女子，心里虽想念着心爱的人，可他却无情于自己，故觉得咫尺天涯。从"室迩人远"的反差中，诗人展现出了感情虚掷的委屈、爱情失落的痛苦，较之直说，显得有简约委婉之趣。

风雨

原文

风雨凄凄①，鸡鸣喈喈②，既见君子。云胡③不夷？

风雨潇潇④，鸡鸣胶胶⑤。既见君子，云胡不瘳⑥？

风雨如晦⑦，鸡鸣不已⑧。既见君子，云胡不喜？

注释

①凄凄：又寒又凉的样子。②喈喈：鸡招呼同伴的声音。③胡：怎么。④潇潇：形容风急雨大的样子。⑤胶胶：鸡呼唤同伴的声音。⑥瘳：病刚好。⑦晦：昏暗的样子。⑧已：停止。

译文

风雨交加又寒又凉，小鸡唧唧地寻找同伴。终于盼到丈夫回来，我的心里怎能不喜？
风雨交加又大又急，小鸡啾啾地寻找同伴。终于盼到丈夫回来，相思之病怎能不痊愈？
风雨交加天空昏暗，小鸡喈喈地召唤同伴。终于盼到丈夫回来，我的心里怎能不高兴？

解析

全诗写的是妻子与久别重逢的丈夫相见的诗。全诗用了借景抒情的手法，表达了妻子见到丈夫平安回家的喜悦心情。

这首诗同《君子于役》一样，也没有直接表明妻子内心的变化，而是借用"风雨凄凄、风雨潇潇、风雨如晦"这些天气变化，衬托人物变化，而"云胡不夷、云胡不瘳、云胡不喜"表现了从心绪的烦乱到相思成病，从失望忧愁到欢乐喜悦的心路历程。而"风雨"也成为后世人常用的词汇。历代的文人也通常沿用"风雨如晦、鸡鸣不已"来自我勉励。

子衿

原文

青青子衿，悠悠①我心。纵我不往，子宁不嗣音②？

青青子佩，悠悠我思。纵我不往，子宁不来？

挑兮达③兮，在城阙④兮。一日不见，如三月兮。

注释

①悠悠：思念绵绵不断的样子。②嗣音：寄回音讯、消息。③达：来回走动的样子。④城阙：城门楼上。

译文

衣领青青的好少年，我心悠悠在想念。即使我没去找你，你怎能不传回消息？

佩带青青的好少年，我心悠悠在思念。即使我没去找你，你怎能不来和我相见？

来回走动多少次，城门楼上四处望。一天没有见到你，就像三月一样长。

解析

这是一首女子所唱的恋歌。她热恋着一个男子，他们约定在城门口见面，却不想男子迟迟不来。望眼欲穿中，女子着急地来回走动，也在埋怨他为何不能赴约，更怪他为何不能捎信来，因此唱出了一句"一日不见，如三月兮"的无限相思。

全诗五十字不到，但女主人公等待恋人时焦灼万分的情状宛然如在眼前。这种艺术效果的获得，在于诗人在创作中运用了大量的心理描写。前两章对恋人既全无音讯、又不见影儿的埋怨，末章"一日不见，如三月兮"的独白，都成功地表现了女子矜持而又渴望见到心上人的迫切心情。

出其东门

原文

出其东门，有女如云①。虽则如云。匪我思存②。缟③衣綦巾④，聊乐我员。

出其闉阇⑤，有女如荼⑥。虽则如荼，匪我思且⑦。缟衣茹藘⑧，聊可与娱。

注释

①如云：指的是美女众多。②思存：思念。③缟：白色。④綦巾：青黑色的佩巾。⑤闉阇：城门上的护门小城。⑥荼：女子众多。⑦思且：思念。⑧茹藘：此处指的是红色的佩巾。

译文

出了城东门，美女多如云。虽然美女如云，却都不是我思念的人。身穿白衣绿佩巾的人，才能让我快乐又亲近。

出了瓮城门，美女多如花。虽然美女多如花，却都不是我所思念的人。身穿白衣红佩巾的人，才让我欢喜又思念。

解析

　　这是一位男子向其心爱的女子表明专一不二的诗歌。朱熹就此诗曾经说过"是时淫风大作，而其间乃有如此之人，亦可谓能自好而不为习俗所移矣"，也曾进一步评价："此诗却是个识道理人作，郑诗虽淫乱，此诗却非常好。"整首诗朴素纯净，弘扬了爱情的忠贞。此诗也是对那些见异思迁、三心二意的负心汉的一种谴责。

野有蔓草

原文

　　野有蔓草①，零②露漙兮。有美一人，清扬③婉兮。邂逅相遇，适④我愿兮。

　　野有蔓草，零露瀼瀼⑤。有美一人，婉如清扬。邂逅相遇，与子偕臧⑥。

注释

①蔓草：蔓延茂盛的草。②零：落下、降落。③清扬：眉目清秀的样子。④适：合适。⑤瀼瀼：露水多的样子。⑥臧：善，都满意。

译文

郊野蔓草连成片，草上露珠亮莹莹。有位美女在路上，眉目清秀多美好。有缘今日巧相遇，正好合适我心意。

郊野蔓草连成片，草上露珠多又圆。有位美女在路上，眉目清秀容颜美。有缘今日巧相遇，与她相会心欢喜。

解析

这是一首自然轻快的诗歌，在蔓草茂密的田野中，一对男女在路上偶然相遇，也许他们一见钟情，又或许他们早已心心相印，在田野中的相见，让他们相互倾心，而蔓草又为他们提供了美好浪漫的环境，形成了情景交融的美好画面。朱熹就此评论说："男女相遇于田野蔓草之间，故赋其所在以起兴。言各得其所欲也。"

溱洧

原文

溱与洧，方涣涣①兮。士②与女，方秉③蕳兮。女曰观乎？士曰既④且。且⑤往观乎？洧之外，洵訏且乐。维士与女，伊⑥其相谑，赠之以勺药。

溱与洧，浏其清矣。士与女，殷⑦其盈矣。女曰观乎？士曰既且。且往观乎？洧之外，洵訏且乐。维士与女，伊其将⑧谑，赠之以勺药。

注释

①涣涣：水流盛大的样子。②士：男子的统称。③秉：持、拿着。④既：已经。⑤且：再。⑥伊：句首助词。⑦殷：多。⑧将：当作"相"的意思。

译文

溱水洧水一起漂流，河水流淌向远方。男男女女一起春游，手拿香草求吉祥。女子说："我们去看看吗？"男子说："我已经看过了。""再去看一遍吧？"洧水的外边，河岸的旁边，宽广又热闹。男女结伴一起游玩，相互调笑心欢喜。赠你勺药莫要忘记。

溱水洧水一起漂流，河水真清亮。男男女女一起春游，游人众多热闹非凡。女子说："我们去看看吗？"男子说："我已经看过了。""再去看一遍吧？"洧水的外边，河岸的两旁，热闹又宽敞。男女结伴一起游玩，相互调笑心欢喜。赠你芍药以表情意。

解析

这是描写郑国三月男女青年在溱水洧水一起游玩的情景。按照当时郑国的风俗，人们三月份时要在清水中洗去污垢，获得吉祥，以求得幸福和安宁。男女也是借此机会来互诉衷肠、表达爱情。整首诗就表现了当时盛大而又热烈的场面，也体现了当时原生态的生活场景。

诗分二章，采用回环往复的叠章式，这是民歌，特别是"诗三百"这些古老民歌的常见形式，有一种纯朴亲切的风味，字里行间都洋溢着节日的气氛和男女相恋的热烈之情，令读者感同身受。

风·郑风

齐风

鸡鸣

诗
经
选

原文

鸡既鸣矣，朝既盈①矣。匪②鸡则鸣，苍蝇之声。

东方明矣，朝既昌③矣。匪东方则明，月出之光。

虫飞薨薨④，甘与子同梦。会且归矣，无庶予子憎。

注释

①盈：原意是满的意思，诗中指的是大臣们都上朝。②匪：通假字，通"非"，不是的意思。③昌：盛、多，这里指的是朝廷的大臣多。④薨薨：虫子飞发出的声音。

译文

公鸡都在叫了，大臣们都已经去上朝了。不是公鸡在叫，是苍蝇嗡嗡的声音。

东方都有亮光了，上朝的大臣们都已经满朝了。不是东方出现光亮，是月光照着亮莹莹。

苍蝇嗡嗡叫，与你一同入梦来。朝会的大臣要回家，别招人厌说坏话。

解析

这首诗主要叙述了妻子催促丈夫早起上早朝的事情，描写了妻子的贤惠和丈夫的懒惰。

本诗句式以四言为主，杂以五言，句式错综，接近散文。全诗主要用对话的形式展开，构思新颖，就像一台话剧一般，刻画出一个不想早朝、赖床的官员形象。试问，这样的官吏能让百姓丰衣足食吗？能治理好国家吗？

还

原文

子之还^①兮，遭我乎猫^②之间兮。并驱从两肩^③兮，揖^④我谓我儇^⑤兮。

子之茂^⑥兮，遭我乎猫之道兮。并驱从两牡^⑦兮，揖我谓我好兮。

子之昌^⑧兮，遭我乎猫之阳兮。并驱从两狼兮，揖我谓我臧^⑨兮。

81

注释

①还（xuán）：身体轻捷的样子。②猺（náo）：齐国山名。③肩：三岁的兽。④揖：相见时做拱手状的礼节。⑤儇（xuān）：敏捷。⑥茂：美，指捕猎技艺精湛。⑦牡：雄兽。⑧昌：强壮。⑨臧：善，好。

译文

你真矫健又敏捷，同我相遇在猺山。一同追赶两野兽，向我行礼夸我强。

你真英俊又貌美，同我相遇猺山道。共同追赶两雄兽，向我行礼夸我好。

你真强壮又英勇，同我相遇猺山南。共同追赶两只狼，向我行礼夸我善。

解析

这是一首描写猎人之间相互赞美的诗歌。二人于山中捕猎时相遇，见到对方捕猎技术如此精湛，不禁心生赞美之情。本诗不用比兴，三章诗全用"赋"，以猎人自叙的口吻，真切地抒发了他得到对方称赞后暗自兴奋的心情。三章叠唱，意思并列，首章互相称誉敏捷，次章互相颂扬善猎，末章互相夸赞健壮。

诗人表达了对对方的敬佩之情，同时，能够受到自己敬仰的人的赞誉让诗中的主人公更加自豪，一种"惺惺相惜"的感觉油然而生。

东方未明

原文

东方未明，颠倒衣①裳②。颠之倒之，自③公召之。

东方未晞④，颠倒裳衣。倒之颠之，自公令之。

折柳樊圃⑤，狂夫瞿瞿。不能辰⑥夜，不夙则莫。

注释

①衣：上身的衣服。②裳：下身的衣服。③自：从什么时候。④晞：破晓、天亮。⑤圃：菜园。⑥辰：查看。

译文

东方还没露出亮光，穿错衣裳又急又慌。慌忙不知颠倒衣裳，因为公差突然来到。

东方还未露出霞光，穿错衣裳又急又慌。急忙不知颠倒衣裳，因为公差突然来到。

折下柳枝筑成篱笆，监工在旁怒目圆睁。每天不能按时睡觉，早起晚睡日日辛劳。

解析

全诗描写了没日没夜辛苦劳动的百姓形象。诗中的主人公为了完成公差，天不亮时就要起床劳作，在慌乱中竟然把衣服穿反了，读起来可能有点荒诞，可能会发笑，但也是心酸、无奈的笑。必须去做公差，不然会受到责罚，即使自己没日没夜地辛劳，却还是要受监工的气，世界真的很不公平啊。

这首诗在一定程度上反映了那个时代的现实生活，抒发了奴隶们心底隐藏着的一种压抑已久，而行将喷发的愤怒。对统治阶级鞭辟入里的揭露和批判，使读者产生了感情上的共鸣。

南山

原文

南山崔崔①，雄狐绥绥②。鲁道有荡③，齐子由归。既曰归止，曷又怀止？

葛屦五两④，冠緌⑤双止。鲁道有荡，齐子庸止。既曰庸止，曷又从止？

蓺⑥麻如之何？衡从⑦其亩。取⑧妻如之何？必告父母。既曰告止，曷又鞠⑨止？

析薪⑩如之何？匪斧不克。取妻如之何？匪媒不得。既曰得止，曷又极止？

注释

①崔崔：山势高峻的样子。②绥绥：缓缓行走的样子。③荡：道路平坦。④五两：两只鞋成双排列，比喻男女成双成对。五，通"伍"，并列；两，指两只鞋。⑤冠緌（ruí）：帽带下垂的部分。⑥蓺（yì）：种植。⑦衡从：犹"横纵"。东西曰横，南北曰纵。⑧取：通"娶"。⑨鞠：穷，放任无束。⑩析薪：砍柴。

译文

巍巍南山真高峻，雄狐求偶步逡巡。鲁国大道宽又平，文姜由此去嫁人。既然她已嫁别人，为何想她存歹心？

葛鞋两只配成双，帽带一对垂耳旁。鲁国大道平又广，文姜由此去嫁郎。既然她已嫁玉郎，为何还与她纠缠？

想种大麻怎么办？亦纵亦横开成垄。想要娶妻怎么办？必须事先告父母。既已禀告过父母，为何任她肆意为？

想去砍柴怎么办？没有斧子办不到。想要娶妻怎么办？没有媒人娶不到。既然明媒正娶来，为何让她胡作为？

解析

本诗的主旨是在讽刺齐襄公与同父异母的妹妹文姜私通。《左传·桓公十八年》中记载，公元前694年，鲁桓公与夫人文姜（齐襄公的同父异母妹妹）同去齐国。原先就与文姜有淫乱关系的齐襄公趁机又与文姜私通，被鲁桓公发觉。鲁桓公谴责了文姜。文姜告诉了齐襄公，齐襄公便设酒宴请鲁桓公，将鲁桓公灌醉后，派公子彭生驾车送鲁桓公回国，在车里扼死了鲁桓公。此事传开以后，齐国上下引以为耻，便作了这首讽刺诗。

诗歌前二章讥刺齐襄公的荒淫无耻，三四两章责备鲁桓公懦弱无能，对妻子不严加管束。在遣词用语方面避免了过于直白显露，而用隐晦曲折的笔墨来表现。例如第二章用鞋子、帽带都必须搭配成双来比喻世人都各有一定的配偶，暗中影射齐襄公乱伦的无耻行为；第四章以砍柴必具刀斧引起娶妻必须父母之命、媒妁之言，再进一层推及桓公既已明媒正娶了文姜而又放任她回娘家胡作非为，嘲讽了他的懦弱无能。

甫田

原文

无田①甫田，维莠②骄骄③。无思远人，劳心忉忉④。

无田甫田，维莠桀桀⑤。无思远人，劳心怛怛⑥。

婉兮娈兮⑦。总角丱⑧兮。未几见兮，突而弁⑨兮。

注释

①无田：不要耕种。无，不要。田，耕种。②莠（yǒu）：杂草。③骄骄：杂草直立茂盛的样子。④忉忉（dāo）：忧愁的样子。⑤桀桀：高大的样子。⑥怛怛（dá）：悲伤。⑦婉兮娈兮：形容少年的美貌。⑧丱（guàn）：形容两个小辫子左右相对。⑨弁（biàn）：成人的帽子。古代男子二十而冠。

译文

不要耕种大块田，杂草长得高又密。不要思念远行人，思念起来愁坏人。
不要耕种大块田，杂草长得密麻麻。不要思念远行人，思念起来心忧伤。
当初少年多秀美，小辫好像羊角翘。几年未曾谋他面，转眼成人戴上帽。

解析

对于这首诗的主题，古今学者有很大分歧。有人认为这首诗是描写一位少女对自己儿时伙伴的深深爱恋，也有人认为这首诗是描写一位妇人思念在服劳役的丈夫，还有人认为这是一首劝慰离人不须徒劳多思的诗作。相比较而言，少女思慕儿时伙伴的说法更为贴切。

全诗只有三章，前二章以田多、杂草茂盛，无法耕种起兴，暗示思念远方的人只会徒招悲伤而已，第三章提到女子回忆年少时的那位翩翩少年，现在或许已经长成为一位成熟英俊的男子。作者用女子自己的幻想为这首诗添加了些许虚幻的意境之美，值得玩味。

卢令

原文

卢①令令②，其人美且仁。

卢重环③，其人美且鬈④。

卢重鋂⑤，其人美且偲⑥。

注释

①卢：黑毛猎犬。②令令：猎犬颈下套环发出的响声。③重（chóng）环：大环套小环，又称子母环。④鬈（quán）：勇壮。⑤鋂（méi）：一个大环套两个小环。⑥偲（cāi）：多才多智。

译文

黑犬颈圈叮当响，猎人英俊又善良。
黑犬颈上套双环，猎人英俊又勇武。
黑犬颈上环套环，猎人英俊又能干。

解析

这首《卢令》是《诗经》中最短的一首诗，表达了诗人对猎人的夸赞。

全诗三章，每章都是前句实赞猎犬，后句虚化写人，看似在写犬的机敏，实则由外而内赞扬猎人的英俊和品德。没有一个优秀的猎人，如何训练出一头好的猎犬？这样一个才貌出众的猎人，岂能不引起诗人的崇敬之情？

猗嗟

原文

猗嗟昌①兮，颀②而长兮。抑若扬兮，美目扬兮。巧趋跄③兮，射则臧兮。

猗嗟名④兮，美目清兮。仪既成兮，终日射侯，不出正兮，展⑤我甥兮。

猗嗟娈兮，清扬婉兮。舞则选⑥兮，射则贯兮，四矢反兮，以御乱兮。

注释

①昌：身材壮美。②顑（qí）：高长之貌。③跄：趋步摇曳生姿。④名：通"明"。马瑞辰《毛诗传笺通释》："名、明古通用，名当读明，明亦昌盛之意。"⑤展：诚然。⑥选：指齐乐善舞。

译文

此人长得真健壮，身体高大又顑长。眉宇宽广相貌好，眉目双抬真俊俏。步履轻快动作巧，射箭尤其是擅长。

此人长得多英俊，眉清目秀多精神。仪式基本已完成。射靶整天不曾停，箭箭射得中靶心，真是我的好后生。

此人长得多端正，眉清目秀多英俊。合乐舞姿翩跹起。箭箭把那靶心穿。四箭同射靶一点，足以平乱保平安。

解析

这是一首赞美一位少年射手的诗作。全诗三章，每章均以"猗嗟"发端，前部分赞美少年的相貌英俊，后部分则赞美其射艺精湛。通过描写少年射箭勤学苦练、百发百中，将他的形象刻画得栩栩如生，仿佛在读者眼前出现了少年射箭的场景。

清人姚际恒《诗经通论》评此诗"三章皆言射，极有条理，而叙法错综入妙"，虽然是平铺直叙，却毫无枯燥之感。

风·齐风

魏 风

葛屦

诗经选

原文

纠纠①葛屦②，可以履霜？掺掺③女手，可以缝裳？要④之襋⑤之，好人服之。

好人提提⑥，宛然左辟，佩其象揥⑦。维是褊心⑧，是以为刺。

注释

①纠纠：纠结交错。②葛屦：一种古人夏天穿的鞋，用葛绳编制。③掺掺（xiān）：同"纤纤"，形容女子的手柔弱纤细。④要（yāo）：同"褄"，纽带，此处指缝制纽带。⑤襋（jí）：衣领，作动词，缝制衣领。⑥提提：安详美好的样子。⑦揥（tì）：古代的一种首饰，类似簪子。⑧褊（biǎn）心：心胸狭窄。

译文

夏天凉鞋缠丝绳，怎能走于满地霜？可怜纤细瘦弱手，怎能替人缝衣裳？提着衣带和衣领，恭候女主来试穿。

女主试穿很舒服，却左转身不理我，自顾头戴象牙簪。女人是个窄心肠，作诗把她狠狠刺。

解析

这首诗描写了一个缝衣女奴为主人家缝制衣服的情景。缝衣女奴因受女主人的虐待而心生不满，故作此诗来讽刺。通过对缝衣女奴和女主人二人的衣着、行为等的对比描写，凸显了一主一仆、一贫一富之间的贫富差距。

全诗共两章，前章先着力描写缝衣女奴之穷困，自己挨饿受冻，纤细瘦弱，却还要为女主人缝制衣服；后章着力描写女主人的傲慢态度。女主人穿上缝衣女奴辛苦制成的新衣，连看都不看她一眼，还故作姿态地拿起簪子自顾梳妆打扮起来。这些细节的描写生动形象，让读者也产生了对缝衣女奴的同情和对女主人的气愤。

园有桃

原文

园有桃，其实之肴①。心之忧矣，我歌②且谣。不知我者，谓我士③也骄。彼人④是哉，子曰何其？心之忧矣，其谁知之？其谁知之？盖⑤亦勿思。

园有棘⑥，其实之食。心之忧矣，聊以行国。不知我者，谓我士也罔⑦极。彼人是哉，子曰何其？心之忧矣，其谁知之？其谁知之？盖亦勿思。

注释

①肴：食物。②歌：指的是歌唱。③士：古代对官吏的称呼。④彼人：指的是朝廷上的人。⑤盖：为何不。⑥棘：酸枣树木。⑦罔：没有。

译文

田园里面种着桃树，摘吃桃子也能吃饱。心里忧愁又烦闷，暂时唱歌忘却烦恼。那些不理解我的人，说我是个骄逸的人。那人的行为没有错，你却在忧愁为什么？心里忧愁又烦闷，又有谁能够知道呢？又有谁能够知道呢？不要挂念苦思索。

田园里种上酸枣树，摘吃酸枣也能吃饱。心里忧愁又烦闷，暂去城中游玩忘却。那些不理解我的人，说我目中没有法纪。那人的行为没有错，你却在忧愁为什么？心里忧愁又烦闷，又有谁能够知道呢？又有谁能够知道呢？不要挂念苦思索。

解析

这是一首抒发士人身处乱世怀才不遇的伤感之歌。因不被理解而心生感慨，有感而发作歌诗，借此表白自己的清正高洁，抒发不平和郁闷。本诗真实地反映了先秦士大夫的生活状态和思想状况。

诗歌两章首以所见园中桃树、枣树起兴，诗人有感于它们所结的果实尚可供人食用，而自己却是个无用的文人，不能贡献自己的才能，因而愤愤不平，因此只能以诗歌来排遣忧愁，而忧愁究竟为何？接下来便说，自己的忧国忧民之心无人能懂，反被指责为狂傲。因此，诗人最后只能自嘲说，既然没人能够理解自己，那还不如不去思考它呢？

伐檀

诗经选

原文

坎坎伐檀①兮，置之河之干兮。河水清且涟猗。不稼不穑②，胡取禾三百廛③兮？不狩不猎，胡瞻尔庭有县貆④兮？彼君子兮，不素餐⑤兮！

坎坎伐辐兮，寘之河之侧兮。河水清且直猗。不稼不穑，胡取禾三百亿兮？不狩不猎，胡瞻尔庭有县特⑥兮？彼君子兮，不素食兮！

坎坎伐轮兮，置之河之漘⑦兮。河水清且沦猗。不稼不穑，胡取禾三百囷⑧兮？不狩不猎，胡瞻尔庭有县鹑兮？彼君子兮，不素飧兮！

注释

①檀：一种质地坚硬的树木，可制作车辆。②穑：收获。③廛（chán）：通"缠"，即捆。④貆（huān）：兽名。⑤素餐：吃白饭，不劳而获。⑥特：三岁的兽。⑦漘（chún）：水边。⑧囷（qūn）：束。一说圆形的谷仓。

译文

砍伐檀树声声响，棵棵放倒堆河边。河水清清涟漪生。不播种也不收割，三百捆禾为何往家搬？不冬狩来不夜猎，为何庭院猪獾悬？那些老爷和君子，不会白白吃闲饭啊！

砍下檀树做车辐，放在河边堆一处。河水清清直流去。不播种来不收割，三百捆禾为何要独取？不冬狩来不夜猎，为何庭院兽悬挂？那些老爷君子啊，不会白吃来饱腹啊！

砍下檀树做车轮，棵棵放倒河边屯。河水清清起波纹。不播种来不收割，三百捆禾为何要独吞啊？不冬狩来不夜猎，为何庭院挂鹌鹑？那些老爷君子啊，可不会白白吃腥荤啊！

解析

　　这是伐木工人劳动时所唱的歌。它深刻地反映了劳动者对封建剥削者不劳而获的不满和憎恨，讽刺了剥削者的贪婪和无所作为。劳动者辛辛苦苦地伐木造车，过着吃不饱穿不暖的生活，而剥削者却不知耕种狩猎的辛苦，整日花天酒地、白吃白喝，这让劳动者怎能不心生怨恨？

　　本篇三章反复咏叹，除了更有力地表达了伐木者的反抗情绪外，还能在内容上有所补充。例如各章猎物名称的变换，说明剥削者对猎获物无论是兽是禽、是大是小，一概毫不客气地据为己有，表现了他们贪婪的本性。全诗直抒胸臆，叙事中饱含愤怒情感，不加任何修饰，增加了真实感。

硕鼠

原文

　　硕鼠①硕鼠，无②食我黍！三岁贯③女，莫我肯顾。逝将去女④，适彼乐土。乐土乐土，爰⑤得我所！

　　硕鼠硕鼠，无食我麦！三岁贯女，莫我肯德。逝将去女，适彼乐国。乐国乐国，爰得我直⑥！

　　硕鼠硕鼠，无食我苗！三岁贯女，莫我肯劳。逝将去女，适彼乐郊。乐郊乐郊，谁之永号？

注释

　　①硕鼠：大老鼠。一说田鼠。②无：毋，不要。③贯：侍奉。④去女：离开你。去，离开；女，同"汝"。⑤爰（yuán）：于是，在此。⑥直：通"职"，住所。

译文

　　大田鼠呀大田鼠，不许吃我种的黍！多年辛勤伺候你，你却对我不照顾。发誓定要离开你，去那幸福之乐土。那乐土啊那乐土，才是我的好去处！

　　大田鼠呀大田鼠，不许吃我种的麦！多年辛勤伺候你，你却对我不优待。发誓定要离开你，去那仁爱之乐国。那乐国啊那乐国，才得到我的价值！

　　大田鼠呀大田鼠，不许偷吃我的苗！多年辛勤伺候你，你却不肯慰劳我！发誓定要摆脱你，去那欢笑之乐郊。那乐郊啊那乐郊，谁还悲叹长呼号！

解析

    这是《诗经》的名篇，是一首劳动人民控诉统治者残酷剥削的诗歌。诗歌将统治者比喻为贪得无厌的大老鼠，形象而贴切地揭露了其本质，将其残酷剥削的本性表露无遗，表达出了诗人强烈的愤慨。

    这首诗以物喻人，老鼠形象丑陋，又狡黠，性喜窃食，借来比拟贪婪的剥削者十分恰当。诗人在诗中以雷霆万钧之力喊出了他们的心声——寻找安居乐业、不受剥削的人间乐土！虽然在现实中这也许是一个幻想，但却真实反映了劳动人民对美好生活的憧憬，更标志着他们的觉醒。

诗经选

唐 风

蟋蟀

原文

蟋蟀在堂，岁聿^①其莫^②。今我不乐，日月其除。无已大康，职^③思其居。好乐无荒，良士瞿瞿^④。

蟋蟀在堂，岁聿其逝。今我不乐，日月其迈^⑤。无已大康，职思其外。好乐无荒，良士蹶蹶^⑥。

蟋蟀在堂，役车其休。今我不乐，日月其慆^⑦。无已大康。职思其忧。好乐无荒，良士休休^⑧。

注释

①聿（yù）：文中作语气助词。②莫：通"暮"，年终。③职：主要职务。④瞿瞿（jù）：心中警戒的样子。⑤迈：消逝，过去。⑥蹶蹶：勤劳敏捷的样子。⑦慆（tāo）：逝去。⑧休休：安闲自得的样子。

译文

蟋蟀鸣叫在堂屋，一年匆匆到岁末。今日不再寻快乐，时间一去不回来。日子不能太享受，自己本职不可忘。享乐不可荒正业，贤士都要有戒备。

蟋蟀鸣叫在堂屋，时间一去不等人。若我现在不行乐，光阴转眼白白过。寻欢不可太过度，其他责任不能忘。享乐不可荒正业，贤士都要勤奋斗。

蟋蟀鸣叫在堂屋，役车也停在休息。若我现在不行乐，光阴转眼白白过。寻欢不可太过度，国家忧患记心头。享乐不可荒正业，贤者时刻放在心。

解析

这是一首劝人勤勉的诗作。全诗三章，意思基本相同。诗人用蟋蟀由野外迁至屋内，天气渐渐寒凉，来表示时序更易，引出了对时光流逝的感慨。

虽然表面说人生短暂要及时行乐，实际上是欲进故退，告诫人们不要过分地追求享乐，应当好好想想自己承担的工作，对分外事务也不能漠不关心，尤其是不可只顾眼前，还要想到今后可能会出现的忧患。这反复的叮嘱，包含着诗人宝贵的人生经验，告诫人们在享乐的同时也不要忘记自己的责任。虽是劝诫，却很有分寸。"好乐无荒"在当今仍有社会意义。

山有枢

原文

　　山有枢①，隰有榆。子有衣裳，弗曳弗娄②。子有车马，弗驰弗驱。宛其死矣，他人是愉。

　　山有栲③，隰有杻④。子有廷内，弗洒弗埽⑤。子有钟鼓，弗鼓弗考。宛其死矣，他人是保⑥。

　　山有漆，隰有栗。子有酒食，何不日鼓瑟？且以喜乐，且以永日。宛其死矣，他人入室。

注释

①枢（shū）：木名，刺榆。②娄：搂的借字，牵拉。在这里和"曳"都是穿的意思。③栲（kǎo）：树名。④杻（nǐu）：檍树，梓属。⑤埽（sào）：同"扫"，打扫。⑥保：占有。

译文

山上长着刺榆树，榆树长在洼地中。你又有衣又有裳，从不穿戴在身上。你又有车又有马，从不乘来也不坐。到你死去那一天，别人占有尽享乐。

栲树生长在山上，檍树长在洼地中。你有庭院和房屋，从不打扫不洒水。你又有钟又有鼓，从不击来也不敲。到你死去那一天，别人占有乐陶陶。

漆树生长在山上，栗树长在洼地中。你又有酒又有食，从不弹琴不鼓瑟？姑且用它寻欢乐，姑且用它来度日。到你死去那一天，别人入室皆占有。

解析

这是一首嘲讽一个守财奴式的贵族统治者的诗。诗人通过对守财奴的衣食住行的描述，有力地讽刺了他只知道敛财却不知道享受的可笑生活状况。

全诗三章，一章的衣裳、车马，二章的廷内、钟鼓，三章的酒食、乐器，概括了贵族的生活起居、吃喝玩乐。但贵族虽然拥有一切，但却不知道享用，只是一味地敛财，吝啬的守财奴形象跃然纸上。诗人在最后也发出了警告，提醒他这些东西死后都会被别人占有。

椒聊

原文

椒聊①之实，蕃衍盈升。彼其之子，硕大无朋②。椒聊且，远条③且。

椒聊之实，蕃衍盈匊④。彼其之子，硕大且笃⑤。椒聊且，远条且。

注释

①椒聊：花椒，又名山椒。②朋：比。③条：修长。④匊（jū）："掬"的古字，两手合捧。⑤笃：厚重。

译文

花椒子儿一串串，子儿繁多采满升。那个女子真福气，身材高大无人比。花椒串串多结子，香气阵阵飘得远。

花椒子儿一串串，子儿繁多采满捧。那个女子真福气，体态粗壮又厚重。花椒串串多结子，香气阵阵飘得远。

解析

　　对于这首诗的主题，较多的说法认为是在赞美一个高大健壮的女子，羡慕她多子多福，同时表达了对家中人丁兴旺的向往。在我国古代，以儿孙众多为福。二章均以花椒果实繁盛起兴，花椒多子象征着家中子孙繁衍兴旺，因而以此赞美妇女多子多福，又通过花椒香气远飘来形容妇女美好的名声远远传颂。同时，反复吟唱的形式也起到了加强语意的艺术效果。

杕杜

原文

　　有杕①之杜，其叶湑湑②。独行踽踽。岂无他人？不如我同父。嗟行之人，胡不比焉？人无兄弟，胡不佽③焉？

　　有杕之杜，其叶菁菁。独行睘睘④。岂无他人？不如我同姓。嗟行之人，胡不比焉？人无兄弟，胡不佽焉？

注释

①杕（dì）：孤立生长。②湑湑（xǔ）：形容树叶茂盛。③佽（cì）：资助，帮助。④睘睘（qióng）：同"茕茕"，孤独无依的样子。

译文

一棵赤棠孤零零，树上叶儿密密生。独自流浪好孤独。难道路上没别人？不如同父兄弟亲。叹息来往过路人，为何不与我亲近？来往一人没兄弟，为何不将我帮助？

一棵赤棠孤零零，树上叶儿密又青。独自流浪多悲辛。难道路上没别人？不如同姓兄弟亲。叹息来往过路人，为何不与我亲近？来往一人没兄弟，为何不将我帮衬？

解析

这是一首流浪者的孤独之歌。全诗二章，每章九句，复沓章法，第二章内容除用韵换字外基本与第一章相同。本诗以孤独的赤棠形单影只起兴，写诗人流浪在外，虽然同路人不少，但却没有一个如兄弟般可以依靠的人，充满了悲凉之感。

整首诗充满了凄凉感伤的气氛，诗人的叙述多了一份哀叹，少了一份悲号，可见对这种处境诗人充满了无奈。推想那个战火纷飞的年代，许多人流离失所，无家可归，无亲无故，只得流浪四方，又有谁能来帮助他们呢？

鸨羽

原文

肃肃①鸨羽，集于苞栩②。王事靡盬③，不能蓺④稷黍。父母何怙⑤？悠悠苍天，曷其有所？

肃肃鸨翼，集于苞棘⑥。王事靡盬，不能蓺黍稷。父母何食？悠悠苍天，曷其有极？

肃肃鸨行，集于苞桑。王事靡盬，不能蓺稻粱。父母何尝？悠悠苍天，曷其有常？

注释

①肃肃：鸟翅扇动的响声。②苞栩：苞，草木丛生；栩，柞树。③靡盬（gǔ）：没有止息。靡，无，没有；盬，休止。④蓺（yì）：种植。⑤怙（hù）：依靠。⑥棘：酸枣树。

译文

　　大雁嗷嗷拍翅膀，成群落在柞树上。徭役差事做不完，无法去种黍和粱。靠谁养活我爹娘？高高在上的苍天，何时让我回家乡？

　　大雁嗷嗷展翅飞，成群落在枣树上。徭役差事做不完，无法去种黍和粱。哪有粮来养父母？高高在上的苍天，做到何时才收场？

　　大雁嗷嗷飞成行，成群落在桑树上。徭役差事做不完，无法去种稻和粱。拿何去给父母尝？高高在上的苍天，日子何时能正常？

解析

　　这首诗揭示了东周时代晋国的政治黑暗，沉重的徭役负担使农民终年疲于奔命，根本无法安居乐业、赡养父母家人，因而发出呼天怨地的声音，强烈抗议统治者的深重压迫。

　　全诗三章，每章首句均以鸿鸟反常地停集在树上比喻农民长期在外服役而不能在家安居务农养家糊口。王室的差事没完没了，回家的日子遥遥无期，大量的田地荒芜失种。所以诗人对统治者提出强烈的抗议与斥责。想到家中父母亲人无人供养，心中的怨愤之情就难以掩盖。可在当时那个社会，谁又能告诉他们这样的日子何时结束呢？

有杕之杜

原文

　　有杕①之杜，生于道左②。彼君子兮，噬③肯适我。中心好之，曷饮食④之？

　　有杕之杜，生于道周⑤。彼君子兮，噬肯来游⑥。中心好之，曷饮食之？

注释

　　①杕（dì）：树木孤生独立的样子。②左：道路东边，古人以东为左。③噬：发语词。一说何，曷。④饮（yìn）食（sì）：喝酒吃饭。⑤周：右的假借。⑥游：来看望。

译文

　　那棵梨树真孤独，长在路东偏僻处。那君子啊有风度，可愿屈就来访我？心中对你有爱慕，何不请来喝一壶？

　　那棵梨树真孤独，长在路右偏僻处。那君子啊有风度，可愿屈就来看我。心中对你有爱慕，何不请来喝一壶？

解析

　　这首诗表达了一位女子对意中人的思慕之情。女子对情人爱慕至深，盼望着他来探望自己，并在心里思索，既然如此喜爱他，应该准备酒菜请他做客。简单的心理活动展现出了女子对情人的深深爱恋。

　　诗共两章，各六句。每章的开头均为"兴之比也"，杜梨孤零零地长于道路偏僻处，作者借物起兴，以物喻人，以此暗喻女子内心的孤独。再通过以下对女子思恋情人，并渴望与之相会的心理描写，自然而然地将一位寂寞女子的暗恋之情表现了出来。

葛生

原文

> 葛生蒙①楚，蔹②蔓于野。予美亡此，谁与独处？
>
> 葛生蒙棘，蔹蔓于域③。予美亡此，谁与独息？
>
> 角枕粲④兮，锦衾烂⑤兮。予美亡此，谁与独旦？
>
> 夏之日，冬之夜。百岁之后，归于其居。
>
> 冬之夜，夏之日。百岁之后，归于其室。

注释

①蒙：覆盖。②蔹（liǎn）：植物名，即白蔹。③域：坟地。④粲：色彩鲜明的样子。⑤烂：灿烂。

译文

葛藤缠绕着荆树，蔹草蔓延遍山野。我的爱人葬在此，荒郊野岭谁同住？
葛藤缠绕着枣树，蔹草蔓延遍坟地。我的爱人葬在此，荒郊野外谁同息？
角枕颜色光灿灿，锦被鲜艳亮闪闪。我的爱人葬在此，荒郊野外谁同伴？
夏日炎炎日子长，冬夜漫漫寒难耐。待到百年身后时，同你相会在阴间。
冬夜漫漫寒难耐，夏日炎炎日子长。待到百年身后时，同归相会在黄泉。

解析

这是一首悼亡诗。从结构上看，可分两大部分，前一部分为有"予美亡此"句的三章，后一部分为有"百岁之后"句的两章。前二章以"葛藤""蔹草"起兴，描绘出了一种凄凉、伤感的情境。第三章通过描写与爱人生前共用的枕头、被子，睹物思人的伤感之情让人不禁发出感叹，二人阴阳两隔，谁来与己走完此生呢？末章写到死别后的日子漫漫无期，而唯一的期望就是来生可以再相会，思念之深，悲哀之重，令人叹息。

朱守亮《诗经评释》认为本诗"不仅知为悼亡之祖，亦悼亡诗之绝唱也"，其出色的艺术效果让古今众多学者为之赞叹。当读到诗人"百岁之后，归于其室"的哀叹之时，相信每位读者都会被感染，为这一份穿越生死的爱恋而动容。

采苓

原文

采苓采苓，首阳之巅。人之为言，苟亦无信。舍旃①舍旃，苟亦无然②。人之为言，胡得焉？

采苦采苦，首阳之下。人之为言，苟亦无与③。舍旃舍旃，苟亦无然。人之为言，胡得焉？

采葑④采葑，首阳之东。人之为言，苟亦无从。舍旃舍旃，苟亦无然。人之为言，胡得焉？

注释

①旃（zhān）："之焉"的合声。②无然：不要信以为真。③无与：不要理会。④葑：大头菜之类的蔬菜。

译文

采甘草啊采甘草，首阳山顶到处找。有人专爱造谣言，切勿轻信那一套。不要听啊不要信，流言蜚语不可靠。有人专爱造谣言，到头什么能得到？

采苦菜啊采苦菜，首阳山脚到处找。有人专爱造谣言，切勿跟随他一道。不要听啊不要信，流言蜚语不可靠。有人专爱造谣言，到头什么能得到？

采芜菁啊采芜菁，首阳东麓到处找。有人最爱说假话，切勿信从随他跑。不要听啊不要信，流言蜚语不可靠。有人专爱造谣言，到头什么能得到？

解析

这是一首劝诫人们不要听信谣言的诗。一般论家都认为此诗是在讽刺晋献公。《毛诗序》有云："《采苓》，刺晋献公也。献公好听谗焉。"

诗分三章，每章以托物起兴的表现手法开篇。通过描写人们生活中常见的"苓""苦""葑"来引出下文，又通过"无信""无与""无从"的语意递进来揭露谣言的本质，一遍遍"舍旃舍旃"的呼喊加强着劝说的力量。最后以"人之为言，胡得焉"收尾，则是在告诫造谣者不要再枉费心机，做徒劳无功的事情了。全诗延续了《诗经》惯用的一唱三叹、反复咏唱的表现方法，这种方法对于增加劝诫诗的艺术效果是十分有效的。

风 · 唐风

秦 风

车邻

原文

有车邻邻^①，有马白颠^②。未见君子，寺人之令。

阪有漆，隰有栗。既见君子，并坐鼓瑟。今者不乐，逝者其耋^③。

阪有桑，隰有杨。既见君子，并坐鼓簧。今者不乐，逝者其亡。

注释

①邻邻：同"辚辚"，车行声。②白颠：颠指额，白颠是指马的额头上有块白色毛。③耋（dié）：泛指老人。

译文

大车奔驰响辚辚，马儿白毛生额顶。来访君子未见面，等候侍者去传令。

高坡上有漆树园，洼地下游栗树田。已经见到那君子，并肩同坐弹丝弦。今朝不乐待几时，转眼老去气奄奄。

高坡有个桑树林，洼地有片杨树荫。已经见到那君子，并肩同坐吹簧笙。今朝不乐待几时，转眼死去凄惨惨。

解析

这首诗描写了贵族之间相聚作乐的场景，表现出了及时行乐的想法，言语间透露着对时间流逝的叹息。全诗三章，首章描述诗人驾车前往友人家中，并要侍者去通报传话。从这里我们可以看出作者及友人的身份当属贵族。后两章描写二人见面后，共同奏乐玩乐的场面。诗人在这两章反复强调要趁现在及时享乐，否则将来老了就无法享受。

有人说这首诗表现了统治阶级腐朽没落的享乐生活，可是言语间却不见刻薄讽刺。若理解为朋友间相互袒露襟怀，以诚待友，在相聚时流露出的人生短促的感伤，是否更为贴切？

小戎

原文

小戎伐收①，五楘②梁辀③。游环胁驱，阴靷④鋈续⑤。文茵畅毂，驾我骐馵⑥。言念君子，温其如玉。在其板屋，乱我心曲。

四牡孔阜，六辔在手。骐骝⑦是中，𬴊骊⑧是骖。龙盾之合，鋈以觼軜⑨。言念君子，温其在邑。方何为期？胡然我念之！

俴驷⑩孔群，厹矛鋈錞⑪。蒙伐有苑，虎韔⑫镂膺。交韔二弓，竹闭绲滕⑬。言念君子，载寝载兴。厌厌⑭良人，秩秩⑮德音。

注释

①伐（jiàn）收：即"栈车"，木制的车。②五楘（mù）：用皮革缠在车辕呈"×"形，起加固和修饰作用。五，古文作"×"形。③梁辀（zhōu）：曲辕。④阴靷（yǐn）：引车前行的皮革。⑤鋈（wù）续：以白铜镀的环紧紧扣住皮带。⑥骐馵（zhù）：骐，青黑色如棋盘格子纹的马。馵，左后蹄白或四蹄皆白的马。⑦骝（liú）：红黑色的马。⑧𬴊（guā）：黑嘴的黄马。骊：黑马。⑨觼（jué）：有舌的环。軜（nà）：内侧二马的辔绳。⑩俴驷：披薄金甲的四马。⑪厹（qiú）矛：

头有三棱锋刃的长矛。镦（duì）：矛柄下端金属套。⑫虎韔（chàng）：虎皮弓囊。⑬绲（gǔn）：绳。縢：缠束。⑭厌厌：安静柔和的样子。⑮秩秩：通情达理。

译文

轻型战车车厢浅，五条皮带扎辕上。马背有环胁有扣，引车带环镶白铜。虎皮褥子长车毂，花马驾车白蹄扬。思念夫君人品好，性情温和玉一样。他去从军住板屋，使我心乱真惆怅。

四匹公马高又壮，六条缰绳攥手中。青马红马中间驾，黄马黑马两边跑。龙纹盾牌双合起，内侧綯绳铜环套。思念夫君人品好，性格温和戍边关。何时才能回家来？心里怎能不想他？

四马合群披甲轻，三棱矛柄套铜镦。盾牌上面绘鸟羽，虎皮弓囊雕花纹。两弓相交插囊中，竹制弓架缠紧绳。思念夫君人品好，辗转难眠思如潮。温良文静我夫君，聪慧有礼传美名。

解析

本诗描写了妻子对戍守边关的丈夫的思念之情，表达了她对丈夫深深的爱慕。秦师出征时，家人必往送行，征人之妻当在其中。事后，她回忆起当时丈夫出征时的壮观场面，进而联想到丈夫离家后的情景。

全诗三章，首章描绘了战车的精致和华贵，抒写军队阵容之强盛，次章主要描述战马的威武，末章则展示了兵器的精良。在每章的末尾，女子要提到自己丈夫的美好品行，表现出对他深深的思念。全诗构思精巧，内容丰富，结构整齐却不失各章特色，是一首较为独特的作品。

蒹葭

原文

蒹葭①苍苍②，白露为霜。所谓伊人，在水一方。溯洄③从之，道阻且长。溯游④从之，宛在水中央。

蒹葭萋萋，白露未晞⑤。所谓伊人，在水之湄⑥。溯洄从之，道阻且跻⑦。溯游从之，宛在水中坻⑧。

蒹葭采采，白露未已。所谓伊人，在水之涘⑨。溯洄从之，道阻且右。溯游从之，宛在水中沚⑩。

注释

①蒹葭：芦苇。②苍苍：鲜明、茂盛的样子。③溯洄：逆流而上。④溯游：顺流而下。⑤晞（xī）：干。⑥湄：水和草交接的地方，也就是岸边。⑦跻（jī）：升高。⑧坻（chí）：水中高地。⑨涘（sì）：水边。⑩沚（zhǐ）：水中的小沙洲。

译文

芦苇茂密水边长，深秋白露结成霜。我心思念那个人，就在河水那一方。逆流而上去追寻，道路崎岖又漫长。顺流而下去追寻，仿佛就在水中央。

芦苇茂盛水边长，太阳初升露未干。我心思念的那人，就在河水那岸边。逆流而上去追寻，道路险峻难攀登。顺流而下去追寻，仿佛就在水中洲。

芦苇茂密水边长，太阳初升露珠滴。我心思念的那人，就在河水岸边立。逆流而上去追寻，道路弯曲难走通。顺流而下去追寻，仿佛就在沙洲边。

解析

这是《诗经》千古传颂的一首名篇。这首诗凄婉缠绵，表现了一个人为了自己心爱的人而上下求索，穿越艰难险阻，矢志不渝，将主人公的痴情表现得淋漓尽致。

诗人的情感在作品中仿佛始终处于一种朦胧的状态。每次去寻找心爱的人，都好似快要成功了，但终究还是水月镜花。感情总是处在若即若离之中，既尚未走远，又无法到达。这就像是爱情，反反复复，缠缠绵绵。真正的爱情或许正如这般，不是轻而易举能够拥有的，需要经过反复的找寻，克服艰难险阻，才能最终找到属于自己的彼岸。

终南

原文

终南①何有？有条②有梅。君子至止，锦衣狐裘。颜如渥丹③，其君也哉。

终南何有？有纪有堂④。君子至止，黻⑤衣绣裳。佩玉将将，寿考⑥不忘。

注释

①终南：山名，终南山。②条：树名，即山楸。③渥：涂。丹：赤石制的红色颜料。④纪：通"杞"，杞柳。堂：通"棠"，棠梨树。⑤黻（fú）：黑色青色花纹相间的上衣。⑥考：老。

译文

终南山上有什么？有山楸树和梅树。有位君子到此地，锦绣衣衫狐裘服。脸儿红润像涂丹，此人定是我君主。

终南山上有什么？有枸杞树和梨棠。有位君子到此地，青黑上衣五彩裳。身上佩玉响叮当，祝君长寿永不忘。

解析

这是一首赞美秦襄公的诗作。表达了对秦襄公的赞美，并带有一定的劝诫意味，希望秦襄公能成为一个受民众爱戴的称职君王。

《毛诗序》以为：“（襄公）能取周地，始为诸侯，受显服，大夫美之故作是诗，以戒劝之。”

诗作两章均以终南山上的树木起兴，说明周地来了一位圣明的君主。再通过描写秦襄公的仪貌之美、衣着之华丽，勾画出一个华贵的君王形象。最后的一句“寿考不忘”更是体现了对君王的歌颂，同时带有周地人民的期望，希望这位君王能成为明君，不忘周地的子民。

诗经选

黄鸟

原文

交交黄鸟，止于棘①。谁从穆公？子车奄息。维此奄息，百夫之特②。临其穴，惴惴③其栗。彼苍者天，歼我良人！如可赎兮，人百其身！

交交黄鸟，止于桑。谁从穆公？子车仲行。维此仲行，百夫之防。临其穴，惴惴其栗。彼苍者天，歼我良人！如可赎兮，人百其身！

交交黄鸟，止于楚。谁从穆公？子车鍼虎④。维此鍼虎，百夫之御。临其穴，惴惴其栗。彼苍者天，歼我良人！如可赎兮，人百其身！

注释

①棘：酸枣树。②特：杰出的人才。③惴惴：恐惧的样子。④鍼（qián）虎：同上"奄息""仲行"，都是人名。

译文

黄鸟声声鸣叫哀，枣树枝上停下来。是谁殉葬从穆公？子车奄息命运舛。谁不赞许好奄息，百夫之中一俊才。众人悼殉临墓穴，胆战心惊痛活埋。苍天在上请开眼，坑杀好人不应该！如若可赎他的命，百人甘愿赴泉台！

黄鸟声声鸣叫哀，桑树枝上歇下来。是谁殉葬伴穆公？子车仲行遭祸灾。谁不称美好仲行，百夫之中一干才。众人悼殉临墓穴，胆战心惊痛活埋。苍天在上请开眼，坑杀好人不应该！如若可赎他的命，百人甘愿化尘埃！

黄鸟声声鸣叫哀，荆树枝上落下来。是谁殉葬陪穆公？子车鍼虎遭残害。谁不夸奖好鍼虎，百夫之中辅弼才。众人悼殉临墓穴，胆战心惊痛活埋。苍天在上请开眼，坑杀好人不应该！如若可赎代他死，百人甘愿葬蒿莱！

解析

这首诗讽刺了秦穆公以人殉葬，揭露了古代人殉制度的残酷。

《左传·文公六年》载："秦伯任好卒，以子车氏之三子奄息、仲行、鍼虎为殉，皆秦之良也。国人哀之，为之赋《黄鸟》。"

全诗表达了对"三良"的深切哀悼和对以人殉葬的强烈抗议。诗分三章，第一章悼惜奄息，第二章悼惜仲行，第三章悼惜鍼虎。开篇以哀鸣的黄鸟起兴，渲染出一种悲哀、凄苦的氛围，为全诗的主旨定下了哀伤的基调。接着阐述这三人都是良臣，却要遭受这惨无人道的刑法，实在令人痛惜。如果可以赎回奄息的性命，即使用百人相代也是甘心情愿的啊！

诗人无助的哭喊，是对当权者的谴责，也是对时代的质询。

晨风

原文

䳒①彼晨风②，郁彼北林。未见君子，忧心钦钦③。如何如何？忘我实多！

山有苞栎，隰④有六驳⑤。未见君子，忧心靡乐。如何如何？忘我实多！

山有苞棣，隰有树檖⑥。未见君子，忧心如醉。如何如何？忘我实多！

注释

①䳒（yù）：鸟疾飞的样子。②晨风：鸟名。③钦钦：忧思难解。④隰（xí）：低洼湿地。⑤六驳：木名，梓榆之属，因其树皮青白如驳而得名。⑥檖（suì）：山梨树。

译文

晨鸟如箭疾飞行，飞入茂密北边林。意中人儿没见到，忧心忡忡情难平。怎么办啊怎么办？你竟把我忘干净！

山坡有栎树丛生，洼地梓榆真斑驳。意中人儿没见到，忧心忡忡难快乐。怎么办啊怎么办？你把我忘实在多！

山坡长满唐棣树，洼地挺立那山梨。意中人儿没见到，忧心忡忡似醉迷。怎么办啊怎么办？你已把我全忘记！

解析

这是一首女子怀恋爱人的情诗。诗作中描写了一位痴情的女子由于长时间没有见到自己的意中人，心中充满了思念之情，却又担心心中的他是不是早已经把自己遗忘的细腻情感。

"山有……隰有……"是《诗经》中经常出现的比兴成句。本诗以晨鸟归林起兴，鸟倦飞而知返，还会回到自己的窝里，而人却忘了家，不想回来。女子望穿秋水，等得心碎神伤，而那人却在何处？余下所见就是山坡上有茂密栎树和棣树，洼地里有树皮青白相间的梓榆和檖树，万物各得其所，独有自己无所适从。对比之下，那份惆怅和凄凉就不言自明了。

无衣

原文

岂曰无衣^①? 与子同袍。王于兴师^②，修我戈矛。与子同仇^③!

岂曰无衣? 与子同泽^④。王于兴师，修我矛戟^⑤。与子偕作!

岂曰无衣? 与子同裳。王于兴师，修我甲兵。与子偕行!

注释

①衣：指战衣。②兴师：起兵作战。③同仇：同仇敌忾，共同对敌。④泽：内衣，如今之汗衫。⑤矛戟（jǐ）：一种长柄兵器。

译文

谁说没有战衣穿？与你一同披战袍。国王调兵去打仗，修好我的戈与矛。与你共同去杀敌!

谁说没有战衣穿？与你共穿那汗衫。国王调兵去打仗，修好我的矛和戟。与你共同去作战!

谁说没有战衣穿？与你共穿那下裳。国王调兵去打仗，修好铠甲和刀枪。与你共同赴战场!

解析

这首诗表现了秦地的将士慷慨激昂的士气和同仇敌忾的精神，体现了他们为国家英勇奉献的无私品质。诗共三章，采用重叠复沓的形式，层层递进，将士的爱国情感也逐步升温。从"与子同仇"到"与子偕作"，再到"与子偕行"，从情绪上的高涨到最终行动的开始，洋溢着慷慨激昂的英雄主义气概。我们仿佛可以看到战士们磨刀擦枪、舞戈挥戟的热烈场面，不禁为将士们的激情所感染。

渭阳

原文

我送舅氏^①，日至渭阳。何以赠之？路车乘黄^②。

我送舅氏，悠悠我思。何以赠之？琼瑰^③玉佩。

注释

①舅氏：舅父。②乘黄：四匹驾车的黄马。③琼瑰：玉一类美石。

译文

我送舅舅归国去，转眼来到渭水北。拿何礼物赠予他？一辆大车四黄马。

我送舅舅归国去，思绪绵绵剪不断。用何礼物赠予他？宝石玉佩表我心。

解析

这是一首送别诗。许多学者推断说此诗是秦康公送晋文公归国所作，表达了甥舅之间的深厚情谊。

一章写从秦都雍出发的诗人（秦康公）送舅氏重耳（晋文公）回国就国君之位，来到渭水之阳，即将分别。离别之情用什么来表示？一辆大车四匹黄马有无限祝福寓于其间。二章诗人将惜别之情转向念母之思。甥舅之情本源于母，而念母之思更加深了甥舅情感。最后赠予舅氏纯洁温润的玉佩，表达了对舅氏道德人品的赞美。

这首诗对后世影响甚大，方玉润《诗经原始》说此诗为"后世送别之祖"。

陈 风

宛丘

原文

子之汤①兮，宛丘②之上兮。洵③有情兮，而无望兮。

坎其击鼓，宛丘之下。无冬无夏，值④其鹭羽。

坎其击缶⑤，宛丘之道。无冬无夏，值其鹭翿⑥。

注释

①汤：舞姿摇摆的样子。②宛丘：地名，今河南淮阳县。③洵：确实。④值：持。⑤缶（fǒu）：瓦盆，可敲击发声。⑥鹭翿（dào）：伞形舞蹈道具。聚鸟羽于柄头，下垂如盖。

译文

你舞姿热情奔放，在宛丘山坡之上。我诚然倾心恋慕，却不敢存有奢望。
你击鼓来声声传，宛丘之下舞翩然。无论寒冬和炎夏，手持鹭羽舞姿美。
你击缶来声声响，宛丘道上欢欣舞。无论寒冬和炎夏，手持鹭羽舞姿艳。

解析

这首诗表达了诗人对一位跳舞的巫女的喜爱之情，全诗热情奔放，感情真挚热烈。在保留着原始宗教的狂热、巫傩之风盛行而四季巫舞不断的陈国，男子被一位巫女舞蹈家的曼妙舞姿所深深吸引，却不敢奢望能够与她在一起，只是远远地关注她的一举一动。言语间透露出对巫女的爱慕之心。

此诗在技法风格上颇有特色。首章表达了诗人不能自已的爱恋之情，次二章用白描手法，无一句情语，但所描绘的巫舞场景，无处不透露出巫女的吸引力，无声地表达了诗人对女子的关注和爱恋。牛运震《诗志》评此诗曰："一头两脚，一曲两直，别格活调。"

东门之枌

原文

东门之枌①，宛丘之栩②。子仲之子，婆娑其下。

榖且③于差④，南方之原。不绩⑤其麻，市也婆娑。

榖且于逝⑥，越以鬷迈⑦。视尔如荍⑧，贻我握椒。

注释

①枌（fén）：木名。白榆。②栩：柞树。③榖（gǔ）且：美好的早晨。④差（chāi）：选择。⑤绩：把麻搓成线，纺织。⑥逝：往，赶。⑦鬷（zōng）：会聚，聚集。迈：行。⑧荍（qiáo）：锦葵。草本植物，夏季开紫色或白色花。

译文

东门之外种白榆，宛丘之下种柞树。子仲家中好女儿，大树底下翩翩舞。
良辰美景正当时，同往南方平原处。放下手中纺的麻，姑娘热情婆娑舞。
良辰佳会总前往，屡次前往已相熟。看你好似荆葵花，送我花椒一大束。

解析

这是一首描写爱情的诗歌。诗是以男子为第一人称口吻写的。姑娘是子仲家的女儿。陈国的郊野外种着茂盛的白榆和柞树。姑娘在树下舞姿翩翩，小伙心生爱慕之情。在某一个良辰吉日，女子放下手中纺织的活，前往"南方之原"，在闹市翩翩起舞。男子眼中姑娘美如荆葵花，在姑娘心目中，小伙是她的希望和理想，她送他一束花椒以表白感情。二人感情真挚热烈，大胆奔放，也体现了当时的民风。

衡门

原文

衡门①之下，可以栖迟。泌②之洋洋，可以乐③饥。

岂其食鱼，必河之鲂④？岂其取妻，必齐之姜⑤？

岂其食鱼，必河之鲤？岂其取妻，必宋之子？

注释

①衡门：横木做成的门，指简陋的居所。②泌（bì）：泉水。③乐：疗救。④鲂（fāng）：同下"鲤"均为鱼名，较为名贵。⑤齐之姜：齐国的姜姓美女，姜姓在齐国为贵族。下"宋之子"也是名流贵族，姓于。

译文

横木为门住所简，可以当作栖身处。泉水流淌不停息，可以止渴还充饥。
难道想要吃鱼时，定要鲂鱼才甘心？难道想要娶妻时，必要娶那姜姓女？
难道想要吃鱼时，定要吃那黄河鲤？难道想要娶妻时，必要娶那于姓女？

解析

许多学者认为此诗乃隐者表述安贫乐道之词。但也有学者从上古时期的民俗考察，认为这是一首情诗。结合本诗创作的时代特征，定位为一首带有哲理意味的情诗较贴切。

诗在章法上十分独特，先是叙事，由叙事引发议论。男女相爱至深，男子不由发出一番感慨：吃鱼何必一定要黄河中的鲂鲤，娶妻又何必非齐姜、宋子不可？只要是两情相悦，谁人不可以共度美好韶华？本诗表现了上古陈地百姓自由、纯朴的爱情意识。

东门之池

原文

东门之池，可以沤麻①。彼美淑姬，可与晤歌②。

东门之池，可以沤纻③。彼美淑姬，可与晤语④。

东门之池，可以沤菅⑤。彼美淑姬，可与晤言。

注释

①沤（òu）：长时间用水浸泡。纺麻之前先用水将其泡软，以便取出纤维。②晤歌：用歌声互相唱和。③纻（zhù）：麻的一种。④晤语：会面谈心。⑤菅（jiān）：菅草。茅属，多年生草本植物，叶子细长，可做索。

译文

东门外有护城河，可以浸麻和泡葛。温柔美丽好姑娘，与她相会把歌唱。
东门外有护城河，河水可泡浸纻麻。温柔美丽的姑娘，与她倾谈情相和。
东门外有护城河，河水可泡浸菅草。温柔美丽的姑娘，与她叙话真快活。

解析

　　这是一首情诗。表现了在劳动中的男女之间大胆而直接的爱慕之情。

　　沤麻在古代是相当艰苦的劳动。但是在这艰苦的劳动中，能和自己钟爱的姑娘在一起，又说又唱，心情就大不同了。相聚的喜悦远远超过了劳动的艰辛，歌声充满欢乐之情。

　　全诗三章，共十二句，每章表达的都是同一个意思，这种重章复沓的形式是中国民歌传统的语言形式。诗歌通过反复吟唱，既表现劳动青年感情的纯朴强烈，又加强了主题。

东门之杨

原文

　　东门之杨，其叶牂牂^①。昏以为期，明星煌煌^②。

　　东门之杨，其叶肺肺^③。昏以为期，明星晢晢^④。

注释

①牂牂（zāng）：形容树叶茂盛。②煌煌：星光灿烂的样子。③肺肺（pèi）：同"牂牂"。④晢晢（zhé）：同"煌煌"。

译文

东门有株大白杨，风吹叶儿沙沙响。约好黄昏来相见，一直等到星满天。

东门有株大白杨，风吹叶儿沙沙响。约好黄昏来相见，一直等到星灿烂。

解析

主人公与心上人相约黄昏后，他满怀希望地站在树下等待心上人的到来，一直等到启明星都出现在了东方。虽然诗中没有提到心上人是否最终到来，但等待的那份焦灼和惆怅早已跃然纸上了。

此诗运用的并非"兴"语，而是情景如画的"赋"法。终夜难耐的等待中，有风吹白杨树声和"煌煌"明星之景的点染，烘托了不见伊人的焦急和怅惘。全诗无一句情语，而懊恼、哀伤之情自现，这正是本诗情感抒写上的妙处。

墓门

原文

墓门有棘，斧以斯之①。夫也不良，国人知之。知而不已②，谁昔③然矣。

墓门有梅，有鸮④萃止⑤。夫也不良，歌以讯⑥之。讯予不顾，颠倒思予。

注释

①斧以斯之：指用斧头将树木劈开。斯，劈开，砍掉。②已：止，指改过自新。③谁昔：往昔，从前。④鸮（xiāo）：猫头鹰，古人认为是恶鸟。⑤萃止：聚集，栖息。⑥讯：告诫。

译文

墓门前有大枣树，拿起斧头砍掉它。那是个不良之人，国中人人都知道。知道他坏不悔改，从来他就是如此。

墓门前有棵梅树，猫头鹰来栖息此。那是个不良之人，唱歌规劝他悔改。规劝他却不曾听，摔了跟头才想起。

解析

这是一首讽刺、斥责品行邪恶的统治者的诗，表达了陈国百姓对统治者恶行的不满和憎恨之情。本诗仅两章十二句，短小精悍，四字齐言的诗句抑扬顿挫，用指斥告诫的语气抒发愤恨之情。两章的开头以动植物起兴，其象征意义耐人寻味。国家坏人当道，多行不义，在愤恨之余，诗作也流露出了对国家前途兴亡的担忧和感叹。

月出

原文

月出皎兮，佼人僚①兮。舒窈纠②兮，劳心悄③兮。

月出皓兮，佼人懰④兮。舒忧受兮，劳心慅⑤兮。

月出照兮，佼人燎⑥兮。舒夭绍兮，劳心惨⑦兮。

注释

①僚：美好的样子。②窈（yǎo）纠（jiǎo）：女子舒缓的姿态。③悄：忧愁的样子。④懰（liǔ）：姣好的样子。⑤慅（cǎo）：心神不安。⑥燎：美好。⑦惨（cǎo）：今作"惨"，忧愁烦躁的样子。

译文

月亮出来多皎洁，美人仪容真漂亮。身姿窈窕步轻盈，让我思念心烦忧。

月亮出来多洁白，美人脸庞多姣美。身姿窈窕步舒缓，让我思念心忧愁。

月亮出来光普照，美人仪容真美好。身姿窈窕步优美，让我思念心烦躁。

解析

这是一首优美的爱情诗。作者通过优美的言语营造出月夜朦胧的意境，将对女子的深深思念融入这溶溶月色之中。

《月出》的情调是惆怅的，语言是柔婉缠绵的。它所烘托出的迷离清蒙的氛围和诗中主人公对那位美丽佳人的深深思念让人充满了遐想。

此诗一出，后世的同类之作便源源不断。千百年间，见月怀人的诗作总让人有一种淡淡的忧愁之感，想必无论哪个时代，此情此景都能引起人们的共鸣和感动。

株林

原文

胡为乎株①林？从夏南②。匪③适株林，从夏南。

驾我乘马，说④于株野。乘我乘驹，朝食于株。

注释

①株：陈国邑名，在今河南西华县夏亭镇北。②夏南：即夏姬之子夏徵舒（字子南）。③匪：不是，通"非"。④说：通"税"，停车解马。

译文

为何去株邑之郊？只为去把夏南找。并非要到株邑郊，只想把夏南寻找。

驾起大车赶四马，停车在株邑之野。驾起轻车赶四驹，到达株邑吃早饭。

解析

这首诗对陈灵公的荒淫生活进行了冷峻深刻的讽刺。诗中提到的"夏南"，乃陈大夫御叔之子夏徵舒。据《左传·宣公九年》所载，夏徵舒的母亲夏姬则是闻名遐迩的美妇，引得陈灵公及其大臣孔宁、仪行父的馋涎。三人彼此间常以此诗相互逗乐，相互戏谑。这帮衣冠禽兽的丑恶的行径让百姓们十分不满，因而作诗讽刺。

本诗首章以百姓在路边明知故问的问答形式暗示了陈灵公跟随夏南前往夏姬家中，

二章又以陈灵公的口吻讲述他驾车不分昼夜赶往夏姬家吃早饭，使这桩欲盖弥彰的丑事，一下变得昭然若揭，讽刺之意不言自明，十分犀利。

泽陂

原文

彼泽之陂^①，有蒲与荷。有美一人，伤^②如之何。寤寐无为，涕泗滂沱。

彼泽之陂，有蒲与蕳^③。有美一人，硕大且卷^④。寤寐无为，中心悁悁^⑤。

彼泽之陂，有蒲菡萏^⑥。有美一人，硕大且俨。寤寐无为，辗转伏枕。

注释

①陂（bēi）：水边的地。②伤：按《尔雅》注引《鲁诗》作"阳"，阳，予也。女子自指的代词，意思是"我"。③蕳（jiān）：兰草。④卷（quán）：美好的样子。⑤悁（yuān）悁：忧愁的样子。⑥菡（hàn）萏（dàn）：荷花别称。

译文

在那清清池塘旁，长着蒲草与荷花。有个英俊美男子，让我思念没奈何。朝思暮想没办法，涕泪滚滚如雨下。

在那清清池塘旁，长着蒲草与兰花。有个英俊美男子，身材高大让人爱。朝思暮想没办法，心中忧愁不堪言。

在那清清池塘边，长着蒲草与荷花。有个英俊的男子，身材高大多端庄。朝思暮想没办法，翻来覆去难入眠。

解析

这首诗描写了在池塘岸边一位女子对意中人的深深思念。女子由景生情，真诚坦率，整首诗充满了清新的气息。

全诗三章十八句，每章意思基本相同，都是叙述女子看到池塘边的香蒲、兰草、荷花，不禁想到自己思慕的英俊男子，不禁心烦意乱，情迷神伤，夜晚辗转难眠，于是将一腔愁闷吟唱出来，便成此篇。

桧 风

羔裘

原文

羔裘逍遥，狐裘以朝①。岂不尔思？劳心忉忉②。

羔裘翱翔，狐裘在堂。岂不尔思？我心忧伤。

羔裘如膏③，日出有曜④。岂不尔思？中心是悼⑤。

注释

①朝：上朝。②忉（dāo）忉：忧愁的样子。③膏：脂膏。④曜（yào）：金光闪耀。⑤悼：悲伤，忧虑。

译文

穿着羔裘去逍遥，穿着狐袍去坐朝。怎不叫人为你虑，整日忧心把心操。
穿着羔裘去游逛，穿着狐袍上朝堂。怎不叫人为你虑，想起国家时忧伤。
羊皮袄色如脂膏，太阳一照金光耀。怎不叫人为你虑，心事沉沉真煎熬。

解析

这首诗为桧国大臣因桧君治国无方被迫离去后所作。诗中表达了大臣对桧君治国不思进取的不满，也体现了他对国家命运的深深忧虑。

全诗三章，反复描述统治者衣着华丽，天天贪图享乐，却不顾朝政。而当时桧国"国小而迫"，周边大国正虎视眈眈，而君王对此却不自知，诗人想到国家的命运掌握在这种人手中，不禁发出深深的感叹，为之忧虑重重。

素冠

庶①见素冠兮，棘②人栾栾③兮。劳心慱慱④兮。

庶见素衣兮，我心伤悲兮。聊与子同归兮。

庶见素韠⑤兮，我心蕴结兮。聊与子如一兮。

注释

①庶：有幸。②棘：瘦。③栾（luán）栾：瘦弱的样子。④慱（tuán）慱：忧愁、劳苦的样子。⑤韠（bì）：即蔽膝，古代官服装饰，革制，缝在腹下膝上。

译文

幸而见人戴白帽，身体瘦弱面容憔。心中忧愁又哀伤。
幸而见人穿白衣，我的心中多伤悲。甘愿与你共患难。
幸而见人穿白裤，心中有郁结难解。甘愿与你结同心。

诗经选

120

解析

关于此诗的主旨，古代学者多认为这首诗是在写晚周礼崩乐坏，而今学者却认为这是一首痛惜贤臣遭受迫害、斥逐的诗。为人子者多不能守三年之丧，而诗中服"素衣"者能尽孝道、遵丧礼。可是在先秦时代，素衣素冠本是常服，非专指孝服，因此诗中描写的人物很有可能是位受到政治迫害的良臣。

全诗三章，通过对良臣悲惨形象的描写和自己同情之心的抒发，明确表示自己与之同归的态度，毫无避忌之心，实在难能可贵。

隰有苌楚

原文

隰有苌①楚，猗傩②其枝，夭③之沃沃。乐子之无知。

隰有苌楚，猗傩其华④，夭之沃沃。乐子之无家。

隰有苌楚，猗傩其实，夭之沃沃。乐子之无室。

注释

①苌（cháng）楚：植物名，今称羊桃。②猗（ē）傩（nuó）：柔美的样子。③夭：肥嫩的样子。④华：花。

译文

低洼地里长羊桃，枝条柔美随风摇，鲜嫩光润惹人爱。羡慕你无觉无知。
低洼地里长羊桃，花儿鲜艳好姣美，鲜嫩光润惹人爱。羡慕你无累无家。
低洼地里长羊桃，果实累累真漂亮，鲜嫩光润惹人爱。羡慕你无室无家。

解析

这首诗的主旨历来说法不一。单从全诗的内容来看，无非是羡慕羊桃的生机盎然，无思虑、无家室之累，意明语晰，无可争议。但对于诗人为何会有这样的想法，则见仁见智：或说是赋税苛重，或说是社会乱离，或说是遭遇悲惨，或说嗟老伤生……谁也无法证实。

全诗一共三章，每章二、四句各换一字，重复诉说着同一个意思，这是其感叹之深的反映。也许是因为当时民不聊生，百姓生活凄惨，所以当诗人看到羊桃藤柔美多姿，叶色光润，开花结果，生机蓬勃的时候，不免心生羡慕，竟产生了"人不如草木"的感慨。

匪风

原文

匪^①风发^②兮，匪车偈^③兮。顾瞻周道，中心怛^④兮。

匪风飘兮，匪车嘌^⑤兮。顾瞻周道，中心吊^⑥兮。

谁能亨鱼？溉^⑦之釜鬵^⑧。谁将西归？怀^⑨之好音。

注释

①匪：通"彼"。②发：犹"发发"，风吹声。③偈（jié）：疾驰。④怛（dá）：忧伤。⑤嘌（piāo）：轻快的样子。⑥吊：悲伤。⑦溉：洗涤。⑧鬵（xín）：大锅。⑨怀：送。

译文

大风刮得呼呼响，大车疾驰尘飞扬。一条大道环顾望，令我心中真悲伤。
大风刮起直打旋，大车飞驰如闪电。一条大道环顾望，令我心中真凄惨。
哪位将要煮鱼尝？大锅小锅洗干净。哪位将要回西方？请捎好信到家乡。

解析

这是一首思乡之作。诗人远走他乡，在路上看到奔驰的马车因而勾起了对家乡亲人的思念，他期望能够遇到一个向西去的路人，能够把自己的口信带给家人。

全诗共三章。首二章描写游子看到路上飞驰的马车，听着马车疾驰呼啸而起的风，不禁心生思乡之情。末章诗人以愿为善烹鱼者洗锅起兴，表明自己将厚谢为自己捎带口信的西行路人。真挚的言语间体现了诗人思念亲人的浓厚情感，让人为之动容。

曹 风

蜉蝣

原文

蜉蝣①之羽，衣裳楚楚②。心之忧矣，于我归处。

蜉蝣之翼，采采③衣服。心之忧矣，于我归息。

蜉蝣掘阅④，麻衣如雪。心之忧矣，于我归说。

注释

①蜉蝣：一种昆虫，其羽翼极薄并有光泽。寿命极短，多朝生暮死。②楚楚：鲜明的样子。③采采：光洁鲜艳的样子。④掘阅：挖穴而出。阅，通"穴"。

译文

蜉蝣翅膀薄又亮，像你衣服真漂亮。我的心中多忧伤，到底归宿在何方？
蜉蝣羽翼薄又亮，艳丽华美好衣服。我的心中多忧伤，到底安息在何方？
蜉蝣初生穿穴出，麻衣洁白自如雪。我的心中多忧伤，到底歇息在何方？

解析

这首诗借物喻人，以朝生暮死的小小蜉蝣的短暂一生来比喻人生，感叹人的一生脆弱短暂，最终都会走向消亡。整首诗透露着淡淡的哀伤和略微消沉的情绪。本诗内容简单，结构单纯，却有很强的表现力。变化不多的诗句经过三个层次的递进给人的感受是深刻的。

蜉蝣的一生短暂而又美丽，让人总有一种昙花一现、浮生若梦的感慨。可人的一生又何尝不是如此？我们无法改变生命的终点，又止不住对生的眷恋，那何不抓紧在有限的时间里，体会生命无限的价值呢？

候人

彼候人兮，何①戈与祋②。彼其之子，三百赤芾③。

维鹈④在梁，不濡⑤其翼。彼其之子，不称⑥其服。

维鹈在梁，不濡其咮⑦。彼其之子，不遂其媾⑧。

荟兮蔚兮，南山朝隮⑨。婉兮娈兮，季女斯饥。

注释

①何：同"荷"，扛。②祋（duì）：古时的一种兵器，竹制，长一丈二尺，有棱而无刃。③赤芾（fú）：红色的芾。芾，祭祀服饰，即用革制的蔽膝，上窄下宽，上端固定在腰部衣上，按官品不同而有不同的颜色。赤芾乘轩是大夫以上官爵的待遇。④鹈（tí）：即鹈鹕，水禽，体型较大，喙下有囊，食鱼为生。⑤濡：沾湿。⑥称：配，合适。⑦咮（zhòu）：禽鸟的喙。⑧媾（gòu）：高官厚禄。⑨隮（jī）：早晨的云。

译文

迎宾送客那小官，肩扛长戈和长棍。那些平庸小人物，三百人朝服在身。

鹈鹕停在鱼梁上，水没打湿它翅膀。那些平庸小人物，不配穿那好衣服。

鹈鹕停在鱼梁上，水没打湿它的喙。那些平庸小人物，不配高官与厚禄。

云蒸雾罩浓又密，早晨南山云雾多。美丽俊俏真可爱，少女却在忍饥寒。

解析

这是一首对好人沉下僚、庸才居高位的现实进行讥刺的歌诗。

全诗第一章用赋的手法，将两种不同的人的两种不同的遭际进行了对比。前两句写"候人"，后两句写"彼子"。"候人"职微官小、勤劳辛苦，而"彼子"却无功受禄位、无能得显贵，至此，谴责愤怒之情已不言自明。第二、三章改用"比"法。前二句是比喻，后两句是主体，"彼子"与鹈鹕站在鱼梁上伸脖子吃鱼相类，都是不劳而获，无才无能，却享受种种特权。第四章又改用起兴手法。写景起兴，将"季女斯饥"与"荟兮蔚兮"相映相衬。四章赋比兴手法全用上，由表及里，表达了对候人、季女的同情和对无德而尊、无才而贵的当权官僚的憎恶。

鸤鸠

原文

鸤鸠①在桑，其子七兮。淑人君子，其仪②一兮。其仪一兮，心如结兮。

鸤鸠在桑，其子在梅。淑人君子，其带伊丝。其带伊丝，其弁③伊骐。

鸤鸠在桑，其子在棘。淑人君子，其仪不忒④。其仪不忒，正是四国。

鸤鸠在桑，其子在榛。淑人君子，正是国人。正是国人，胡不万年？

注释

①鸤（shī）鸠：布谷鸟。②仪：言行，一说仪容仪貌。③弁（biàn）：皮帽。④忒（tè）：差错。

译文

布谷鸟桑林筑巢，多个小鸟细哺育。品性善良好君子，言行举止终如一。言行举止终如一，内心操守不可移。

布谷鸟桑林筑巢，小鸟嬉戏梅枝间。品性善良好君子，丝带束腰真不凡。丝带束腰

风·曹风

真不凡，玉饰皮帽花色鲜。

　　布谷鸟桑林筑巢，小鸟嬉戏枣树上。品性善良好君子，仪容端庄不走样。仪容端庄不走样，各国有了新模范。

　　布谷鸟桑林筑巢，小鸟栖息树丛间。品性善良好君子，百姓敬仰作榜样。百姓敬仰作榜样，怎不万寿永无疆？

解析

　　对于本诗的主旨，历来有两种相反的意见。《毛诗序》云："《鸤鸠》，刺不一也。在位无君子，用心之不一也。"此说认为这首诗通过赞美理想中的"淑人君子"用心平均专一来讽刺曹国在位者用心不均。另一种说法则认为这是一首赞美诗，正如朱熹《诗集传》所云："诗人美君子之用心平均专一。"

　　诗共四章，都以鸤鸠及其子起兴。鸤鸠就是布谷鸟，被认为是一种善鸟，它喂养众多小鸟，无偏无私，平均如一，也象征着君子的美好品质。起兴后，转入对"淑人君子"的颂扬。从对君子仪表言行的赞美到阐述其安邦治国佑民睦邻的重要作用，由表及里，逐步深入，最后将颂扬推至顶峰，一句"胡不万年"大胆反问，这样的君子怎能不万寿无疆？

下泉

原文

> 冽彼下泉，浸彼苞稂①。忾②我寤叹，念彼周京。
>
> 冽彼下泉，浸彼苞萧。忾我寤叹，念彼京周。
>
> 冽彼下泉，浸彼苞蓍③。忾我寤叹，念彼京师。
>
> 芃芃④黍苗，阴雨膏⑤之。四国有王，郇伯⑥劳之。

注释

　　①稂（láng）：一种莠一类的野草。②忾：叹息。③蓍（shī）：一种用于占卦的草，蒿属。④芃（péng）芃：形容草木茂盛茁壮。⑤膏：滋润，润泽。⑥郇（xún）伯：文王后代，负责管理诸侯国事务。

译文

　　地下泉水冷冰冰，浸得苍稂也朽腐。醒来叹息连叹息，怀念周朝那京都。
　　地下泉水冷冰冰，浸得艾蒿也凋零。醒来叹息连叹息，怀念周朝那京城。

地下泉水冷冰冰，浸得蓍草也腐烂。醒来叹息连叹息，怀念周朝那京师。

茂盛黍苗长得旺，一场好雨滋润它。四方诸侯朝天子，郇伯亲自慰劳他。

解析

这首诗表现了对时世的感慨。春秋末期的人民生活在水深火热之中，国家战乱不断，诗人因此十分怀念周王朝的盛世，期盼当今统治者能够济世救民，还给人民安定的生活。

全诗四章。前三章以寒泉侵蚀野草起兴，比喻周室内乱衰败。第四章却有转折之意，悲意不再，原来是回忆起曾经的美好时代，与当今对比以后就更加令人怀念。

风·曹风

豳 风

七月

原文

七月流火，九月授衣。一之日觱发①，二之日栗烈。无衣无褐②，何以卒岁？三之日于耜③，四之日举趾。同我妇子，馌④彼南亩。田畯⑤至喜。

七月流火，九月授衣。春日载阳，有鸣仓庚⑥。女执懿筐，遵彼微行，爰⑦求柔桑。春日迟迟，采蘩祁祁。女心伤悲，殆及公子同归。

七月流火，八月萑苇⑧。蚕月条桑，取彼斧斨⑨。以伐远扬，猗彼女桑。七月鸣鵙⑩，八月载绩⑪。载玄载黄，我朱孔阳，为公子裳。

四月秀葽⑫，五月鸣蜩。八月其获，十月陨萚⑬。一之日于貉，取彼狐狸，为公子裘。二之日其同，载缵⑭武功。言私其豵⑮，献豜⑯于公。

五月斯螽⑰动股，六月莎鸡振羽。七月在野，八月在宇，九月在户，十月蟋蟀入我床下。穹窒熏鼠，塞向墐⑱户。嗟我妇子，曰为改岁，入此室处。

六月食郁及薁⑲，七月亨葵及菽。八月剥枣，十月获稻。为此春酒，以介⑳眉寿。七月食瓜，八月断壶，九月叔苴㉑，采荼薪樗㉒。食我农夫。

九月筑场圃，十月纳禾稼。黍稷重穋㉓，禾麻菽麦。嗟我农夫，我稼既同，上入执宫功㉔。昼尔于茅，宵尔索綯㉕，亟其乘屋，其始播百谷。

二之日凿冰冲冲，三之日纳于凌阴。四之日其蚤，献羔祭韭。九月肃霜，十月涤场。朋酒斯飨㉖，曰杀羔羊，跻彼公堂。称彼兕觥㉗：万寿无疆！

注释

①飉（bì）发：寒风吹起。②褐：粗布的衣服。③耜（sì）：古代的一种农具。④馌（yè）：送饭。⑤田畯（jùn）：为领主监工的农官。⑥仓庚：黄莺。⑦爰（yuán）：在这里。⑧萑（huán）苇：荻草与芦苇。⑨斨（qiāng）：方孔的斧。⑩鸣鵙（jú）：伯劳鸟，一种叫声响亮的鸟。⑪绩：织麻布。⑫葽（yāo）：即远志，药用植物。⑬陨萚（tuò）：落叶。⑭缵（zuǎn）：继续。⑮豵（zōng）：一岁的猪，这里泛指小兽。⑯豜（jiān）：三岁的猪，这里泛指大兽。⑰斯螽（zhōng）：即螽斯，昆虫名。这种虫子靠摩擦翅膀发声，古人误以为腿摩擦发声。⑱墐（jìn）户：涂泥在竹木所制的门上塞缝，以御寒风。⑲薁（yù）：野葡萄。⑳介：求取。㉑苴（jū）：秋麻籽，可吃。㉒樗（chū）：苦椿树。㉓穋（lù）：同"稑"，晚种早熟的谷。㉔宫功：修建宫室。㉕索绹（táo）：搓绳子。㉖飨：（xiǎng）：用酒食招待客人。㉗兕觥（sì gōng）：铜制的犀牛角状酒杯。

译文

七月火星向西落，九月妇女缝寒衣。十一月北风劲吹，十二月寒气袭人。没有好衣没粗衣，怎么度过这寒冬？正月开始修锄犁，二月下地去耕种。带着妻儿一同去，把饭送到南边地，田官赶来吃酒食。

七月火星向西落，九月妇女缝寒衣。春天阳光暖融融，黄莺婉转唱着歌。姑娘提着深竹筐，一路沿着小道走。伸手采摘嫩桑叶，春来日子渐渐长。人来人往采白蒿，姑娘心中好伤悲，怕随贵人嫁他乡。

七月火星向西落，八月要把芦苇割。三月修剪桑树枝，要用锋利的斧头，砍掉高高长枝条，攀着细枝摘嫩桑。七月伯劳声声叫，八月开始把麻织。染布有黑又有黄，染的红色更鲜亮，献给贵人做衣裳。

四月远志结了籽，五月知了声声叫。八月田间收获忙，十月树上叶儿落。十一月上山猎貉，猎取狐狸好皮毛，送给贵人做皮袄。十二月猎人会合，继续操练打猎功。打到小猪归自己，猎到大猪献王公。

五月蚱蜢弹腿叫，六月纺织娘振翅。七月蟋蟀在田野，八月来到屋檐下。九月蟋蟀

进门口，十月钻进我床下。堵塞鼠洞熏老鼠，封好北窗糊门缝。叹我妻儿好可怜，岁末将过新年到，迁入这屋把身安。

六月食李和葡萄，七月煮葵又煮豆。八月开始打红枣，十月下田收谷稻。酿成春酒甜又香，为了主人求长寿。七月里面可吃瓜，八月到来摘葫芦。九月拾起秋麻籽，采摘苦菜又砍柴，养活家人把心安。

九月修筑打谷场，十月庄稼收进仓。黍稷早稻和晚稻，粟麻豆麦全入仓。叹我农夫真辛苦，庄稼刚好收拾完，又为官家筑宫室。白天要去割茅草，夜里赶着搓绳索。赶紧上房修好屋，开春还得种百谷。

十二月凿冰冲冲，正月把冰藏窖中。二月开初祭祖先，献上韭菜和羊羔。九月寒来始降霜，十月清扫打谷场。两槽美酒敬宾客，宰杀羊羔大家尝，登上主人的庙堂。举杯共同敬主人，齐声高呼寿无疆。

解析

这是《诗经·国风》中最长的一首诗。本诗以史诗般的气势记述农家的艰辛劳作，以时间为线索将农家生活的方方面面展现了出来。《七月》反映了豳地一年四季的劳动生活，涉及衣食住行各个方面。诗人口吻平实，角度极准，从各个侧面展示了一幅宏大的社会风俗画。

这首诗采用赋体，正所谓"敷陈其事""随物赋形"，反映了生活的真实。中国古代诗歌一向以抒情为主，叙事诗较少，这首诗却以叙事为主，在叙事中写景抒情，形象鲜明，诗意浓郁。通过诗中人物娓娓动听的叙述，又详细地展示了当时的劳动场面、生活图景和各种人物的面貌，以及农夫与公家的相互关系，将西周早期社会的真实场景在读者面前再现了出来。

鸱鸮

原文

鸱鸮①鸱鸮，既取我子，无毁我室。恩斯勤斯，鬻②子之闵③斯。

迨天之未阴雨，彻彼桑土，绸缪④牖户。今女下民，或敢侮予？

予手拮据，予所捋⑤荼。予所蓄⑥租，予口卒瘏⑦，曰予未有室家。

予羽谯谯⑧，予尾翛翛⑨，予室翘翘。风雨所漂摇，予维音哓哓⑩。

注释

①鸱（chī）鸮（xiāo）：猫头鹰。②鬻（yù）：育。③闵：病。④绸缪：缠缚，文中形容密密缠绕的样子。⑤捋（luō）：成把地摘取。⑥蓄：收藏。⑦卒瘏（tú）：患病。⑧谯谯（qiáo）：羽毛干枯稀疏的样子。⑨翛翛（xiāo）：羽毛枯焦的样子。⑩哓哓（xiāo）：由于恐惧而发出的叫声。

译文

猫头鹰啊猫头鹰，你已夺走我孩子，别再毁坏我家室。操心操劳多辛苦，养育幼鸟我病倒。

趁着天还没下雨，寻取桑树根和皮，捆扎修葺窗和门。如今你们这些人，也敢来把我欺侮。

我的双手已麻木，还要采茅把巢补。我把茅草储藏起，喙角积劳已磨破，家室还是未筑起。

我的羽毛已稀少，我的尾巴已枯焦，鸟巢不稳太危险。风雨飘摇家难保，我心恐惧大声叫。

解析

这是《诗经》中为数不多的一首寓言诗。描写了一只雌鸟遭受猫头鹰等恶鸟的侵害，孤弱无助，为自己风雨飘摇、朝不保夕的命运而发出了哀鸣。

这首诗借鸟写人，雌鸟所遭受的欺凌以及在艰辛生存中面对不能把握自身命运的深深恐惧，正是先秦时代下层人民悲惨生活情状的形象写照。诗中凶恶的"鸱鸮"、无情的"风雨"便是现实中压迫人们的封建贵族统治者的象征。雌鸟那凄惨的呼号和悲怆的哀诉中，透露着不能掌握自身命运的哀伤，传达着备受欺凌和压迫的人们的无尽愤怒。

东山

原文

我徂①东山，慆慆②不归。我来自东，零雨其濛。我东曰归，我心西悲。制彼裳衣，勿士行枚③。蜎蜎者蠋④，烝⑤在桑野。敦⑥彼独宿，亦在车下。

我徂东山，慆慆不归。我来自东，零雨其濛。果臝⑦之实，亦施于宇。伊威⑧在室，蠨蛸⑨在户。町畽⑩鹿场，熠耀宵行⑪。不可畏也，伊可怀也。

我徂东山，慆慆不归。我来自东，零雨其濛。鹳鸣于垤⑫，妇叹于室。洒扫穹窒，我征聿至。有敦瓜苦，烝在栗薪。自我不见，于今三年。

> 我徂东山，慆慆不归。我来自东，零雨其濛。仓庚于飞，熠耀其羽。
> 之子于归，皇驳其马。亲结其缡^⑬，九十其仪。其新孔嘉，其旧如之何？

注释

①徂（cú）：往。②慆慆（tāo）：时间长久。③行枚：行军时衔在口中以保证不出声的竹棍。④蜎（yuān）蜎：幼虫蜷曲的样子。蠋（zhú）：一种野蚕。⑤烝：久。⑥敦：形容身体蜷缩成团。⑦果臝（luǒ）：葫芦科植物，一名栝楼。⑧伊威：一种小虫，俗称土虱。⑨蠨（xiāo）蛸（shāo）：一种蜘蛛。⑩町畽（tuán）：禽兽践踏过的地方。⑪宵行：萤火虫。⑫垤（dié）：小土丘。⑬缡（lí）：将佩巾结在带子上，古代婚仪。

译文

自我远征东山去，回家愿望久成空。如今我从东山回，满天细雨雾蒙蒙。才说要从东山归，我心忧伤早西飞。家常衣服做一件，不再行军嘴衔枚。野蚕蜷蜷树上爬，田野桑林久作家。露宿将身缩一团，一人睡在车底下。

自我远征东山去，回家愿望久成空。如今我从东山回，满天小雨雾蒙蒙。栝楼藤上结了瓜，藤蔓爬到屋檐下。屋内潮湿生地虱，蜘蛛结网当门挂。鹿迹斑斑场上留，入夜萤火点点亮。家园荒凉不可怕，越是如此越想家。

自我远征东山去，回家愿望久成空。如今我从东山回，满天细雨雾蒙蒙。白鹳丘上轻声叫，我妻屋里把气叹。洒扫房舍塞鼠洞，盼我早早回家还。团团葫芦剖两半，撂上柴堆没人管。旧物闲置我不见，算来到今已三年。

自我远征东山去，回家愿望久成空。如今我从东山回，满天细雨雾蒙蒙。当年黄莺

正飞翔，羽毛闪闪有辉光。那人过门做新娘，迎亲骏马白透黄。娘为女儿结佩巾，婚仪细繁多过场。新婚甫提有多美，重逢又该是何样？

解析

这是一首征人解甲还乡，途中抒发思乡之情的诗。战士在外征战多年，终于解甲归田，心中喜悦之情溢于言表。全诗反映了人民对战争的厌倦、对和平生活的渴望。

全诗四章，前两章写主人公还乡途中的悲喜交集、喜胜于悲的心情。归途风餐露宿，家乡战后民生凋敝，这都使得他更加急迫地想要回到家中。后两章承上写主人公途中的想象，却是专写对妻子的怀思。这是主人公心中再真实不过的想法，战乱年间，亲人的重逢是最难能可贵的。这也从一个侧面反映了当时人民渴望和平生活的社会现实。

破斧

原文

既破我斧，又缺我斨①。周公东征，四国是皇。哀我人斯，亦孔②之将。

既破我斧，又缺我锜③。周公东征，四国是吪④。哀我人斯，亦孔之嘉。

既破我斧，又缺我銶⑤。周公东征，四国是遒⑥。哀我人斯，亦孔之休。

注释

①斨（qiāng）：斧的一种，孔方。②孔：很、甚、极，程度副词。③锜（qí）：古代的一种凿子。④吪（é）：教化。⑤銶（qiú）：凿子，一说是独头斧。⑥遒（qiú）：安定，坚固。

译文

我的圆孔斧战破，我的方孔斧缺损。周公率师去东征，四国叛乱被匡正。可怜我辈从军者，能够生还是幸运。

我的圆孔斧战破，我的凿子已残缺。周公率师去东征，四国臣民被感化。可怜我们从军者，能够生还是喜事。

我的圆孔斧战破，我的独头斧残缺。周公率师去东征，四国局势已平定。可怜我们从军者，能够生还是美事。

解析

这是参加周公东征战役的士兵庆幸生还而作的诗。周公东征平息叛乱，对统治者来说是英明正义之举，理应大肆赞颂。而对打仗的普通士兵来说，他们关心的是自己的生命安危和家庭生活的幸福，因而有幸死里逃生，必然要大肆庆贺。

全诗三章，采用复沓形式，各章仅异数字。每章的前两句描写战争的惨烈，次二句交代征战的目的，末二句则庆幸自己得以生还。言语间透露着士兵对和平的无限向往。

伐柯

原文

伐柯①如何？匪斧不克。取妻如何？匪媒不得。

伐柯伐柯，其则不远。我觏②之子，笾③豆有践④。

注释

①柯：斧头的柄。②觏（gòu）：遇见。③笾（biān）：古时竹制的盛果物的器具。④践：排列，陈列。

译文

怎么砍树做斧柄？没有斧子不能行。怎么迎娶我妻子？没有媒人娶不成。

砍斧柄啊砍斧柄，它的规则在近前。想要见那姑娘面，摆好食具设酒宴。

解析

这是描写迎亲的诗歌，以砍树做斧柄需要斧子起兴，比喻娶亲需要媒妁之言，接着则描述举办了隆重的婚姻将姑娘娶进门。从诗中我们也可以看出古代人民对婚姻礼仪的重视。

从这首诗的引申义来说，重点落在"伐柯伐柯，其则不远"这两句上。砍伐树枝做斧头柄，要有一定的要求、原则、方法，如果砍下的枝条歪七扭八，过粗或过细，都不能插进斧头眼中，成为趁手的斧柄。

这也启示了一个事物发展的共同规律——按一定原则才能协调。因此，后人常用"伐柯伐柯，其则不远"这句话来表示有原则的协调关系，来引指社会政治、经济、文化的活动。

雅

小 雅

鹿鸣

诗经选

原文

呦呦鹿鸣，食野之苹。我有嘉宾，鼓瑟吹笙。吹笙鼓簧，承①筐是将②。人之好我，示我周行③。

呦呦鹿鸣，食野之蒿。我有嘉宾，德音孔昭。视民不恌④，君子是则是效。我有旨酒，嘉宾式燕⑤以敖。

呦呦鹿鸣，食野之芩。我有嘉宾，鼓瑟鼓琴。鼓瑟鼓琴，和乐且湛⑥。我有旨酒，以燕乐嘉宾之心。

注释

①承：捧着。②将：送，献。③周行：大道，引申为大道理。④恌（tiāo）：轻佻。⑤燕：通"宴"。⑥湛：深厚，快活。

译文

野鹿呦呦不停叫，在那野外吃青苹。我有高贵的宾客，相邀鼓瑟又吹笙。吹笙鼓簧悦宾客，赠送礼品满竹筐。众位宾客关爱我，为我指明路方向。

野鹿呦呦不停叫，在那野外吃青蒿。我有高贵的宾客，品德高尚名声好。教人忠厚不轻佻，君子循规要仿效。我备美酒和佳肴，宾客宴饮乐逍遥。

野鹿呦呦不停叫，在那野外吃芩草。我有高贵的宾客，弹瑟奏琴常相邀。弹瑟奏琴常相邀，融洽欢欣乐尽兴。我备美酒和佳肴，宴乐宾客心欢畅。

译文

这是古人在宴会上所唱的歌。作为《雅》的开篇，这首诗对后世影响颇深。曹操的《短歌行》便引用了此诗首章前四句，表示了渴求贤才的愿望，这说明千余年后此诗还有一定的影响。

诗共三章，开头皆以鹿鸣起兴，呦呦的鹿鸣声一开始就为本诗奠定了愉悦的基调。君主设宴款待众爱卿，首先表示自己愿意听取众臣意见，接着阐明自己要求臣下循规蹈矩，做正直清明的好官，至此表达了这次宴会的目的所在。这首不长的诗歌向我们展示了周代宴飨之礼，让读者对周朝的宴乐有了大概的了解。

四牡

原文

四牡骓骓①，周道倭迟②。岂不怀归？王事靡盬③，我心伤悲。

四牡骓骓，啴啴④骆马。岂不怀归？王事靡盬，不遑⑤启处。

翩翩者鵻⑥，载飞载下，集于苞栩。王事靡盬，不遑将⑦父。

翩翩者鵻，载飞载止，集于苞杞。王事靡盬，不遑将母。

驾彼四骆，载骤骎骎⑧。岂不怀归？是用作歌，将母来谂⑨。

注释

①骓（fēi）骓：形容马不停地走。②倭（wēi）迟（yí）：亦作"逶迤"，道路迂回遥远的样子。③盬（gǔ）：止息。④啴（tān）啴：喘息的样子。⑤遑：暇。⑥鵻（zhuī）：一种短尾的鸟，

也叫鹡鸰。⑦将：赡养。⑧骎骎（qīn）：形容马走得很快。⑨谂（shěn）：想念。

译文

四匹公马不停歇，道路悠远又迂回。难道不想把家回？官家差事忙不停，我的心里好伤悲。

四匹公马不停歇，黑鬃白马直喘气。难道不想把家回？官家差事忙不停，哪有时间家中息。

鹡鸰飞翔无拘束，高低自由多舒服，累了停歇在柞树。官家差事忙不停，哪有时间养老父。

鹡鸰飞翔无拘束，飞飞停停真欢愉，累了歇在枸杞树。官家差事忙不停，哪有时间养老母。

四骆马车扬鞭赶，马蹄嘚嘚跑得欢。难道不想把家回？因此编首歌儿唱，儿将母亲深思念。

解析

这首诗表现了因公出差的小官吏的思乡之情。全诗五章，基本上都采用赋的手法。整首诗都充斥着诗人"王事靡盬"与"岂不怀归"的矛盾心理。

我们可以想象，一个公务缠身的小官吏，为了公事天天在外忙碌，无法回家照顾自己的父母，鸟儿尚可以自由地飞翔，可人却为了官事日夜不停歇，只能在出使途中作首歌儿表达对亲人的思念。诗句中透露着淡淡的伤感，也许这就是当时的社会氛围在诗歌中的投影吧。

棠棣

原文

棠棣之华，鄂不韡韡①。凡今之人，莫如兄弟。

死丧之威，兄弟孔怀。原隰裒②矣，兄弟求矣。

脊令③在原，兄弟急难。每有良朋，况也永叹。

兄弟阋④于墙，外御其务。每有良朋，烝⑤也无戎。

丧乱既平，既安且宁。虽有兄弟，不如友生？

傧⑥尔笾豆⑦，饮酒之饫⑧。兄弟既具，和乐且孺。

妻子好合，如鼓瑟琴。兄弟既翕⑨，和乐且湛。

宜尔室家，乐尔妻帑⑩。是究是图，亶⑪其然乎？

注释

①韡（wěi）：花色鲜明的样子。②裒（póu）：聚集。③脊令：通"鹡鸰"，一种水鸟。④阋（xì）：争吵。⑤烝：终久。⑥傧：陈列。⑦笾（biān）豆：祭祀或燕享时用来盛食物的器具。笾用竹制，豆用木制。⑧饫（yù）：满足。⑨翕（xì）：聚合。⑩帑（nú）：通"孥"，儿女。⑪亶（dǎn）：信、确实。

译文

棠棣花开一朵朵，花儿光灿又鲜明。但凡今之天下人，莫如兄弟更相亲。
遭遇死亡的威胁，只有兄弟最关心。丧命埋葬于荒野，兄弟自会前相寻。
鹡鸰困在原野上，兄弟赶忙来救难。虽有良朋和好友，却也只能长叹息。
兄弟墙内虽相争，但却同心抗外侮。虽有良朋和好友，遇难没人来帮助。
丧乱灾祸平息后，生活安定又宁静。此时同胞和兄弟，不如朋友相亲密。
摆上佳肴和美酒，宴饮意足心欢愉。兄弟今日来团聚，祥和欢乐温暖多。
妻子家人情意投，恰如琴瑟和谐奏。兄弟今日来相会，祥和欢乐真和睦。
一家人安然相处，妻儿快乐欢喜多。请你深思又熟虑，此话是否真在理。

解析

　　这是一首周人宴会时唱的赞美兄弟之间美好情谊的歌。第一章中的"凡今之人，莫如兄弟"点明了这首诗的中心思想。朋友也许可以有福同享，但是唯有真正的兄弟才能与己苦难同当。

　　《棠棣》是《诗经》中的名篇佳作，它不仅是中国诗史上最早歌唱兄弟友爱的诗作，也是情理相融、富于理趣的明理典范。全诗笔意曲折，音调抑扬顿挫。前五章繁弦促节，多慷慨激昂之音，后三章轻拢慢捻，有洋洋盈耳之趣。讲道理娓娓道来，一片真诚。

伐木

原文

　　伐木丁丁①，鸟鸣嘤嘤。出自幽谷，迁于乔木。嘤其鸣矣？求其友声。相彼鸟矣，犹求友声。矧②伊人矣，不求友生？神之听之，终和且平。

　　伐木许许，酾③酒有藇④。既有肥羜⑤，以速⑥诸父。宁适不来，微我弗顾。於粲洒扫，陈馈八簋⑦。既有肥牡，以速诸舅。宁适不来，微我有咎。

　　伐木于阪，酾酒有衍⑧。笾豆有践，兄弟无远。民之失德，乾餱⑨以愆⑩。有酒湑⑪我，无酒酤⑫我。坎坎鼓我，蹲蹲⑬舞我。迨我暇矣，饮此湑矣。

注释

　　①丁丁（zhēng）：砍树的声音。②矧（shěn）：况且。③酾（shī）：过滤。④藇（xù）：酒清澈透明的样子。⑤羜（zhù）：小羊羔。⑥速：招，邀请。⑦簋（guǐ）：盛放食物用的圆形器皿。⑧有衍：即"衍衍"，满溢的样子。⑨乾餱（hóu）：干粮。⑩愆（qiān）：过失。⑪湑（xǔ）：滤酒。⑫酤：买酒。⑬蹲蹲（cún）：舞姿。

译文

　　咚咚伐木声声响，嘤嘤群鸟相和鸣。鸟儿出自深谷里，飞往高高大树顶。小鸟为何要鸣叫？只是为了求知音。仔细端详那小鸟，尚且求友欲相亲。何况我们这些人，岂能不知重友情？天上神灵细聆听，赐我和乐与宁静。

　　伐木呼呼斧声急，滤酒清纯无杂质。既有肥美羊羔在，请来叔伯叙情谊。即使他们无法来，不能说我缺诚意。打扫房屋示隆重，佳肴八盘桌上齐。既有肥美公羊肉，请来舅亲聚一起。即使他们无法来，不能说我有过失。

　　伐木就在山坡边，滤酒清清斟满杯。行行笾豆盛珍馐，兄弟叙谈莫疏远。有人早已

失美德，一口干粮致埋怨。有酒滤清让我饮，没酒快买兴正酣。咚咚鼓声为我响，翩翩舞姿令我欢。等到我有闲暇时，一定再把美酒饮。

解析

　　这是一首宴享诗。诗人十分重视与朋友间的交往，认为亲友间应该真诚相待，因此悉心准备酒宴来款待亲朋好友。《伐木》便是在款待亲友的宴席上所唱的歌。

　　诗分为三章。首章以鸟儿相伴比喻朋友间交往的重要性；二章叙述诗人细心准备丰盛酒宴，表现了诗人对待友人的真诚态度；在第三章中，诗人强调朋友之间应该坦诚相对，不能因为小小闪失而伤及友情。纵观全篇，诗人思想的表达有理有据，结构严谨，让读者也产生了认同感。

采薇

原文

采薇采薇，薇亦作①止。日归日归，岁亦莫②止。
靡室靡家，玁狁③之故。不遑启居，玁狁之故。

采薇采薇，薇亦柔④止。日归日归，心亦忧止。
忧心烈烈，载饥载渴。我戍未定，靡使归聘⑤。

采薇采薇，薇亦刚止。日归日归，岁亦阳止。
王事靡盬，不遑启处。忧心孔疚⑥，我行不来。

彼尔维何？维常之华。彼路斯何？君子之车。
戎车既驾，四牡业业⑦。岂敢定居？一月三捷。

驾彼四牡，四牡骙骙⑧。君子所依，小人所腓⑨。
四牡翼翼，象弭⑩鱼服。岂不日戒？玁狁孔棘⑪。

昔我往矣，杨柳依依。今我来思，雨雪霏霏。
行道迟迟，载渴载饥。我心伤悲，莫知我哀。

注释

①作：初生。②莫："暮"的本字。③玁（xiǎn）狁（yǔn）：即猃狁，北方少数民族，春秋时代称"狄"，战国、秦、汉时称"匈奴"。④柔：软嫩。这里指初生的菠菜。⑤聘：问候。⑥孔疚：非常痛苦。⑦业业：强壮的样子。⑧骙（kuí）骙：马强壮的样子。⑨腓（fěi）：隐蔽，掩护。⑩象弭：象牙镶饰的弓。⑪孔棘：很紧急。

译文

采薇菜啊采薇菜，薇菜新芽刚长出。说回家啊说回家，一年很快又过去。
没有妻室没有家，都是因为玁狁故。没有空闲安定下，都是因为玁狁故。

采薇菜啊采薇菜，薇菜初生正柔嫩。说回家啊说回家，心里忧愁又烦闷。
心中忧愁真牵挂，饥渴交加真难熬。驻营调动无定处，无法托人捎家书。

采薇菜啊采薇菜，薇菜已经长老了。说回家啊说回家，十月已是小阳春。
战事频仍没止息，没有空闲歇下来。心中忧愁积成病，回家只怕难上难。

什么花儿光彩艳？棠棣开花真烂漫。什么车子高又大？将帅乘坐大战车。
兵车驾好要出战，四匹雄马真强壮。战乱不敢定居下，一月之内仗不停。

驾驭拉车四雄马，四匹雄马高又大。将帅乘坐这马车，兵士用它作屏障。
四匹雄马排整齐，鱼皮箭袋象牙弓。怎不天天严防范，玁狁猖狂情势急。

当初离家出征时，杨柳低垂枝依依。如今战罢回家来，雨雪纷纷漫天飞。
行路艰难走得慢，饥渴交加真劳累。我的心中多伤悲，谁人知道我悲哀。

解析

这是一首以远戍归来的士兵的口吻写下的追述征战生活的诗篇。这首诗以采薇起兴，前五章着重写戍边征战生活的艰苦和强烈的思乡情绪以及久久未能回家的原因，末章以痛定思痛的情绪结束全诗，悲苦之情感人至深。

"昔我往矣，杨柳依依。今我来思，雨雪霏霏"被称为"三百篇"中的佳句之一。诗人营造了凄美的意境，借景抒情，今昔对比更加突显了悲凉忧伤的心境。长久的战事让戍卒们有家难归、忧心如焚，悲苦交加的心情表现出了周人对战争的厌恶和反感。

出车

原文

我出我车，于彼牧矣。自天子所，谓我来矣。
召彼仆夫①，谓之载矣。王事多难，维其棘②矣。

我出我车，于彼郊矣。设此旐③矣，建彼旄④矣。
彼旟旐斯，胡不旆旆⑤？忧心悄悄，仆夫况瘁⑥。

王命南仲，往城于方。出车彭彭，旂⑦旐央央。
天子命我，城彼朔方。赫赫南仲，玁狁于襄。

昔我往矣，黍稷方华。今我来思，雨雪载途。
王事多难，不遑启居。岂不怀归？畏此简书。

喓喓草虫，趯趯⑧阜螽。未见君子，忧心忡忡。
既见君子，我心则降。赫赫南仲，薄伐西戎。

春日迟迟，卉⑨木萋萋。仓庚喈喈⑩，采蘩祁祁。
执讯获丑⑪，薄言还归。赫赫南仲，玁狁于夷。

注释

①仆夫：指驾车的士兵。②棘：通"急"，指敌情紧急。③旐（zhào）：画有龟蛇图案的旗。

④旄（máo）：旗杆上装饰牦牛尾的旗子。⑤旆旆（pèi）：旗帜飘扬的样子。⑥况瘁：辛苦憔悴。⑦旂（qí）：画龙图案的旗帜，带铃。⑧趯趯（tì）：蹦蹦跳跳的样子。⑨卉：草。⑩喈（jiē）喈：鸟叫声。⑪丑：俘虏。

译文

战车战马派遣毕，待命在那牧野地。我自天子那里来，来到此地做统帅。
召集武士来驾车，为我驾车去前线。国家多事又多难，战事紧迫不容缓。

战车战马派遣毕，集合誓师在郊野。车上插龟蛇大旗，树立起干旄大旗。
鹰旗龟旗互交错，何不招展随风摇？心忧能否灭敌人，士兵行军多辛劳。

王命南仲为大将，前往朔方去筑城。兵车战马齐出发，旗帜鲜明随风飘。
周王传令给我们，前往朔方去筑城。威仪不凡南仲子，扫荡猃狁获全胜。

先前离家远征去，麦苗青青黍花开。今日凯旋归家来，大雪纷飞路漫长。
国家多灾又多难，没有闲暇来安居。难道是我不想家？唯恐紧急军书来。

草虫咕咕在鸣叫，蚱蜢奔跑又蹦跳。没有见到君子来，内心忧思萦于心。
如今见到君子来，心中郁闷全打消。威风凛凛南仲子，将那西戎全打跑。

春日缓缓才到来，花木丰茂又葱郁。黄鹂唧唧歌唱欢，女子采蒿在一起。
押着俘虏来审讯，高高兴兴归还家。威风凛凛南仲子，猃狁一举被驱除。

解析

《出车》是通过对周宣王初年讨伐猃狁胜利的歌咏，满腔热情地颂扬了统帅南仲的英明和赫赫战功。

诗歌前三章着重描写战前的准备活动，细部刻画上采用了画面描绘与心理暗示相叠加的技法。后三章镜头一转，直接描写了凯旋的场景，表现了对南仲统帅的深深爱戴和保卫国家的责任心。这首诗语言质朴自然，寓情于景，有种情景交融的美感。

鱼丽

原文

鱼丽①于罶②，鲿鲨③。君子有酒，旨且多。

鱼丽于罶，鲂鳢④。君子有酒，多且旨。

鱼丽于罶，鳏⑤鲤。君子有酒，旨且有。

物其多矣，维其嘉矣。物其旨矣，维其偕⑥矣。物其有矣，维其时⑦矣。

注释

①丽：同"罹"，遭遇，落入。②罶（liǔ）：捕鱼的工具，又称笱，用竹编成，编绳为底，鱼入而不能出。③鲿（cháng）：黄颊鱼。鲨：一种圆形有斑点的小鱼。④鲂（fáng）：鳊鱼，鳞细小而美味。鳢（lǐ）：俗称黑鱼。⑤鳏（yǎn）：俗称鲇鱼，体滑无鳞。⑥偕：品种齐全。⑦时：适时，指菜肴时鲜。

译文

鱼儿钻进鱼篓去，有鲿鱼来有小鲨。君子厨中备有酒，酒味醇美多又多。
鱼儿钻进鱼篓去，有鲂鱼来有鳢鱼。君子厨中备有酒，又丰足来又香醇。
鱼儿钻进鱼篓去，有鳏鱼来有鲤鱼。君子厨中备有酒，酒味醇美样样有。
各种食物全都有，美味佳肴非常好。食物味道真鲜美，品种花样真齐全。食物样样全都有，都是时鲜味多美。

解析

这是一首宴请宾客时唱的乐歌。诗歌盛赞宴飨时酒肴之甘美盛多，主人待客殷勤，宾主共同欢乐的场景跃然纸上。全诗六章。前三章叙述鱼多酒美，表现主人真诚的待客之心；后三章描写菜肴之丰富，味道鲜美，也体现了这是个丰收的年份。诗章言简意赅，充分显示了物类繁多而时人富裕的社会现实。

南山有台

原文

南山有台①，北山有莱。乐只君子，邦家之基。乐只君子，万寿无期。

南山有桑，北山有杨。乐只君子，邦家之光。乐只君子，万寿无疆。

南山有杞，北山有李。乐只君子，民之父母。乐只君子，德音不已。

南山有栲②，北山有杻③。乐只君子，遐④不眉寿。乐只君子，德音是茂。

南山有枸⑤，北山有楰⑥。乐只君子，遐不黄耇⑦。乐只君子，保艾⑧尔后。

注释

①台：莎草，又名蓑衣草，可制蓑衣。②栲（kǎo）：山樗，俗称鸭椿。③杻（niǔ）：檍树，俗称菩提树。④遐：何。⑤枸（jǔ）：树名，即枳椇。⑥楰（yú）：树名，即鼠梓，也叫苦楸。⑦黄耇（gǒu）：年老后头发变黄。诗中指长寿。⑧艾：养育。

译文

南山生有蓑衣草，北山长着嫩莱草。诸位君子真快乐，你们为国立根基。诸位君子真快乐，祝您万年寿无期。

南山生有绿桑树，北山长着白杨树。诸位君子真快乐，你们为国争荣光。诸位君子真快乐，祝您万年寿无疆。

南山上面生枸杞，北山上面长李树。诸位君子真快乐，真是人民好父母。诸位君子真快乐，你们美名必永驻。

南山生有鸭椿树，北山长着菩提树。诸位君子真快乐，祝您高年寿眉齐。诸位君子真快乐，美好德行充天地。

南山生有枳椇树，北山长着苦楸树。诸位君子真快乐，祝您长寿比南山。诸位君子真快乐，愿您世代天保佑。

解析

这是一首祝寿的宴饮诗，全诗充满溢美之词，表达了宾客对主人衷心的祝愿和赞美。全诗五章，每章均以南山、北山的草木起兴，南山有台、有桑、有杞、有栲、有枸，北山有莱、有杨、有李、有杻、有楰，正如国家之拥有具备各种美德的君子贤人，极富象征意义。这首诗虽然内容简单，但五章首尾呼应，回环往复，语意逐次递进，很好地实现了祝颂的目的。

蓼萧

原文

蓼^①彼萧斯，零露湑^②兮。既见君子，我心写^③兮。燕^④笑语兮，是以有誉处^⑤兮。

蓼彼萧斯，零露瀼瀼^⑥。既见君子，为龙为光。其德不爽^⑦，寿考不忘。

蓼彼萧斯，零露泥泥^⑧。既见君子，孔燕岂弟^⑨。宜兄宜弟，令德寿岂。

蓼彼萧斯，零露浓浓。既见君子，鞗^⑩革忡忡。和鸾雝雝^⑪，万福攸同。

注释

①蓼（lù）：长而大的样子。②湑（xǔ）：形容露水盛多。③写：舒畅。④燕：通"宴"，宴饮。⑤誉处：安乐愉悦。⑥瀼（ráng）瀼：露水很多的样子。⑦爽：差错。⑧泥泥：露水厚重。⑨岂（kǎi）弟（tì）：即"恺悌"，和乐平易。⑩鞗（tiáo）：马辔上的装饰。⑪雝（yōng）雝：铜铃声。

译文

艾蒿高大又颀长，露珠滴滴相凝聚。既已见到周天子，我心中十分欢畅。饮宴谈笑甚欢愉，和睦相处心畅快。

艾蒿高大又颀长，露珠点点真闪亮。既已见到周天子，心中欢喜蒙恩宠。天子美德永不变，愿得长寿永安康。

艾蒿高大又颀长，露珠颗颗亮晶晶。既已见到周天子，和悦安详心平静。兄弟亲爱又和睦，美德永在乐长寿。

艾蒿高大又颀长，露珠团团落叶上。既已见到周天子，揽辔垂下缰绳放。銮铃声声叮当响，万福齐聚在圣堂。

解析

这是一首祝颂诗，表达了诸侯对周天子的尊崇、歌颂之意。诗四章，全以艾蒿含露起兴。艾蒿是一种可供祭祀用的香草，诸侯朝见天子，"有与助祭祀之礼"，故萧艾以喻诸侯，露水则被用来比喻诸侯承受天子的恩泽。这种手法巧妙地点明了诗旨所在——天子恩及四海，诸侯有幸承宠。接下来就顺理成章地以诸侯感恩戴德、极尽颂赞的景仰口吻表达了祝颂之情。

湛露

原文

湛湛①露斯，匪阳不晞②。厌厌③夜饮，不醉无归。

湛湛露斯，在彼丰草。厌厌夜饮，在宗载④考。

湛湛露斯，在彼杞棘。显允⑤君子，莫不令德。

其桐其椅⑥，其实离离⑦。岂弟⑧君子，莫不令仪⑨。

注释

①湛湛：形容露水清莹盛多。②晞：干。③厌厌：和悦的样子。④载：通"再"。⑤显允：光明磊落而诚信忠厚。⑥椅：山桐子，有美丽花纹的梓树。⑦离离：果实累累。⑧岂（kǎi）弟（tì）：即"恺悌"，和乐平易。⑨令仪：举止仪表美好大方。

译文

夜深露重湿漉漉，不见朝阳不蒸发。和乐夜宴饮酒酣，不喝到醉不归家。

夜深露重湿漉漉，落在繁茂芳草间。和乐夜宴饮酒酣，宗庙钟声远远传。
夜深露重湿漉漉，落在枸杞酸枣林。坦荡诚信诸君子，人人都有美德行。
梧桐山中桐林长，果实累累满枝头。和悦平易诸君子，风度翩翩显大方。

解析

这是一首描写周天子宴请诸侯的诗。《毛诗序》有云："《湛露》，天子燕（宴）诸侯也"。全诗四章。首二章用露水比喻周天子恩泽浩荡，润泽天下；三章描写诸侯声名显赫，德行高尚；四章赞美与宴的诸侯举止大方，气度不凡。这首诗结构整齐，音韵优美，细细品来大有美感。

菁菁者莪

原文

菁菁者莪①，在彼中阿②。既见君子，乐且有仪。

菁菁者莪，在彼中沚③。既见君子，我心则喜。

菁菁者莪，在彼中陵。既见君子，锡④我百朋。

泛泛杨舟，载沉载浮。既见君子，我心则休⑤。

注释

①莪（é）：莪蒿，又名萝蒿，一种可以吃的野草。②阿：山坳。③沚（zhǐ）：水中小沙丘。④锡：同"赐"。⑤休：喜。

译文

莪蒿葱茏真繁茂，丛丛生在山坳中。已经见到那君子，彬彬有礼心欢喜。
莪蒿葱茏真繁茂，簇簇生长在沙洲。已经见到那君子，我的心中乐悠悠。
莪蒿葱茏真繁茂，蓬蓬生长在丘陵。已经见到那君子，心情胜过赐百朋。
杨木船儿水中漂，小舟上下随波摇。已经见到那君子，我的心中多欢畅。

解析

关于这首诗的主旨，《毛诗序》认为是"乐育才"，表达了学生见到师长时的激动喜悦之情，而朱熹《诗集传》则批评《毛诗序》"全失诗意"，认为"此亦燕饮宾客之诗"。时至今日，学者多认为是古代女子喜逢爱人之歌。当然，由于诗歌表达的意境空泛，留给人的想象空间较大，因此各家发掘出各自不同的内涵也是可以理解的。在此取今人的解释来进行赏析。

这首诗前三章都以"菁菁者莪"起兴，描绘出一幅美丽、温馨而又浪漫的场景——在莪蒿茂盛的山坳里，邂逅了一位落落大方、举止潇洒的男子，因此一见钟情；接着又写到二人在水中沙洲上相遇，少女又惊又喜；三章将见面地点转移至阳光明媚的山丘上，表示二人关系更进一步了；末章将镜头一转，"泛泛杨舟"象征两人在人生长河中同舟共济、同甘共苦的誓愿。全诗虽然只有短短十六句，但却为读者讲述了一个动人的爱情故事。

六月

原文

六月栖栖①，戎车既饬②。四牡骙骙③，载是常服。
玁狁④孔炽，我是用急。王于出征，以匡王国。

比物⑤四骊，闲⑥之维则。维此六月，既成我服。
我服既成，于三十里。王于出征，以佐天子。

四牡修广，其大有颙⑦。薄伐玁狁，以奏肤公。
有严有翼，共⑧武之服。共武之服，以定王国。

玁狁匪茹⑨，整居焦获。侵镐及方，至于泾阳。
织文鸟章，白旆⑩央央。元戎十乘，以先启行。

戎车既安，如轾如轩⑪。四牡既佶⑫，既佶且闲。
薄伐玁狁，至于大原。文武吉甫，万邦为宪。

吉甫燕喜，既多受祉。来归自镐，我行永久。
饮御诸友，炰⑬鳖脍鲤。侯谁在矣？张仲孝友。

注释

①栖栖：忙碌紧急的样子。②饬：整顿，整理。③骙骙（kuí）：马很强壮的样子。④玁狁：即猃狁。我国古代北方少数民族。⑤比物：把力气和毛色一致的马套在一起。⑥闲：同"娴"，娴熟。⑦颙（yōng）：大头大脑的样子。⑧共：通"恭"，严肃地对待。⑨茹：柔弱。⑩白旆（pèi）：白色的旗帜。⑪如轾（zhì）如轩：车身前俯后仰，这里形容兵车驾驭得安稳自如。⑫佶

（jí）：整齐。⑬炰（páo）：蒸煮。

译文

六月战事太紧急，兵车备齐待出发。马匹强壮好威武，人人都穿上军衣。
玁狁来势太凶猛，我方边境已告急。周王下令去出征，保卫国家使民安。

四匹黑马齐配好，进退训练技娴熟。正值盛夏六月天，我军军服已做成。
我军军服已做成，行军一日三十里。周王下令去出征，辅佐天子稳天下。

公马四匹真高大，宽头大耳有威风。只为讨伐平玁狁，建立功勋众人表。
严整肃穆齐具备，认真去把敌军灭。认真去把敌军灭，为我国家平天下。

玁狁来势并不弱，占据焦获驻军防。又犯镐地与朔方，不久就要到泾阳。
凤鸟纹于旗帜上，白色大旗真明亮。我有兵车十余乘，先行冲锋去扫荡。

兵车前行驶得稳，前后俯仰操纵熟。公马四匹真健壮，整齐健壮训练熟。
只为讨伐那玁狁，进军太原攻势猛。文武双全是吉甫，国家榜样真英雄。

吉甫宴饮多欢喜，接受赏赐数不完。从那镐京建功还，行军在外日不短。
设席招待亲朋们，蒸鳖脍鲤美食多。哪些朋友来参加，忠孝兼备是张仲。

解析

本诗记叙的是周宣王北伐玁狁的事，目的是通过对这次战争胜利的描写，赞美宣王时的中兴功臣，也即这次战争的主帅尹吉甫，赞美他的文韬武略、指挥若定的出众才能和堪为万邦之宪的风范。

全诗六章，前三章描写车马军备之盛和行军纪律之严，第四章叙述玁狁逼近和周朝抵御的情况，末章则叙述凯旋后吉甫设宴招待亲朋好友的场面。纵观全诗，以追忆开始，以现实作结的方法，使得原本平淡的诗歌平添了几分回味和余韵。

诗经选

车攻

原文

我车既攻①，我马既同。四牡庞庞②，驾言徂③东。
田车既好，田牡孔阜④。东有甫草，驾言行狩。

之子于苗，选⑤徒嚣嚣⑥。建旐设旄，搏兽于敖。
驾彼四牡，四牡奕奕。赤芾金舄⑦，会同有绎。

决拾既佽⑧，弓矢既调。射夫既同，助我举柴⑨。
四黄既驾，两骖不猗⑩。不失其驰，舍矢如破。

萧萧马鸣，悠悠旆旌⑪。徒御不警，大庖⑫不盈。
之子于征，有闻无声。允矣君子，展也大成。

注释

①攻：修缮。②庞庞：形容马高大强壮。③徂（cú）：往。④孔阜（fù）：形容高大肥硕有气势。⑤选：通"算"，清点。⑥嚣嚣：形容声音嘈杂。⑦金舄（xì）：用铜装饰的鞋。舄，双层底的鞋。⑧佽（cì）：齐备。⑨柴（zǐ）：通"掌"，堆积的动物尸体。⑩猗（yǐ）：偏差。⑪旆旌：泛指各种旗帜。⑫大庖（páo）：天子的厨房。

译文

猎车已修理牢固，辕马选出都矫健。四匹骏马壮又高，拉着猎车向东跑。
猎车已经装备好，四匹骏马势威猛。东方甫田茂草长，驾车出猎快驰骋。

天子夏猎在野郊，清点士卒人喧闹。队伍前后旌旗飘，敖山打猎意气豪。
驾起四马行原野，四马高大又迅捷。红色蔽膝金黄鞋，会合诸侯同出发。

扳指护臂全备齐，弓箭调配已相称。射击比武有对手，搬运猎物相帮衬。
四匹黄马已起驾，两旁骖马无偏差。驾车驰骋有章法，放箭精准技艺佳。

凯旋萧萧驷马鸣，迎风悠扬飘旌旗。徒步拉车兵机警，猎毕厨房野味盈。
天子猎罢启归程，但见队伍不闻声。勇武果敢真天子，成功确实有才能。

解析

  这是一首描写周宣王同诸侯田猎的诗。古代君王和诸侯举行狩猎有显示武功的作用。

  这首诗结构完整，层次分明，按田猎过程依次道来，有条不紊，纹丝不乱。同时运用具有高度概括性和极富表现力的语言，生动传神地描写了射猎的场面及各种不同的景象，使读者如见其人，如闻其声。

鸿雁

原文

鸿雁于飞，肃肃其羽。之子于征，劬劳①于野。爰及矜人②，哀此鳏寡。

鸿雁于飞，集于中泽。之子于垣③，百堵④皆作。虽则劬劳，其究安宅？

鸿雁于飞，哀鸣嗷嗷。维此哲人，谓我劬劳。维彼愚人，谓我宣骄。

注释

①劬（qú）劳：勤劳辛苦。②矜人：穷苦的人。③垣：墙头。④堵：长、高各一丈的墙叫一堵。

译文

大雁成群天上飞，拍打翅膀沙沙响。人儿出外服徭役，劳累辛苦在郊野。念及世间穷苦人，为那鳏寡心哀伤。

大雁成群天上飞，停落在那水中央。人儿在外筑城墙，百堵高墙全筑起。筑城劳累又辛苦，自己安身在何方？

大雁成群天上飞，声声哀鸣好悲伤。只有那些明理人，说我辛苦又劳累。但是那些愚昧人，却说骄傲又逞强。

解析

对于这首诗历来看法不一。《毛诗序》认为此诗是叙述周宣王派大臣救济难民之事。而朱熹《诗集传》则曰："流民以鸿雁哀鸣自比而作此歌也。"说这是一首劳苦人民谴责徭役繁重的现实主义作品。根据诗意，后者说法较为贴切。

全诗三章。首章写流民被迫到野外去服劳役；次章具体描写流民服劳役筑墙的情景；末章写流民悲哀作歌，反而遭到那些贵族富人的嘲弄和讥笑。这首诗最重要的艺术特点是运用比兴手法，每章均以"鸿雁"起兴。鸿雁是一种候鸟，秋来南去，春来北迁，与流民被迫在野外服劳役、居无定处的悲惨处境十分相似。由于本诗贴切的喻义，此后"哀鸿""鸿雁"便成了苦难流民的代名词。

庭燎

原文

夜如何其①？夜未央，庭燎②之光。君子至止，鸾声将将③。

夜如何其？夜未艾，庭燎晣晣④。君子至止，鸾声哕哕⑤。

夜如何其？夜乡晨，庭燎有辉。君子至止，言观其旂⑥。

注释

①其（jī）：语尾助词。②庭燎：宫廷中照亮的火炬。③将将（qiāng）：车铃发出悦耳的响声。④晣晣（zhé）：明亮。⑤哕哕（huì）：形容铃声有节奏。⑥旂（qí）：画有蛟龙、竿顶有铃的旗。

诗经选

译文

夜到几时？还是半夜天未亮，庭中火炬熊熊燃。早朝诸侯已来到，旗上銮铃叮当响。

夜到几时？黎明之前夜未尽，庭中火炬亮通明。早朝诸侯陆续到，旗上銮铃叮咚鸣。

夜到几时？夜色消退近清晨，庭中火炬光渐昏。早朝诸侯已来到，抬头同看旗上纹。

解析

这首诗描写了周宣王和他的大臣们上早朝的情景，赞扬了他们勤于朝政的美好品德。

诗共三章，采用复沓形式，反复描写宣王夜半之时不安于寝，急于视朝，公卿大臣也十分勤快，在夜尚未明时，就乘坐马车早早赶来上朝。这说明宣王中兴，政治稳定，百官、内侍皆不敢怠于事，上下振作。白描手法的运用将最具暗示性的情景描写得十分到位，让读者大有言有尽而意无穷之感。

沔水

原文

沔^①彼流水，朝宗于海。鴥^②彼飞隼，载飞载止。嗟我兄弟，邦人诸友。莫肯念乱，谁无父母？

沔彼流水，其流汤汤。鴥彼飞隼，载飞载扬。念彼不迹^③，载起载行。心之忧矣，不可弭忘^④。

鴥彼飞隼，率彼中陵。民之讹言，宁莫之惩。我友敬^⑤矣，谗言其兴。

注释

①沔：水流满溢的样子。②鴥（yù）：鸟奋飞的样子。③迹：指循正道而行。④弭（mǐ）：止。忘：同"亡"，消除。⑤敬：同"警"，警戒。

译文

漫漫水溢两岸流，奔腾入海去不休。天上游隼迅捷飞，时而高飞时停留。可叹可悲我兄弟，还有乡亲与朋友。没人想到止丧乱，谁无父母任怀忧？

漫漫流水两岸溢，水势浩荡奔腾急。天上游隼迅捷飞，高高翱翔飞不停。想到有人不循法，坐立不安独悲戚。心中愁苦无处诉，久久难忘积胸臆。

天上游隼迅捷飞，穿越山陵与平地。流言蜚语四处传，无人制止和反对。告诫朋友应警惕，种种谣言正如沸。

解析

从这首诗的内容来看，这是一首忧乱畏谗同时劝诫朋友的诗歌。从诗中可以感受到作者沉痛的呼喊，而这正是对"分明乱世多谗，贤臣遭祸景象"（方玉润《诗经原始》）的高度艺术概括。

全诗共分三章。第一章写诗人对当权者不制止祸乱深为叹息；第二章写诗人看到那些不法之徒为非作歹；第三章写无人止谗息乱，诗人心中愤慨不平，劝告友人应自警自持，防止为谗言所伤。言语之间表现出了作者对时世的深深担忧和对作乱者的强烈谴责。

鹤鸣

原文

鹤鸣于九皋①，声闻于野。鱼潜在渊，或在于渚。乐彼之园，爰有树檀②，其下维萚③。它山之石，可以为错④。

鹤鸣于九皋，声闻于天。鱼在于渚，或潜在渊。乐彼之园，爰有树檀，其下维榖。它山之石，可以攻玉⑤。

注释

①九皋：皋，沼泽地；九，虚数，言沼泽之多。②树檀：紫檀树。③萚（tuò）：酸枣一类的灌木。一说"萚"乃枯落的枝叶。④错：磨玉的石块。⑤攻玉：琢磨玉器。

译文

白鹤鸣叫在深泽，四野之内都传遍。鱼儿潜游在深渊，时而游到小洲边。那个可爱的园林，种着高大紫檀树，树下落叶铺满地。它乡山上的石块，可以用来磨玉石。

白鹤鸣叫在深泽，鸣声响亮上云天。鱼儿游至小洲边，时而潜游在深渊。那个可爱的园林，种着高大紫檀树，树下长的是楮树。它乡山上的石块，可以用来磨玉石。

解析

对于这首诗的旨意，较为公认的说法是表现招贤纳士的政治主张。诗中的"它山之石，可以攻玉"比喻别国贤才可为本国效力，这句话成为千古名句，流传至今。

这首充满理趣的小诗共二章，连用五组比喻，表明贤才到处都有，即使在偏僻之处，也不乏人才。整首诗有情有景，诗意纯朴却暗藏哲理，令人回味无穷。

白驹

原文

皎皎白驹，食我场苗。絷①之维之，以永②今朝。所谓伊人，于焉逍遥。

皎皎白驹，食我场藿③。絷之维之，以永今夕。所谓伊人，于焉嘉客④。

皎皎白驹，贲⑤然来思。尔公尔侯，逸豫无期？慎尔优游，勉⑥尔遁思。

皎皎白驹，在彼空谷。生刍⑦一束，其人如玉。毋金玉尔音，而有遐心。

注释

①絷（zhí）：用绳子绊住马脚。②永：延长。③藿（huò）：豆叶。④嘉客：快乐地作客。
⑤贲（bēn）：马放蹄疾驰的样子。⑥勉："免"之假借字。⑦生刍（chú）：喂马的青草。

译文

马驹毛色白如雪，吃我菜园嫩豆苗。绊住马足拴缰绳，尽情欢乐在今朝。我心所思
那个人，来此做客乐逍遥。

马驹毛色白如雪，吃我菜园嫩豆叶。绊住马足拴缰绳，尽情欢乐在今夜。我心所思
那个人，来此做客心惬意。

马驹毛色白如雪，风驰电掣飘然至。应在朝堂为公侯，为何安乐无终期。优游度日
宜谨慎，避世隐遁太可惜。

马驹毛色白如雪，空旷深谷得逍遥。喂马一束青青草，那人品德似美玉。但有音讯
勤捎来，切勿疏远老朋友。

解析

这是一首描写与朋友离别的诗歌，诗句中透露着作者对友人依依不舍之情。

全诗四章分为两个层次。前三章写主人挽留客人不想让其离去，想方设法地把客人骑的马拴住，希望客人多逍遥一段时间，以延长欢乐时光，而且还劝他谨慎考虑出游，放弃隐遁山林、享乐避世的念头。末章写到客人终要离去，主人惜别之情至深，期望客人能再回来，并和他保持音讯联系。诗歌借物抒情，字里行间都表现出主人对待朋友热情和真诚。

黄鸟

原文

黄鸟黄鸟，无集于穀，无啄我粟。此邦之人，不我肯穀①。言旋言归，复我邦族。

黄鸟黄鸟，无集于桑，无啄我粱。此邦之人，不可与明②。言旋言归，复我诸兄。

黄鸟黄鸟，无集于栩③，无啄我黍。此邦之人，不可与处。言旋言归，复我诸父。

雅·小雅

注释

①穀（gǔ）：善待。②明：通"盟"，讲信用。③栩：柞树。

译文

黄鸟黄鸟你听着，不要聚在穀树上，别把我的粟啄光。住在这个乡的人，如今不肯善待我。常常思念回家去，回到亲爱的故乡。

黄鸟黄鸟你听着，不要聚在桑树上，不要啄我黄粱米。住在这个乡的人，不可与之讲诚意。常常思念回家去，与我兄弟在一起。

黄鸟黄鸟你听着，不要聚在柞树上，别把我的黍啄光。住在这个乡的人，不可与之长相处。常常思念回家去，回到我的父辈旁。

解析

这是一首流浪他乡的漂泊者所唱的悲歌。诗中的黄鸟象征着欺凌百姓的统治者，诗歌表达了流亡者对异国统治者残酷剥削的谴责和不满。春秋末年社会政治腐败、经济衰退、世风日下之坏乱景象都被浓缩在这一首小诗里。三章反复吟唱，传达出作者内心的悲哀，能感受到流亡者的心中充满了对家乡的思念和对残酷现实的无奈。全诗既含蓄又生动，表现了强烈的爱憎感情。

我行其野

原文

我行其野，蔽芾①其樗。昏姻之故，言就尔居。尔不我畜②，复我邦家。

我行其野，言采其蓫③。婚姻之故，言就尔宿。尔不我畜，言归斯复。

我行其野，言采其葍④。不思旧姻，求尔新特。成不以富，亦祗⑤以异。

注释

①蔽芾（fèi）：树木枝叶茂盛的样子。②畜：养活。③蓫（zhú）：一种野菜，又名羊蹄菜，似萝卜，性滑，多食使人腹泻。④葍（fú）：一种野草，花相连，根白色，可蒸食。⑤祗：只。

译文

独自行走郊野外，樗树枝叶婆娑响。只因婚姻有关系，才来与你同生活。你不好好对待我，只好回到我乡国。

独自行走郊野外，边走边采羊蹄菜。只因婚姻有关系，日夜同你在一起。你不好好对待我，回乡之后不再来。

独自行走郊野外，采摘葍草心悲切。不念结发妻子情，却把新欢去找寻。不是因为她富贵，而是你早已变心。

解析

这是一首弃妇诗。古代男尊女卑的传统使得妇女社会地位非常低，在家庭婚姻生活中没有自主权，只得处于被动地位。这首诗就描写了一位女子远离家乡来到异地与男子结婚，却发觉男子背信弃义，抛弃了自己。这首诗抒发了她的哀怨之情。

这首诗突出的艺术特点采用了象征、暗示的手法。用"樗""蓫""葍"等恶木劣菜象征自己嫁给恶人，并以之起兴，暗示自己被抛弃的痛苦心情。这种融情于景、情景交织的写法为读者提供了一个想象的空间，很容易产生共鸣。

斯干

原文

秩秩①斯干②，幽幽南山。如竹苞矣，如松茂矣。兄及弟矣，式相好矣，无相犹③矣。

似④续妣祖，筑室百堵，西南其户。爰居爰处，爰笑爰语。

约之阁阁，椓⑤之橐橐⑥。风雨攸除，鸟鼠攸去，君子攸芋⑦。

如跂⑧斯翼，如矢斯棘，如鸟斯革⑨，如翚⑩斯飞，君子攸跻⑪。

殖殖其庭，有觉其楹⑫。哙哙⑬其正，哕哕⑭其冥，君子攸宁。

下莞上簟⑮，乃安斯寝。乃寝乃兴，乃占我梦。吉梦维何？维熊维罴，维虺⑯维蛇。

大人占之，维熊维罴，男子之祥；维虺维蛇，女子之祥。

乃生男子，载寝之床。载衣之裳，载弄之璋⑰。其泣喤喤，朱芾斯皇，室家君王。

乃生女子，载寝之地。载衣之裼⑱，载弄之瓦。无非无仪，唯酒食是议，无父母诒⑲罹。

注释

①秩秩：涧水清清流淌的样子。②干：通"涧"，山间流水。③犹：欺诈。④似：同"嗣"。嗣续，继承。⑤椓（zhuó）：用杵捣土，犹今之打夯。⑥橐橐（tuó）：捣土的声音。⑦芋：通"宇"，居住。⑧跂（qǐ）：踮起脚跟站立。⑨革：翅膀。⑩翚（huī）：野鸡。⑪跻（jī）：登。⑫楹：殿堂前大厦下的柱子。⑬哙哙（kuài）：宽敞明亮的样子。⑭哕哕（huì）：深暗的样子。⑮簟（diàn）：竹席。⑯虺（huǐ）：一种毒蛇，颈细头大，身有花纹。⑰璋：玉器。⑱裼（tì）：婴儿用的褓衣。⑲诒（yí）：给予。

译文

涧水清清流不停，南山深幽多清静。像那竹丛多密集，像那松林真茂盛。哥哥弟弟在一起，和睦相处情最亲，从没诈骗和欺凌。

　　祖先事业得继承，筑下房舍上百栋，向西向南开大门。在此生活与相处，说说笑笑真开心。

　　绳捆筑板声咯咯，大夯夯土响咚咚。风风雨雨都挡住，野雀老鼠钻不破，真是君子好住所。

　　宫室如跂甚端正，檐角如箭有方棱，就像大鸟展双翼，又像锦鸡正飞腾，君子踏阶可登上。

　　庭院宽广平又平，高大笔直柱楹立。白天光线多明亮，夜晚昏暗真幽静，君子住处心安宁。

　　下铺蒲席上铺簟，这里就寝真安恬。早早睡下早早起，来将我梦细解诠。做的好梦是什么？熊罴一同梦中见，有虺有蛇一同现。

　　卜官前来解我梦，有熊有罴是何意，预示男婴要降生；有虺有蛇是何意，产下女婴吉兆呈。

　　如若生了个儿郎，就要让他睡床上。给他穿上好衣裳，让他玩弄白玉璋。他的哭声多洪亮，红色蔽膝真鲜亮，将来准是诸侯王。

　　如若生了个姑娘，就要让她睡地上。把她裹在褓褓中，给她玩弄纺锤棒。不惹是非行端正，料理家务是你忙，莫给父母添忧伤。

解析

　　这是一首祝贺西周奴隶主贵族宫室落成的颂歌。就诗的内容来看，全诗可分两大部分。一至五章，主要就宫室本身加以描绘和赞美；六至九章，则主要是对宫室主人的祝愿和歌颂。尤其值得一提的是，在描绘宫室本身时，先写环境，再写建造宫室的因由，再写建造过程，再写宫室外形，再写宫室本身，一层深似一层、逐步推进展现，使读者对这座宫室有了一个完整而具体的认识，增加了本诗的艺术表现力。

无羊

原文

谁谓尔无羊？三百维群。谁谓尔无牛？九十其犉①。尔羊来思，其角濈濈②。尔牛来思，其耳湿湿。

或降于阿，或饮于池，或寝或讹③。尔牧来思，何蓑何笠，或负其糇④。三十维物，尔牲则具。

尔牧来思，以薪以蒸，以雌以雄。尔羊来思，矜矜兢兢，不骞⑤不崩。麾之以肱⑥，毕来既升。

牧人乃梦，众维鱼矣，旐维旟矣。大人占之：众维鱼矣，实维丰年；旐维旟矣，室家溱溱⑦。

雅·小雅

注释

①犉（chún）：大牛。②濈濈（jí）：众多且聚集在一起的样子。③讹：动。④糇（hóu）：干粮。⑤骞：走失。⑥肱（gōng）：手臂。⑦溱溱（zhēn）：众多的样子。

译文

谁说你家没有羊？一群就有三百头。谁说你家没有牛？黑嘴黄牛九十头。你的羊群走过来，羊角攒动连成排。你的牛群走过来，牛头晃动耳朵摇。

有些牛羊下山岗，有些饮水在池旁，有些睡觉有些走。你的牧人归来了，身披蓑衣头戴笠，随身携带干粮袋。各色牛羊数十种，祭祖牲畜全备齐。

你的牧人归来了，又是砍柴又割草，还有雌雄两类鸟。你的羊群走过来，只只肥硕又强壮，没有走失没病死。牧人举手挥一挥，羊儿全都进了圈。

牧人做了一个梦，梦见蝗虫变成鱼，又见龟旗变鸟旗。卜师为他占卦说：梦见蝗虫变成鱼，那是丰年的兆头；梦见龟旗变鸟旗，家族兴旺人满堂。

解析

这是一首歌咏牛羊蕃盛的诗，描绘出了牧人放牧时的场景。

全诗四章，使用赋法，描绘出了一幅生动的放牧图。第一章描述所牧牛羊之众多，诗人巧妙地选择了牛羊身上最富特征的耳、角，以"濈濈""湿湿"来形容，生动形象，富有趣味。第二、三章集中描摹放牧中牛羊的动静之态和牧人的娴熟技艺，精致巧妙。末章则描写牧人的梦境，表现出当时人们对五谷丰登、人丁兴旺的生活的美好向往。此诗不仅描摹精妙，而且笔底蕴情，体现了诗人高超的艺术水平。

节南山

原文

节①彼南山，维石岩岩。赫赫师尹，民具尔瞻。忧心如惔②，不敢戏谈。国既卒斩，何用不监？

节彼南山，有实其猗③。赫赫师尹，不平谓何。天方荐瘥④，丧乱弘多。民言无嘉，憯⑤莫惩嗟。

尹氏大师，维周之氐⑥；秉国之均，四方是维。天子是毗，俾⑦民不迷。不吊昊天，不宜空我师。

弗躬弗亲，庶民弗信。弗问弗仕，勿罔君子。式夷式已，无小人殆。琐琐姻亚⑧，则无膴仕⑨。

昊天不傭⑩，降此鞠讻⑪。昊天不惠，降此大戾。君子如届⑫，俾民心阕⑬。君子如夷，恶怒是违。

不吊昊天，乱靡有定。式月⑭斯生，俾民不宁。忧心如酲⑮，谁秉国成？不自为政，卒劳百姓。

驾彼四牡，四牡项领。我瞻四方，蹙蹙靡所骋。

方茂尔恶，相尔矛矣。既夷既怿⑯，如相酬矣。

昊天不平，我王不宁。不惩其心，覆怨其正。

家父作诵，以究王讻⑰。式讹⑱尔心，以畜万邦。

注释

①节：形容山势高峻。②惔（tán）："炎"的误字，火烧。③猗：同"阿"，山阿，大的丘陵。④瘥（cuó）：疫病。⑤憯（cǎn）：今俗字作"怎"。⑥氏：根基。⑦俾（bǐ）：使。⑧姻亚：亲戚。⑨膴（wǔ）仕：厚任，高官厚禄。⑩傭：公平。⑪鞠讻：极乱。⑫届：临。⑬阕：息。⑭月：折杀。⑮酲（chéng）：喝醉酒。⑯怿（yì）：悦。⑰王讻：周朝凶乱的根源。⑱讹：改变。

译文

终南山势真嵯峨，巨石高峻而耸巅。权势显赫尹太师，民众都唯你是看。忧国之心如火焚，谁也不敢随口谈。国脉眼看已斩断，为何平时无察觉？

终南山势真嵯峨，丘陵地面多广阔。权势显赫尹太师，执政不平竟为何？苍天不断降灾祸，死丧祸乱实在多。民众言论没好话，你们还是不警戒。

尹太师啊尹太师，原是周室的柱石。掌握周室之根基，四方诸侯你维系。大周天子你辅佐，指示人民心不迷。老天实在不良善，不该断绝民生机。

处事不亲自办理，百姓对你不信任。朝政不闻也不问，欺罔君子与正人。施政应平等躬亲，不该与小人接近。瓜葛不断裙带亲，切勿偏袒委重任。

老天真是不光明，降下如此大祸乱。老天实在不仁惠，降下如此大灾难。君子唯有执贤政，才能使民众心安。君子执政不偏私，憎恶愤怒被弃捐。

老天实在不良善，祸乱再无法平定。一月一月连发生，庶民从此没安宁。忧国之心如醉酒，谁能掌权理朝政？如不躬亲去施政，百姓仍是劳苦命。

驾上四匹大公马，四马脖颈真肥大。举目四望遍祸乱，无处可以去驰骋。

雅·小雅

165

你们肆意来为恶，眼望武器动干戈。怒火平息心欢乐，又像宾主互酬酢。
老天降祸不公平，我王天子不得宁。太师史尹不自惩，反觉忠言不耐听。
家父作此篇诗诵，以究王朝祸元凶。请求改变你邪心，四方万邦得振兴。

解析

这是一首政治讽喻诗，控诉了执政者的暴戾和不公正。

全诗十章，共分三部分。首二章以南山起兴，以山之险要象征其权之枢要，又以山之不平影射执政者秉政不平。第三到第六章为第二部分，以怨天和尤人双向展开，痛斥其恶行。第七到第十章为第三部分，诗情为由怨怒转悲叹，表明自己作诗以告诫周王，以期周王能够警醒。此诗采用叙事、议论、抒情等写作手法相结合，表达一气呵成，让人畅快淋漓。

正月

原文

正月①繁霜，我心忧伤。民之讹言，亦孔之将。念我独兮，忧心京京。哀我小心，癙②忧以痒。

父母生我，胡俾我瘉③？不自我先，不自我后。好言自口，莠言自口。忧心愈愈，是以有侮。

忧心惇惇④，念我无禄。民之无辜，并其臣仆。哀我人斯，于何从禄？瞻乌爰止，于谁之屋？

瞻彼中林，侯薪侯蒸。民今方殆，视天梦梦⑤。既克有定，靡人弗胜。有皇上帝，伊谁云憎？

谓山盖卑，为冈为陵。民之讹言，宁莫之惩。召彼故老，讯之占梦。具曰予圣，谁知乌之雌雄？

谓天盖高，不敢不局。谓地盖厚，不敢不蹐⑥。维号斯言，有伦有脊。哀今之人，胡为虺蜴⑦！

瞻彼阪田，有菀其特。天之扤⑧我，如不我克。彼求我则，如不我得。执我仇仇，亦不我力。

　　心之忧矣，如或结之。今兹之正，胡然厉矣？燎之方扬，宁或灭之？赫赫宗周，褒姒灭之。

　　终其永怀，又窘阴雨。其车既载，乃弃尔辅⑨。载输尔载，将⑩伯助予。

　　无弃尔辅，员⑪于尔辐。屡顾尔仆，不输尔载。终逾绝险，曾是不意。

　　鱼在于沼，亦匪克乐。潜虽伏矣，亦孔之炤⑫。忧心惨惨，念国之为虐。

　　彼有旨酒，又有嘉肴。洽比其邻，昏姻孔云。念我独兮，忧心慇慇⑬。

　　佌佌⑭彼有屋，蔌蔌⑮方有谷。民今之无禄，天夭是椓⑯。哿⑰矣富人，哀此惸独。

注释

　　①正月：正阳之月，夏历四月。②癙（shǔ）：忧闷。③瘉（yù）：病，指灾祸、患难。④惸惸（qióng）：孤独不快的样子。⑤梦梦：形容昏暗不明。⑥踖（jǐ）：轻步走路。⑦虺（huī）蜴（yì）：毒蛇与蜥蜴，古人把无毒的蜥蜴也视为毒虫。⑧扤（wù）：动摇。⑨辅：车两侧的挡板。⑩将：请。⑪员（yún）：增益，加固。⑫炤（zhāo）：易见，显眼。⑬慇慇（yīn）：忧愁的样子。⑭佌佌（cǐ）：比喻卑小。⑮蔌蔌（sù）：形容鄙陋。⑯椓（zhuó）：打击。⑰哿（gě）：欢乐。

译文

　　四月时节繁霜降，我的内心真忧伤。民心已乱谣言起，谣言传播遍四方。独我一人愁当世，忧思不去萦绕长。可怜担惊又受怕，忧思成疾病难当。

　　父母生我不逢时，为何令我遭祸殃？苦难不早也不晚，此时恰落我头上。好话既从嘴里说，坏话也全口中讲。忧心忡忡不合时，因此受辱遭人欺。

　　郁郁不乐心里忧，想我没福能消受。平民百姓无罪过，沦为奴仆居末流。可悲我们若亡国，利禄功名何处求？看那乌鸦将止息，飞落谁家屋檐上？

　　远望树林成一片，粗细只能当柴烧。百姓正在危难中，天空昏暗又迷蒙。如果天命已确定，没人能够违抗它。上帝皇皇最英明，究竟恨谁请相告？

　　人说山丘多么低，实为高峰与峻岭。民间谣言纷纷起，不去制止哪能行。但见老臣受征召，请他占梦来问讯。都说自己最灵验，乌鸦雌雄谁分清？

　　人说天空多么高，谁人能够不弓腰。人说大地多么厚，人们无奈须轻走。高声呼叫这些话，有条有理不瞎编。令我悲哀今世人，为何像蛇毒牙尖！

　　看那山坡田地里，禾苗特出长得茂。上天这样折磨我，唯恐把我打不倒。当初朝廷来求我，唯恐推辞不应召。得到我后很傲慢，不再重用与倚靠。

　　心中忧愁深又长，好像绳结不能解。如今当朝执政者，为何越来越暴烈？大火熊熊烧起时，谁能出现将其灭？辉煌显赫周王朝，竟因褒姒一人灭。

忧伤满怀常戚戚，又遇天阴雨绵绵。车厢已经装载满，却又抽去车挡板。等到货物掉下来，才请大哥来帮忙。

车上箱板不要扔，加固辐条牢又安。时常照顾驾车人，装载货物莫丢散。这样终能度艰险，莫将此事等闲看。

池沼之中鱼成群，并非快乐能安宁。即使深藏潜伏底，水清照样看得真。愁思满怀心戚戚，忧虑国家多虐政。

他有美酒醇又香，山珍海味任品尝。四邻五党多融洽，姻亲裙带联结广。想我孤身只一人，郁郁不乐心忧伤。

卑鄙小人居好屋，庸劣之徒享米禄。今世百姓太不幸，老天降灾伤无辜。富贵人家多欢乐，可怜黎民却孤苦。

解析

这是一首由周王朝一位不得志的官吏所作的忧国忧民的诗歌。

西周末年，周幽王昏庸无道，宠幸褒姒，使得原本就危机重重的周王朝更加腐败黑暗。《正月》正是对这样的社会现实的真实写照。

全诗以诗人孤独、愤恨和悲哀的情绪为主线，首尾贯串，一气呵成，感情丰富而充沛。语言的运用以四言中杂以五言，便于表现激烈的情感，又显得错落有致。

十月之交

原文

十月之交，朔月①辛卯。日有食之，亦孔之丑②。
彼月而微，此日而微。今此下民，亦孔之哀。

日月告凶，不用其行③。四国无政，不用其良。
彼月而食，则维其常。此日而食，于何不臧。

烨烨震电，不宁不令。百川沸腾，山冢④崒崩。
高岸为谷，深谷为陵。哀今之人，胡憯莫惩。

皇父⑤卿士，番维司徒。家伯维宰，仲允膳夫。
棸子内史，蹶维趣马。楀维师氏，艳妻煽方处。

抑此皇父，岂曰不时？胡为我作？不即我谋。
彻我墙屋，田卒汙^⑥莱。曰予不戕^⑦，礼则然矣。

皇父孔圣，作都于向。择三有事，亶^⑧侯多藏。
不憖^⑨遗一老，俾守我王。择有车马，以居徂^⑩向。

黾勉^⑪从事，不敢告劳。无罪无辜，谗口嚣嚣^⑫。
下民之孽，匪降自天。噂沓^⑬背憎，职竞由人。

悠悠我里，亦孔之痗^⑭。四方有羡，我独居忧。
民莫不逸，我独不敢休。天命不彻，我不敢效我友自逸。

注释

①朔月：月朔，初一。②丑：恶。③行（háng）：轨道，规律，法则。④山冢：山顶。⑤皇父：与下文"家伯""仲允"均为当时权贵的字。"番（pó）""聚（zōu）""蹶（guì）""楀（yǔ）"为当时权贵的姓。⑥汙：积水。⑦戕（qiāng）：残害。⑧亶（dǎn）：信，确实。⑨憖（yìn）：愿意。⑩徂：到，去。⑪黾（mǐn）勉：努力。⑫嚣嚣（áo）：众多的样子。⑬噂（zǔn）沓：聚在一起说话。⑭痗（mèi）：病。

译文

九月底来十月初，初一正是辛卯日。天上日食忽发生，这不是件吉利事。
月亮昏暗无颜色，太阳惨淡光芒失。如今天下众百姓，非常哀痛难抑制。

日食月食示凶兆，运行常规不遵照。全因天下没善政，空有贤才用不了。
平时月食也曾有，习以为常心不忧。现在日食又出现，叹息此事为凶兆。

雷电轰鸣又闪亮，民心不宁国不定。江河条条如沸腾，山峰座座尽坍崩。
高岸竟然成深谷，深谷却又变高峰。可叹当世执政者，不修善政止灾凶。

皇父显要为卿士，番氏官职是司徒。冢宰之职家伯掌，仲允御前做膳夫，
内史聚子管人事，蹶氏身居趣马职。楀氏掌教官师氏，美妻惑王势正炽。

叹息一声这皇父，难道真不识时务？为何调我去劳作？事先一点不告诉。
拆我墙来毁我屋，田被水淹终荒芜。还说自己不残暴，依据礼法应如此。

皇父实在很圣明，远建向都避灾殃。选择亲信作三卿，确实藏有多财富。
不愿留下一老臣，让他守卫我君王。有车马家被挑走，迁往新居在向城。

尽心竭力做公事，辛苦劳烦不敢言。本来无错更无罪，众口喧嚣将我谗。
黎民百姓受灾难，灾难并非降自天。当面聚欢背后恨，罪责应由小人担。

绵绵愁思伤我心，劳心伤神病怏怏。天下之人多欢欣，独我忧深愁不安。
众人全都享安逸，唯我劳苦不敢闲。只要周朝天命在，不敢效友苟且安。

解析

　　这首诗应该是周幽王时期的一个朝廷小官由于不满当政者皇父诸人在其位不谋其政，不管社稷安危，只顾中饱私囊的行为而作的一首政治怨刺诗。

　　诗人首先将日食、月食、强烈地震这些极度反常的自然现象同朝廷用人不善联系起来，抒发自己深沉的悲痛与忧虑，表现了他对于国家前途的无比担忧。接着回顾与揭露当今执政者的无数罪行，指出这些人正是罪魁祸首。最后诗人在天灾人祸面前的立身态度，虽然自己遭受到不公待遇，但仍然会尽忠职守，不会乐享安逸。全诗平铺直叙，真情流露，让人感觉情深意切。

雨无正

原文

浩浩昊天，不骏①其德。降丧饥馑，斩伐四国。旻天疾威，弗虑弗图。舍彼有罪，既伏其辜。若此无罪，沦胥②以铺。

周宗既灭，靡所止戾。正大夫离居，莫知我勚③。三事大夫，莫肯夙夜。邦君诸侯，莫肯朝夕。庶曰式臧④，覆出为恶。

如何天，辟言不信。如彼行迈，则靡所臻。凡百君子，各敬尔身。胡不相畏？不畏于天？

戎成不退，饥成不遂。曾我暬御⑤，憯憯⑥日瘁。凡百君子，莫肯用讯。听言则答，谮言⑦则退。

哀哉不能言，匪舌是出，维躬是瘁。哿⑧矣能言，巧言如流，俾躬处休。

维曰予仕，孔棘⑨且殆。云不何使，得罪于天子；亦云可使，怨及朋友。谓尔迁于王都，曰予未有室家。鼠思⑩泣血，无言不疾。昔尔出居，谁从作尔室？

注释

①骏：长久。②沦胥：沉没、陷入。③勚（yì）：劳苦。④式臧：行善。⑤暬（xiè）御：侍御。⑥憯憯（cǎn）：忧伤。⑦谮（zèn）言：诋毁的话，此指批评。⑧哿（gě）：欢乐。⑨棘：通"急"。⑩鼠思：忧思。

译文

浩浩苍天大无边，你的恩德不长远。降下丧乱和饥馑，四方百姓被害惨。皇天皇天太暴虐，思虑图谋不周全。放掉那些真罪人，尽把他们罪过瞒。而这无罪真好人，反陷入痛苦深渊。

周室如今惨遭灭，百姓到处流落逃。正官大夫早离散，有谁知道我苦劳。三事大夫虽还在，谁愿日夜把心操。国君百官和诸侯，早晨朝见晚上跑。希望他们能改过，谁知恶事都做到。

皇天皇天怎么办？忠言逆耳王不听。就像路上行走人，不知他要到哪边。所有君子卿大夫，各自谨慎小心点。为何互相不知戒？竟不畏天命尊严？

战祸已起无退路，天降饥馑难消亡。为何我这小侍臣，天天劳苦心忧伤。所有君子卿大夫，都不肯去谏我王。顺耳话爱听可说，批评言遭斥难讲。

可悲可哀忠难谏，并非是舌拙嘴笨，实在憔悴体多病。能说会道实在好，口若悬河巧逢迎，享受福禄处佳境。

如今要出仕做官，实在艰难太危险。若说这事不去做，得罪天子多不便；若说这事可办好，又会遭到友埋怨。我劝你们迁王都，你们却说无家安。只有悲伤泪带血，没有话不遭恨妒。当初你们各自走，谁帮你们建房屋？

解析

这首诗辛辣地讽刺了周幽王君臣昏庸无道，为国家带来了巨大的政治混乱。这首抒情诗表达了诗人忧伤、悲痛、怨天尤人、无可奈何的复杂情感。面对国破、世危的局面，他思前想后，既埋怨天命靡常，又揭露国王信谗拒谏、是非不分。面对昏君乱臣，他忧国忧时，苦恼悲哀，虽想勤于国事，救人民于危难之中，却又处境孤危，不知所措。因此只有揭示社会现实，以发泄他满腔的忧愤。诗人感情深沉而真挚，从心底发出的阵阵哀声不仅仅是他个人的无奈，更是那个时代的呐喊和哀怨。

小旻

原文

旻天疾威，敷于下土。谋犹①回遹②，何日斯沮③？谋臧不从，不臧覆用。我视谋犹，亦孔之邛④。

潝潝⑤訿訿⑥，亦孔之哀。谋之其臧，则具是违。谋之不臧，则具是依。我视谋犹，伊于胡底。

我龟既厌，不我告犹。谋夫孔多，是用不集⑦。发言盈庭，谁敢执其咎？如匪行迈谋，是用不得于道。

哀哉为犹，匪先民是程，匪大犹⑧是经。维迩言是听，维迩言是争。如彼筑室于道谋，是用不溃于成。

国虽靡止，或圣或否。民虽靡膴⑨，或哲或谋，或肃或艾⑩。如彼泉流，无沦胥以败。

不敢暴虎，不敢冯河⑪。人知其一，莫知其他。战战兢兢，如临深渊，如履薄冰。

注释

①犹：谋划。②遹（yù）：邪僻。③沮：停止。④邛（qióng）：弊病。⑤潝潝（xì）：小人党同而相和。⑥訿訿（zǐ）：小人伐异而相毁。⑦不集：不成功。⑧大犹：大道、常规。⑨膴（wǔ）：肥，厚，多。⑩艾：治国人才。⑪冯（píng）河：徒步渡河。

译文

苍天苍天太暴虐，灾难降临我国界。朝廷策谋真邪僻，何时能够止歇啊？善谋良策难听从，歪门邪道反不绝。朝廷谋划依我看，确是弊病太多些。

小人叽喳攻异己，是非不分我悲戚。若有什么好谋略，他们全都不认同。若有什么坏计策，他们全都会同意。我看朝廷的谋划，不知弄到何境地。

占卜灵龟已厌倦，谋划再不告诉我。谋臣策士实在多，各种意见不妥协。议论纷纷满庭中，指出弊病有谁敢？就像谋划要远行，真到路上没效验。

如此谋划我悲痛，古圣先贤不效法，常规大道不遵从。近僻之言王爱听，肤浅之见纷聚讼。就像宫室建路上，当然不会获成功。

国家虽然无法度，人有聪明有糊涂。人民虽然不富足，还有明哲有善谋，有能治国有严肃。就像长流那泉水，莫让衰败与陈腐。

不敢空手打虎去，不敢徒步过河行。人们只知这危险，不知其他灾祸临。面对政局心战兢，就像面临深深渊，就像脚踏薄冰行。

解析

本诗讽刺周幽王是非不分，重用奸臣，致使国家危在旦夕，鲜明地表达了作者愤恨朝政黑暗、腐败，而又忧国忧民的思想感情。

全诗六章。首二章讽刺周幽王好坏不分；三章讥讽周幽王的臣子都是些小人；四章指责周幽王缺乏远略；五章强调周幽王不善用贤人，致使国家危亡；末章指出亡国的最大隐患是用人不当，而并非"暴虎""冯河"这类明显的危险。

其中"战战兢兢，如临深渊，如履薄冰"三句生动形象、寓意鲜明，写出了焦虑万分的心态，广为后世所引用，成为著名成语。

小宛

原文

宛彼鸣鸠，翰飞戾①天。我心忧伤，念昔先人。明发不寐，有怀二人。

人之齐圣，饮酒温克。彼昏不知，壹醉日富②。各敬尔仪，天命不又。

中原有菽③，庶民采之。螟蛉④有子，蜾蠃⑤负之。教诲尔子，式穀似⑥之。

题彼脊令，载飞载鸣。我日斯迈，而月斯征。夙兴夜寐，毋忝⑦尔所生。

交交桑扈，率场啄粟。哀我填⑧寡，宜岸⑨宜狱。握粟出卜，自何能穀？

温温恭人，如集于木。惴惴小心，如临于谷。战战兢兢，如履薄冰。

注释

①戾：至。②富（fù）：满。③菽：豆。④螟（míng）蛉（líng）：螟蛾的幼虫。⑤蜾（guǒ）蠃（luǒ）：一种黑色的细腰土蜂，常捕捉螟蛉入巢，以养育其幼虫，古人误以为是代螟蛾哺养幼虫，故称养子为螟蛉义子。⑥似：通"嗣"，继承。⑦忝（tiǎn）：辱没。⑧填：通"瘨"（diān），病。⑨岸：通"犴"，乡间捕人拘留之地。

译文

　　小小斑鸠在鸣叫，展翅高飞上天空。我的心中多忧伤，追念故去的先人。直到天亮睡不着，心中思念父母亲。

　　有人正直又聪明，饮酒蕴藉又从容。也有昏庸无知者，沉醉酒中难自拔。个人形象要慎重，天命一去不再来。

　　田野长着野豆苗，庶人百姓来采摘。螟蛾生子长成虫，细腰土蜂背走它。教导你的亲生子，使他向善长成材。

　　看看那些小鹡鸰，一边飞来一边叫。我要天天出门行，你要月月在外奔。早起晚睡要勤勉，切莫辱没父母亲。

　　桑扈鸟儿飞去来，沿着禾场啄米粒。可怜我穷无依靠，应吃官司进牢房。抓把小米去占卜，何处能够得吉利？

　　温和恭顺好人们，如同栖身大树上。忐忑不安多小心，就像面临那深谷。恐惧谨慎心难宁，就像双脚踏薄冰。

解析

这首忧伤交织的抒情诗，表达了一个小官吏对父母先人的怀念，对自己凄惨命运的感慨和对兄弟堕落的气愤等复杂的感情。

全诗六章，每章六句，各章重点突出，语意恳切，组织严密，层次分明。首章直述怀念祖先、父母之情；二章感伤兄弟们的纵酒；三章言代兄弟们扶养幼子，继承祖业家风；四章述自己操劳奔波，以慰父母在天之灵；五章表现出对命运难卜的焦虑；末章总括了自己诚惶诚恐、艰难度日的心情。在这篇作品中，作者的感情虽是沉重的，但表现得却十分活脱、鲜明和生动，是一篇十分有特色的雅颂。

小弁

原文

弁①彼鸒②斯，归飞提提。民莫不穀，我独于罹。
何辜于天？我罪伊何？心之忧矣，云如之何！

踧踧③周道，鞫④为茂草。我心忧伤，惄⑤焉如捣。
假寐永叹，维忧用老。心之忧矣，疢⑥如疾首。

维桑与梓，必恭敬止。靡瞻匪父，靡依匪母。
不属于毛，不罹于里。天之生我，我辰安在？

菀⑦彼柳斯，鸣蜩⑧嘒嘒⑨。有漼⑩者渊，萑苇淠淠⑪。
譬彼舟流，不知所届。心之忧矣，不遑假寐。

鹿斯之奔，维足伎伎⑫。雉之朝雊⑬，尚求其雌。
譬彼坏木，疾用无枝。心之忧矣，宁莫之知？

相彼投兔，尚或先之。行有死人，尚或墐⑭之。
君子秉心，维其忍之。心之忧矣，涕既陨之。

君子信谗，如或酬之。君子不惠，不舒究之。
伐木掎⑮矣，析薪扡⑯矣。舍彼有罪，予之佗⑰矣。

175

莫高匪山，莫浚匪泉。君子无易由言，耳属^⑱于垣。
无逝我梁，无发我笱^⑲。我躬不阅，遑恤我后。

注释

①弁（pán）：快乐的样子。②鸒（yù）：鸟名，形似乌鸦，小如鸽，腹下白，喜群飞，鸣声"呀呀"，又名雅乌。③踧踧（dí）：平坦的状态。④鞫（jū）：阻塞、充塞。⑤惄（nì）：忧伤。⑥疢（chèn）：病，指内心忧痛烦热。⑦菀（yù）：茂密的样子。⑧蜩（tiáo）：蝉。⑨嘒（huì）嘒：蝉鸣的声音。⑩漼（cuǐ）：水深的样子。⑪淠淠（pèi）：茂盛的样子。⑫伎伎（qí）：鹿急跑的样子。⑬雊（gòu）：雉鸣。⑭堇（jìn）：掩埋。⑮掎（jǐ）：牵引。⑯扡（chǐ）：顺着纹理劈开。⑰佗（tuó）：加。⑱属（zhǔ）：连接。⑲笱（gǒu）：捕鱼用的竹笼。

译文

那些雅乌多快活，安闲翻飞向巢窠。人们生活都美好，独独我却遇灾祸。
我对苍天有何罪？我的罪过是什么？忧伤充满我心中，无可奈何空叹息！

平平坦坦那大道，到处长满青青草。忧伤深深在我心，好似棒杵捣我心。
和衣而卧哀声叹，忧伤使我容颜老。忧伤充满我心中，头疼心烦真焦躁。

看到桑树梓树林，恭之敬之如人在。无时不尊我父亲，无时不恋我母亲。
不连皮裘外面毛，不附皮裘内里衬。老天如今生下我，哪里有我好时运？

株株柳树真茂密，上面蝉鸣声声急。一潭水深不见底，周围芦苇真密集。
我像漂流的小舟，不知漂流到何处。忧伤充满我心中，没空打盹思不息。

看那野鹿快奔跑，扬起四蹄真轻巧。听那野鸡早晨叫，雄鸟尚且求雌鸟。
我就像那株病树，病得膏肓不生枝。忧伤充满在心中，难道就没知心人？

看那野兔入网中，尚且有人把它放。路上遇到了死人，尚且有人把他葬。
父亲大人的居心，为何残忍如这般？忧伤充满我心中，使我眼泪落千行。

父亲大人信谗言，就像任人把酒劝。父亲大人不慈爱，思考事情不周全。
伐树得用绳牵引，砍柴刀顺纹理间。放过真正有罪人，罪加我身任意编。

不高就不是山峦，不深就不是水泉。君子说话莫随意，有人耳朵贴墙边。
不要把我鱼梁拆，不要把我鱼笼扳。我身已经无处容，后事哪有空挂念。

解析

这是一个被父亲驱逐的人所写的诗，抒发了作者内心的惆怅和愤恨。

全诗八章，章八句。诗人采用多种艺术手法，或正面描述，或反面衬托，或即眼前之景以兴内心之情，或以客观事物的状态以比喻自己的处境，通过这些手法的运用，诗人对自己被逐后的悲痛心情，进行了多角度、多层次的表述和揭示，感情深沉而恳切，使得幽怨哀伤之情跃然纸上，具有较强的艺术感染力。

巧言

原文

悠悠昊天，曰父母且。无罪无辜，乱如此幠①。
昊天已威，予慎无罪。昊天泰②幠，予慎无辜。

乱之初生，僭③始既涵。乱之又生，君子信谗。
君子如怒，乱庶遄沮。君子如祉④，乱庶遄⑤已。

君子屡盟，乱是用长。君子信盗，乱是用暴。
盗言孔甘，乱是用餤⑥。匪其止共，维王之邛⑦。

奕奕寝庙，君子作之。秩秩大猷⑧，圣人莫之。

他人有心，予忖度之。跃跃毚兔⑨，遇犬获之。

荏染柔木，君子树之。往来行言，心焉数之。
蛇蛇⑩硕言，出自口矣。巧言如簧，颜之厚矣。

彼何人斯？居河之麋⑪。无拳无勇，职为乱阶。
既微⑫且尰⑬，尔勇伊何？为犹将多，尔居徒几何？

注释

①幠（hū）：大。②泰：通"太"。③僭（jiàn）：通"潛"，谗言。④祉：福，此指任用贤人以致福。⑤遄（chuán）：很快。⑥餤（tán）：原意为进食，引申为增多。⑦邛（qióng）：病。⑧猷（yóu）：谋略。⑨毚（chán）兔：狡猾的兔子。⑩蛇蛇（yí）：轻率的样子。⑪麋（méi）：通"湄"，水边。⑫微：腿骨上生疮。⑬尰（zhǒng）：脚肿。

译文

辽阔高远的苍天，说是人们的父母。平民百姓又无过，祸乱大得真可怕。
苍天在上太威严，我实没有犯罪过。苍天在上太暴虐，的确我就是无辜。

祸乱起初出现时，谗言传开被包容。祸乱再次发生时，君子信用进谗人。
君子闻谗若发怒，祸乱很快会止住。君子若能用贤人，祸乱也能快平息。

君子多次结誓盟，祸乱因此愈增长。君子信用谗言者，祸乱因此更凶暴。
谗人巧言好甜蜜，祸乱因此愈增加。小人奸臣不尽职，是为君王造祸患。

高大宫室和宗庙，是由君子把它造。明智治国的大计，是由圣人谋划好。
他人心中有诡计，我能揣度看穿它。蹦蹦跳跳的狡兔，遇上猎犬命难逃。

柔软脆弱的树木，是由君子把它栽。流言传来又传去，心中有数分得清。
轻率肤浅的大话，都从谗人口中出。花言巧语如丝簧，厚颜无耻人人厌。

他是怎样一个人？住在河流的岸边。没有力量和勇气，只会滋事造祸乱。
腿上生疮脚肿大，你的本事从何说？玩弄诡计阴谋多，你的同伙有几个？

解析

这是一个遭受谗言迫害的人揭露国家统治者听信谗言、害国殃民的诗歌。诗人饱受谗言之苦，全诗情感异常激愤，通篇直抒胸臆，毫无遮拦。诗中强调谗言不仅会为个人带来无尽的痛苦，同时如果一国之君听信了奸臣小人的谗言，将会把整个国家葬送。这就上升了一个高度，并且带有了普遍的历史意义与价值，这也是本诗能引起后人共鸣的关键。

何人斯

原文

彼何人斯？其心孔艰。胡逝我梁，不入我门？伊谁云从？维暴①之云。

二人从行，谁为此祸？胡逝我梁，不入唁②我？始者不如今，云不我可。

彼何人斯？胡逝我陈③？我闻其声，不见其身。不愧于人？不畏于天？

彼何人斯？其为飘风。胡不自北？胡不自南？胡逝我梁？祇搅我心。

尔之安行，亦不遑舍。尔之亟行，遑脂④尔车。壹者之来，云何其盱⑤。

尔还而入，我心易也。还而不入，否难知也。壹者之来，俾我祇⑥也。

伯氏吹埙⑦，仲氏吹篪⑧。及尔如贯，谅不我知。出此三物，以诅尔斯。

为鬼为蜮⑨，则不可得。有靦⑩面目，视人罔极。作此好歌，以极反侧。

注释

①暴：粗暴、暴虐。②唁：慰问。③陈：堂下至门的路。④脂：以油脂涂车。⑤盱（xū）：忧、病，或曰望也。⑥祇：病，或曰安也。⑦埙（xūn）：古陶制吹奏乐器，卵形中空，有吹孔。⑧篪（chí）：古竹制乐器，如笛，有八孔。⑨蜮：古代传说一种能含沙射影，使人得病的动物。⑩靦（miǎn）：露面见人之状。

译文

那究竟是什么人？他的心难测浅深。为何去看我鱼梁，却不进入我家门？现在谁人还跟他，只有他那暴虐心。

二人相随一同行，究竟是谁惹此祸？为何去看我鱼梁，却不进门慰问我？原先可不像现在，如今待我这么冷。

那究竟是什么人？为何堂前来往行？我只听见他声音，却总不见他形影。你在人前不惭愧？连上天也不畏敬？

那究竟是什么人？简直像那飘风样。为何来时不自北？为何来时不自南？为何去看我鱼梁？搅得我心神不宁。

慢条斯理你出行，却也无暇来休息。急急忙忙你要走，油好车子也不迟。为了你这来一次，多少天我眼望穿。

归家你入我房来，我心喜悦情难抑。归家你不入我房，原因为何谁知道。为了盼你来一次，简直把我忧病了。

长兄吹奏那陶埙，二哥吹奏那竹篪。我与你心相连贯，能不相亲又相知？我愿神前供三牲，诅咒你竟背盟誓。

倘若真是那鬼蜮，行径也就难猜测。可你面目皆可见，行为表现没准则。我只能作这好歌，究你这个无常者。

解析

这首诗讽刺了背信弃义的友人，批判了这类小人反复无常的行径。

诗歌共八章，把这种蓄意陷害他人、不顾及昔日友情的小人形象描写得十分形象。暴公等人多次经过家门却不入，这让诗人十分失望气愤，并最终看清其丑恶嘴脸决定与其绝交。最后更是强调作此诗就是为了深究、揭露暴公一类人的丑恶行径。全诗充满了诗人的愤恨之情，感情激动而强烈。

诗经选

巷伯

原文

萋兮斐兮，成是贝锦。彼谮人①者，亦已大甚！

哆兮侈②兮，成是南箕。彼谮人者，谁适③与谋？

缉缉④翩翩，谋欲谮人。慎尔言也，谓尔不信。

捷捷⑤幡幡⑥，谋欲谮言。岂不尔受？既其女迁。

骄人好好，劳人草草。苍天苍天，视彼骄人，矜此劳人。

彼谮人者，谁适与谋？取彼谮人，投畀⑦豺虎。豺虎不食，投畀有北。有北不受，投畀有昊。

杨园之道，猗⑧于亩丘。寺人孟子，作为此诗。凡百君子，敬而听之。

注释

①谮人：进谗言的小人。②侈（chǐ）：张大的样子。③适（dí）：悦，喜欢。④缉缉：形容附

耳私语。⑤捷捷：形容信口雌黄。⑥幡幡：反复不定的样子。⑦畀（bì）：与。⑧猗：在……之上。

译文

五彩丝啊色缤纷，织成一张贝纹锦。嚼舌头的进谗者，坏事做尽太过分！

张开大嘴咧开口，好比夜空簸箕星。嚼舌头的进谗者，谁愿和他去同谋？

喊喊喳喳来又去，一心想把人来害。劝你说话负点责，不然今后无人信。

喳喳喊喊去又来，一心造谣又说谎。难道没人来上当？总有一天要现相。

捣鬼的人竟得逞，受害的人却遭殃。苍天苍天你在上，看看那些害人精，可怜可怜受害人。

嚼舌头的进谗者，谁愿和他去同谋？抓住长舌害人精，丢给荒山豺虎吞。如果豺虎不肯吞，丢到北极喂野人。如果北极也不要，交给老天来严惩。

一条小路通杨园，小路越过山坡顶。刑余之人名孟子，编首歌子为宽心。过往君子慢慢行，请君认真听我唱！

解析

这是一首怒斥造谣诬陷者的诗。作者是"寺人孟子"，显然这位寺人孟子也是一位遭受过政治诬陷而蒙冤受屈的人，诗中他把自己也写了进去。

这首诗描写十分生动贴切，尤其是诗中二、三、四章，喊喊喳喳，上蹿下跳，左右舆论的丑恶嘴脸，作了极形象的勾勒，也表达出自己的愤恨。诗人在最后甚至留下了自己的名字，足以说明诗人确实有过这种遭遇，这首诗正是为自抒激愤之情，有感而发之作。这种做法在《诗经》中还是较为少见的。

谷风

原文

习习谷风，维风及雨。将恐将惧，维予与女。将安将乐，女转弃予。

习习谷风，维风及颓①。将恐将惧，寘②予于怀。将安将乐，弃予如遗。

习习谷风，维山崔嵬③。无草不死，无木不萎。忘我大德，思我小怨。

注释

①颓：旋风。②寘（zhì）：同"置"，放置。③崔嵬（wéi）：山高大险峻的样子。

译文

东风和煦轻轻吹，春雨绵绵下不停。当初艰难恐惧时，只有我来救助你。如今安乐无忧时，你竟把我来抛弃。

东风和煦轻轻吹，旋风不断呼呼响。当初艰难恐惧时，把我抱在你怀里。如今安乐无忧时，把我忘记狠抛弃。

东风和煦轻轻吹，吹过挺拔高山顶。世上百草都会死，万木也有枯萎时。忘掉我的大恩德，却把小错记得清。

解析

这是一首弃妇诗。诗中的女子与丈夫曾经共患难，但待到如今安乐时，却无法与丈夫有乐同享，狠遭抛弃，因此借诗抒情，聊表悲伤哀怨之情。诗歌用风雨起兴，被丈夫遗弃的女子，面对这凄风苦雨，徒增了无限的伤怀愁绪。本诗语言凄恻委婉，只是娓娓地叙述被遗弃前后的事实，却不加遣责之句，可斥责的意思已充分表露。同时，这也说明这位"只怨不怒"的女子是一位性格懦弱为人善良的妇女。

蓼莪

原文

蓼蓼①者莪②，匪莪伊蒿。哀哀父母，生我劬劳③。

蓼蓼者莪，匪莪伊蔚。哀哀父母，生我劳瘁。

　　缾之罄④矣，维罍⑤之耻。鲜民之生，不如死之久矣。无父何怙⑥？无母何恃？出则衔恤，入则靡至。

　　父兮生我，母兮鞠⑦我。抚我畜我，长我育我。顾我复我，出入腹我。欲报之德，昊天罔极！

　　南山烈烈，飘风发发。民莫不穀，我独何⑧害？

　　南山律律，飘风弗弗。民莫不穀，我独不卒！

雅·小雅

注释

　　①蓼蓼（lù）：形容植物高大。②莪（é）：一种草，即莪蒿。③劬（qú）劳：与下章"劳瘁"皆劳累之意。④缾（píng）：通"瓶"。罄（qìng）：空。⑤罍（léi）：盛水器具。⑥怙（hù）：依靠。⑦鞠：养。⑧何：通"荷"，承担。

译文

　　看那莪草长得高，却非莪蒿是散蒿。可怜我的父母亲，抚养我真太辛劳。
　　看那莪草相依偎，却非莪蒿只是蔚。可怜我的父母亲，抚养我真太劳累。
　　汲水瓶儿空了底，装水坛子自觉耻。孤独活着没意思，不如早点就去死。没有亲爹何所靠？没有亲妈谁来依？出门行走心含悲，入门茫然不知止。
　　父母辛苦生下我，父母劳累养大我。你们护我疼爱我，养我长大培育我。想我不愿离开我，出入家门怀抱我。想报父母大恩德，老天降祸难预测！
　　南山高峻难逾越，飙风凄厉令人怯。大家都没不幸事，为何独我遭此劫？
　　南山高峻难迈过，飙风凄厉人哆嗦。大家都没不幸事，不能终养独有我！

解析

　　这是行役在外，不能赡养父母的孝子所作的一首哀怨之诗，诗人抒发了不能终养父母的痛极之情。
　　本诗六章，分三层意思。首二章是第一层，写父母生养孩子辛苦劳累；中间两章是第二层，写儿子失去双亲的痛苦和父母对儿子的深爱；后两章是第三层，承接"昊天罔极"，抒写遭遇不幸。
　　赡养孝敬父母从先秦时代就已经是中国的优良传统，时至今日我们更应该将其发扬光大，延续下去。

大东

有饛簋飧①，有捄棘匕②。周道如砥，其直如矢。
君子所履，小人所视。睠言③顾之，潸焉出涕。

小东大东，杼柚④其空。纠纠葛屦，可以履霜。
佻佻公子，行彼周行。既往既来，使我心疚。

有冽氿泉⑤，无浸穫⑥薪。契契寤叹，哀我惮⑦人。
薪是穫薪，尚可载也。哀我惮人，亦可息也。

东人之子，职劳不来。西人之子，粲粲衣服。
舟人之子，熊罴是裘。私人之子，百僚是试。

或以其酒，不以其浆。鞙鞙⑧佩璲⑨，不以其长。
维天有汉，监⑩亦有光。跂⑪彼织女，终日七襄⑫。

虽则七襄，不成报章。睆⑬彼牵牛，不以服箱。
东有启明，西有长庚。有捄天毕⑭，载施之行。

维南有箕，不可以簸扬。维北有斗，不可以挹⑮酒浆。
维南有箕，载翕其舌。维北有斗，西柄之揭。

注释

①饛（méng）：形容食物装满的样子。簋（guǐ）：古代一种圆口、圈足、有盖、有座的食器，青铜制或陶制，供统治阶层的人使用。飧（sūn）：熟食，晚饭。②捄（qiú）：形容长而弯曲。棘匕：酸枣木做的勺子。③睠（juàn）言：同"睠然"，眷恋回顾的样子。④杼（zhù）：织机之梭。柚（zhóu）：同"轴"，织机之大轴。杼柚指织布机。⑤氿（guǐ）泉：泉流受阻溢而自旁侧流出的泉水。⑥穫：同"檴"，木名。⑦惮：同"瘅"（dàn），疲苦成病。⑧鞙鞙（juān）：玉佩长长的样子。⑨璲（suí）：贵族佩带上镶的宝玉。⑩监：同"鉴"，照。⑪跂（qí）：同"歧"，分叉状。这里指三星鼎足而立的样子。⑫七襄：七次移易位置。古人一天分十二时辰，白日分卯时至酉时共七个时辰，织女星座每一个时辰移动一次。⑬睆（huǎn）：明亮的样子。⑭天毕：毕星，八星组成的星座，状如捕兔的毕网，网小而柄长，手持之捕兔。⑮挹（yì）：舀。

译文

　　篂里熟食满当当，枣木勺子弯又长。大路平坦如磨石，笔直好像箭一样。
贵人路上常来往，小民只能瞪眼望。转过头来心悲伤，眼泪汪汪湿衣裳。

　　东方远近诸小国，织机布帛空荡荡。葛麻草鞋缠又绑，只能靠它踏冰霜。
得意扬扬那公子，满载行车大路上。来来去去数十趟，教我心痛如断肠。

　　泉水横流清又冷，砍下柴来莫浸湿。忧愁难睡长叹息，可怜我们病苦人。
砍下树枝当烧柴，还要装车往回运。可怜我们病苦人，也应休息养养神。

　　东方各国的孩子，辛苦服役无人问。周人公子哥儿们，衣服华丽多鲜新。
周人贵族家子弟，熊罴皮袍穿在身。可怜臣民家孩子，个个当差在衙门。

　　有人饮用香醇酒，有人喝不上米浆。圆圆宝玉佩身上，不是才德有专长。
看那天上的银河，照耀灿灿闪亮光。鼎足三颗织女星，一天七次移动忙。

　　纵然织女迁移忙，却未织出好纹章。牵牛三星亮闪闪，不能拉车难载箱。
星星在东叫启明，星星在西叫长庚。天毕八星柄弯长，把网张在大路上。

　　南天有那簸箕星，不能簸米不扬糠。北方有那斗星宿，无法用它舀酒浆。
南天有那簸箕星，吐出舌头口大张。北方有那斗星宿，起举斗柄向西方。

解析

　　这首诗表现了东方小国人民对西周王室徭役过重赋税不公的怨恨。诗歌通过大量的
对比手法，鲜明地塑造了两个对立的形象：一个是残酷、贪婪、骄奢的西人剥削者形象，

一个是被榨取、被奴役、被压迫得透不过气来，并对西人满怀仇恨的东人小民形象。诗通过这两个典型形象的刻画，深刻地反映了两个阶级的对立。

本诗前半部分使用现实主义的手法描写了人民劳役不息、痛苦不堪的社会状况；后半部分则转向天上星宿的描述，用天汉、织女、牵牛、长庚、天毕、北斗、南箕等形象来比喻西周剥削者，充满想象的浪漫主义写法使这首诗的思想表达更为深刻。

四月

原文

四月维夏，六月徂暑。先祖匪人，胡宁忍予？

秋日凄凄，百卉俱腓①。乱离瘼②矣，爰其适归？

冬日烈烈，飘风发发。民莫不穀，我独何害！

山有嘉卉，侯栗侯梅。废为残贼③，莫知其尤。

相彼泉水，载清载浊。我日构④祸，曷云能穀？

滔滔江汉，南国之纪。尽瘁以仕，宁莫我有。

匪鹑匪鸢⑤，翰飞戾天。匪鳣匪鲔⑥，潜逃于渊。

山有蕨薇，隰有杞桋⑦。君子作歌，维以告哀。

注释

①腓（féi）：此系"痱"的假借字，指（草木）枯萎或生病。②瘼（mò）：病，痛苦。③残贼：摧残损害。④构：通"遘"，遇。⑤鹑（tuán）：雕。鸢（yuān）：老鹰。⑥鳣（zhān）：大鲤鱼。鲔（wěi）：鲟鱼。⑦桋（yí）：赤栋。

译文

四月已经是夏天，六月酷暑将过完。祖先不是别家人，怎忍让我受煎熬？
秋日有风风凄凄，百草凋零百花稀。颠沛流离痛苦深，何时才能回家里？
冬日寒气真凛冽，狂风肆虐呼啸刮。没有一家不快活，独我遭灾多悲切！

好树好花满山开，既有栗树也有梅。惨遭破坏与残害，不知那是谁的罪。
看那山间泉水横，一会清来一会浑。我却天天遇祸患，如何能做有福人？
长江汉水浪滔滔，统领南方诸河道。鞠躬尽瘁为国事，可是没人说我好。
为人不如鹰和雕，振翅高飞上云霄。为人不如鲤和鲟，潜入深渊把命逃。
蕨菜薇菜山里长，杞树梽树洼地栽。我今作首歌儿唱，满腔悲哀诉说来。

解析

这是一个苦于祸患的下层官吏的忧时感伤之作。作者通过主观心境与客观环境两方面的描写抒发了自己悲哀之情。尤其是对客观环境描写，更能从无形中体现作者的悲苦。一是写经历时间之长，从"四月维夏"到"冬日烈烈"，三个季度颠沛流离的生活让他苦不堪言；二是写各季的自然环境，无论是夏季的酷热溽暑还是深秋的萧瑟恻怆抑或是冬日的天寒地冻，都衬托出了自己忧伤的心境。这种艺术手法的运用十分成功，前两句写景，后两句抒情，结构整齐，感情真挚，充分体现了"告哀"的旨意。

北山

原文

陟彼北山，言采其杞。偕偕士子，朝夕从事。王事靡盬①，忧我父母。

溥②天之下，莫非王土。率土之滨，莫非王臣。大夫不均，我从事独贤。

四牡彭彭，王事傍傍。嘉我未老，鲜我方将。旅力③方刚，经营四方。

或燕燕居息，或尽瘁事国。或息偃④在床，或不已于行。

或不知叫号，或惨惨劬劳。或栖迟偃仰，或王事鞅掌⑤。

或湛⑥乐饮酒，或惨惨畏咎。或出入风议，或靡事不为。

注释

①盬（gǔ）：休止。②溥（pǔ）：古本作"普"。③旅力：体力。④息偃：躺着休息。⑤鞅掌：指公事繁忙。⑥湛：（dān）：同"耽"，沉湎。

译文

登上高高的北山，我把枸杞来采摘。身强力壮的士子，从早到晚不停歇。君王差事无休止，心中忧愁念父母。

　　普天之下的土地，没有不属于君王。四海之内的臣民，都是君王的臣仆。大夫派差不公平，我之差事真辛苦。

　　四匹公马不停跑，差事太多没有完。夸我年壮未衰老，说我身强力又壮。身体健壮精力旺，可以办事走四方。

　　有人安闲只休息，有人为公尽全力；有人终日床上躺，有人奔走不停息。

　　有人辛苦不知怨，有人劳累多忧愁；有人优游又安闲，有人公事太繁忙。

　　有人享乐沉于酒，有人忧心怕遭祸。有人信口夸夸谈，有人万事皆动手。

解析

　　这首诗表达了一位下层小官对社会分配不均、差事繁重的抱怨和斥责。《诗经》中类似题材的篇章并不少见，这也在客观上暴露了周朝社会统治阶级内部上层与下层之间的深刻矛盾，反映了宗法等级社会的不平等性及其隐患。

　　诗分六章。诗人首先抱怨公差繁重致使自己无力赡养父母；接着感叹同为王臣，却如此劳逸不均，统治者竟然以年轻力壮为借口将差事都压给下层小官来办；最后三章以两两对比的方式列举出上下级劳逸不均的鲜明事实，无形中让人感受到了当时社会的黑暗与不公。

无将大车

原文

无将①大车，祇自尘兮。无思百忧，祇自疧②兮。

无将大车，维尘冥冥。无思百忧，不出于颎③。

无将大车，维尘雍④兮。无思百忧，祇自重⑤兮。

注释

　　①将：用手推车。②疧（qí）：病痛。③颎（jiǒng）：光明。④雍（yōng）：通"壅"，引申为遮蔽。⑤重：通"肿"，病痛，病累。

译文

　　不要把那大车推，只会惹得尘满身。不要去想忧心事，只会得病伤身体。

　　不要把那大车推，只会扬起尘土灰。不要去想忧心事，越想心绪越不明。

　　不要把那大车推，尘土飞扬遮天日。不要去想忧心事，只会加重心中累。

解析

这是一位感时伤乱者唱出的自我排遣之歌。

全诗三章，每章均以推车起兴。人帮着推车前进，只会让扬起的灰尘撒满一身，辨不清天地四方，由此兴起了"无思百忧"的感叹。心里老是想着世上的种种烦恼，只会使自己百病缠身，不得安宁，因此表达出人生在世不必忧虑万千，大可放开胸怀、顺其自然的思想。

本诗采用重章叠唱的形式，在反复咏唱中宣泄内心的情感，语言朴实真切，颇具民歌风味。

小明

原文

明明上天，照临下土。我征徂西，至于艽野^①。二月初吉，载离寒暑。心之忧矣，其毒大苦。念彼共人，涕零如雨。岂不怀归？畏此罪罟^②。

昔我往矣，日月方除。曷云其还？岁聿云莫。念我独兮，我事孔庶。心之忧矣，惮我不暇。念彼共人，睠睠^③怀顾。岂不怀归？畏此谴怒。

昔我往矣，日月方奥^④。曷云其还？政事愈蹙^⑤。岁聿云莫，采萧获菽。心之忧矣，自诒^⑥伊戚。念彼共人，兴言出宿。岂不怀归？畏此反覆。

嗟尔君子，无恒⑦安处。靖⑧共尔位，正直是与。神之听之，式榖以女。

嗟尔君子，无恒安息。靖共尔位，好是正直。神之听之，介尔景福。

注释

①芁（qiú）野：荒远的边地。②罭罟（gǔ）：指法网。③睠睠（juàn）：即"眷眷"，恋慕。④奥（yù）：通"燠"，温暖。⑤蹙：急促，紧迫。⑥诒：通"贻"，遗留。⑦恒：常。⑧靖：敬。

译文

朗朗晴空阳光灿，照耀大地暖人间。我为公事往西行，所到之处荒凉远。二月初吉日起程，迄今已经暑与寒。心中满是悲哀苦，深受折磨苦不堪。想到恭谨尽职人，潸潸泪泉禁不住。难道我不想回家？只怕那法令触犯。

想当初我踏征途，正逢辞旧迎新时。什么日子才能归？眼看年终归期无。我自己形单影只，差事多得不胜数。心中满是悲哀苦，疲于奔命无暇顾。想那恭谨尽职人，无限眷念朝夜慕。难道我不想回家？只怕上司责罚怒。

想当初我踏征途，正值由寒转暖时。何日才能够回去？公务繁忙事情多。眼看年终就快到，人们忙采菁收豆。心中满是悲哀苦，自寻烦恼自己受。想那恭谨尽职人，辗转难眠思不休。难道我不想回家？世事不安心恐惧。

长叹你们诸君子，莫图安逸坐享福。恭谨从事忠于职，交友正直亲贤人。谨慎听从上述言，定有福祉鸿运到。

长叹你们诸君子，莫图安逸坐无为。恭谨从事忠于职，交友正直亲伴随。谨慎听从上述言，定有洪福祥瑞来。

解析

这是一位因公在外的官吏念友思归所作的诗，诗中劝告友人要忠于职守，莫贪图安逸。

全诗共分五章。前三章自述其行役之苦、心怀之忧，表达了对生活现状的深深埋怨和对家乡友人的思念之情；后二章笔锋一转，告诫当朝的同僚要万事戒备，勤政尽职。诗人直抒胸臆，将叙事与抒情融为一体，娓娓道来，真切感人。

鼓钟

原文

鼓钟将将①，淮水汤汤，忧心且伤。淑人君子，怀允不忘。

鼓钟喈喈②，淮水湝湝③，忧心且悲。淑人君子，其德不回。

鼓钟伐鼛④，淮有三洲，忧心且妯⑤。淑人君子，其德不犹⑥。

鼓钟钦钦，鼓瑟鼓琴，笙磬同音。以雅以南，以龠⑦不僭。

注释

①将将：同"锵锵"，象声词。②喈喈（jiē）：形容钟声悦耳。③湝湝（jiē）：水势奔腾的样子。④鼛（gāo）：一种大鼓。⑤妯（chōu）：因悲伤而动容、心绪不宁。⑥犹：缺点，毛病。⑦龠（yuè）：乐器名，似排箫。古代羽舞时边吹籥，边持翟羽舞蹈。

译文

编钟声铿锵作响，淮河水奔流浩荡，我心忧愁又悲伤。那些善良的君子，让我思念不能忘。

编钟敲起声声响，淮水东流浩荡荡，我心忧愁又悲伤。那些善良的君子，品德高尚不奸邪。

编钟敲起大鼓击，淮水当中有三洲，我心忧愁又悲伤。那些善良的君子，美好品德传千古。

编钟敲起声钦钦，又鼓瑟来又弹琴，吹箫击磬声谐和。奏起雅乐和南乐，乐声悦耳音不乱。

解析

这首诗抒发了诗人聆听乐歌，怀念友人的感情。

全诗共四章，每章五句。前三章写诗人耳闻钟鼓铿锵作响，面对滔滔流淌的淮水，不禁悲从心中来，忧思萦怀，于是想到了"淑人君子"，对他的美德懿行心向往之。最后一章描写钟鼓齐鸣、琴瑟和谐的美妙乐境，不禁把诗人带回那个曾经繁华的太平盛世，让诗人勾起对昔日生活的无尽怀念。今昔对比之下，诗人的哀怨忧伤之情就不言自明了。

楚茨

原文

楚楚者茨①，言抽其棘，自昔何为？我艺②黍稷。我黍与与，我稷翼翼。我仓既盈，我庾③维亿。以为酒食，以享以祀，以妥以侑④，以介景福。

济济跄跄，絜⑤尔牛羊，以往烝尝。或剥或亨，或肆或将。祝祭于祊⑥，祀事孔明。先祖是皇，神保是飨。孝孙有庆，报以介福，万寿无疆！

执爨⑦踖踖⑧，为俎⑨孔硕，或燔⑩或炙。君妇莫莫，为豆孔庶。为宾为客，献酬交错。礼仪卒度，笑语卒获。神保是格，报以介福，万寿攸酢⑪！

我孔熯⑫矣，式礼莫愆⑬。工祝致告，徂赉⑭孝孙。苾芬⑮孝祀，神嗜饮食，卜尔百福。如几如式，既齐既稷，既匡既敕⑯。永锡尔极，时万时亿！

礼仪既备，钟鼓既戒。孝孙徂位，工祝致告。神具醉止，皇尸载起。鼓钟送尸，神保聿归。诸宰君妇，废彻不迟。诸父兄弟，备言燕私。

乐具入奏，以绥⑰后禄。尔肴既将，莫怨具庆。既醉既饱，小大稽首⑱。神嗜饮食，使君寿考。孔惠孔时，维其尽之。子子孙孙，勿替⑲引之！

注释

①茨：蒺藜，草本植物，有刺。②薿（yì）：种植。③庾（yǔ）：露天粮囤，以草席围成圆形，在中间围起的区域储粮。④侑：对客人劝进酒食。⑤絜（jié）：洗清。⑥祊（bēng）：设祭的地方，一般在宗庙门内。⑦爨（cuàn）：炊，烧菜煮饭。⑧踖（jí）踖：恭谨敏捷的样子。⑨俎（zǔ）：祭祀时盛牲肉的铜制礼器。⑩燔（fán）：烧肉。⑪酢：报。⑫嘼（nǎn）：敬惧。⑬愆（qiān）：过失，差错。⑭赉（lài）：赐予。⑮苾（bì）芬：芳香。⑯敕：通"饬"，严整。⑰绥：安，文中指安享。⑱稽首：跪拜礼，双膝跪下，叩头至地，是一种最恭敬的礼节。⑲替：废。

译文

　　簇簇蒺藜田野生，必须去掉那荆棘。为何自古这样做？为种高粱和小米。我的小米长得盛，高粱地里排整齐。粮食堆满我谷仓，我囤里也装得满。用它做成好美酒，作对祖先之献祭。请他前来享祭品，赐我宏福保康健。

　　步趋有节神端庄，把那牛羊洗清爽，拿去祭冬烝秋尝。有人宰割有人烹，有人分盛有人捧。司仪先祭庙门内，仪式隆重又辉煌。祖宗大驾来享用，神灵一一来品尝。孝孙定能获福分，赐予我福大无量，依赖神灵保安康！

　　掌膳厨师真麻利，盛肉铜器大无比，有人烧肉有人烤。主妇敬畏举止仪，盘中食品多丰盛。席上有宾客济济，主客敬酒答来往。举动合规真有礼，谈笑有度合时宜。祖宗神祇驾光临，赐福回报子孙贤，万寿无疆与天齐！

　　祭祀人们真恭谨，礼仪周全没毛病。司仪向大家致辞，赐福主祭孝贤孙。上供祭品芬芳美，神灵喜欢吃又饮，要赐给你众多福。祭祀遵法按期行，态度恭敬举止优，庄严隆重又谨慎。永远赐你大福分，成万成亿无穷尽！

　　各项仪式都完成，钟鼓之乐正奏鸣。孝孙回到原位置，司仪致辞来称颂。神灵都已喝微醺，皇尸起身离开位，把钟敲起送皇尸，祖宗神祇转回程。众厨师和主妇们，很快撤去肴祭品。在场诸位父兄弟，一起来家族宴饮。

　　乐队移后堂演奏，大伙享用祭后肴。酒菜味道实在好，感谢赐福莫烦恼。酒足饭饱吃得好，叩头致谢有老少。神灵爱吃这佳肴，让您长寿永不老。祭祀顺利而圆满，主人尽心守孝道。愿子孙莫荒废此，永远继承福寿葆！

解析

　　这是一首祭祖祀神的乐歌。它详细地记述了祭祀的全过程，从祭前的准备一直到祭后的宴乐，充分展现了周代祭祀的仪制风貌。

　　全诗共分六章。第一章写祭祀的前奏；第二、三两章进入对祭祀活动的描写，着力形容祭典之盛；第四章写司仪的"工祝"代表神祇致辞，赐给人们亿万福禄；第五章写仪式完成，钟鼓齐奏，众神安然离去；末章写祭祀的尾声——私宴之欢。诗人运用细腻翔实的笔法将这一幅幅画面描绘出来，让人有身临其境之感。如此详尽的描述，也为后世研究周朝祭祀礼仪提供了珍贵的史料。

甫田

原文

倬①彼甫田，岁取十千。我取其陈，食我农人，自古有年。今适南亩，或耘或耔，黍稷薿薿②。攸介③攸止，烝我髦士④。

以我齐明，与我牺羊，以社以方。我田既臧，农夫之庆。琴瑟击鼓，以御田祖。以祈甘雨，以介我稷黍，以穀⑤我士女。

曾孙来止，以其妇子。馌⑥彼南亩。田畯⑦至喜。攘其左右，尝其旨否。禾易长亩，终善且有。曾孙不怒，农夫克敏。

曾孙之稼，如茨如梁。曾孙之庾⑧，如坻⑨如京。乃求千斯仓，乃求万斯箱。黍稷稻粱，农夫之庆。报以介福，万寿无疆。

注释

①倬（zhuō）：广阔。②薿薿（nǐ）：茂盛的样子。③介：长大。④髦（máo）士：英俊之士。⑤穀（gǔ）：养育。⑥馌（yè）：送饭。⑦田畯：古代官名，负责管理农事。⑧庾：粮仓。⑨坻（chí）：小丘。

译文

那片田地多宽广，每年能收万担粮。拿出其中陈谷来，把我农夫来供养，古来少见好年成。快去南亩走一趟，有锄草来有培土，小米高粱长势好。等到长大成熟后，我被举荐为贤良。

备好祭祀之谷物，还有纯色的羔羊，土地神灵来分享。庄稼既获好丰收，农夫喜庆来报偿。弹起琴瑟敲起鼓，迎来神农表愿望。祈求上苍降甘霖，使我作物丰茂壮，老爷小姐享健康。

曾孙来到田地间，带着妻子和儿女。亲自送饭南亩旁。田官见了真高兴。特意叫来左右人，一起品尝这饭菜。壮实禾谷覆长垄，丰收在望长得好。曾孙见了很满意，农夫个个都勤快。

曾孙庄稼长得高，就像屋顶和桥梁。曾孙粮仓装得满，就像小丘和山冈。快快筑起囷千座，快快造好车万辆。收下谷物全装上，农夫庆贺喜洋洋。神灵回报赐大福，长命百岁寿无疆。

解析

这是描写周王祭祀的乐歌。从这首诗中我们还可以了解到西周时期的农业生产情况。

　　乐歌共分四章，每章十句。第一章写农事；第二章写人们祈盼丰收，虔诚地举行了祭神仪式；第三章进一步写主祭者在仪式之后的亲自督耕；末章则专记丰收景象及对周王的美好祝愿。全诗语言朴实无华，却展现了先秦时代农耕社会的社会风貌，充满了生活气息。

大田

原文

　　大田多稼，既种①既戒，既备乃事。以我覃耜②，俶载③南亩。播厥百谷，既庭④且硕，曾孙是若。

　　既方既皁⑤，既坚既好，不稂不莠。去其螟螣⑥，及其蟊贼⑦，无害我田稚。田祖有神，秉畀⑧炎火。

　　有渰⑨萋萋，兴雨祁祁。雨我公田，遂及我私。彼有不获稚，此有不敛穧⑩；彼有遗秉，此有滞⑪穗，伊寡妇之利。

曾孙来止，以其妇子。馌彼南亩，田畯至喜。来方禋祀⑫，以其骍⑬黑，与其黍稷。以享以祀，以介景福。

注释

①种（zhǒng）：指选种子。②覃（yǎn）：锐利。耜（sì）：古代一种似锹的农具。③俶（chù）载：开始从事。④庭：通"挺"，挺拔。⑤皂（zào）：指谷壳已经结成，但还未坚实。⑥螟（míng）：吃禾心的害虫。螣（tè）：吃禾叶的青虫。⑦蟊（máo）：吃禾根的虫。贼：吃禾节的虫。⑧畀：给予。⑨渰（yǎn）：即"渰渰"，形容阴云密布的样子。⑩穧（jì）：已割而未收的禾把。⑪滞：遗留。⑫禋（yīn）祀：升烟以祭，文中指古代祭天的典礼，也泛指祭祀。⑬骍（xīn）：赤色的牛。

译文

大田宽广作物多，选了种子修农具，事前准备都办妥。掮起我那锋快犁，开始田里干农活。播下黍稷诸谷物，苗儿挺拔又茁壮，曾孙称心好快活。

庄稼抽穗已结实，籽粒饱满长势好，没有空穗和杂草。害虫螟螣全除掉，蟊虫贼虫逃不了，不许伤害我嫩苗。多亏农神来保佑，投进大火将虫烧。

凉风凄凄云满天，小雨飘下细绵绵。雨点落在公田里，同时洒入我心间。那边谷嫩不曾割，这有几株漏田间；那边掉下一束禾，这还散穗三五点，照顾寡妇任她捡。

曾孙视察已来临，带着妻子和儿女。亲自送饭南亩旁，田官见了真高兴。曾孙来到正祭神，黄牛黑猪案上陈，小米高粱配嘉珍。献上祭品行祭礼，祈求大福降苍生。

解析

这也是一首农事诗，是前篇《甫田》的姊妹篇，记述周王督察秋季收获，祈求今后更大的福祉的事情。

全诗四章，每章八至九句不等。前二章起铺垫作用，第三章实写丰收，末章是祭祀及祈福。其中第三章的丰收描写是最重要也最精彩的篇章，其他各章如众星之拱月，绿叶之衬花。

这首诗的艺术造诣很深。诗人在行文中主要运用了白描的艺术表现手法，为后世的我们描述了一幅上古时代的老百姓从事农业生产的民情风俗画卷。这首诗的篇幅在《诗经》中并不算长，但诗中登场人物众多，有农夫、村妇、寡妇、田畯，还有曾孙。这些登场人物各有各的行为，各有各的神态，甚至各有各的思量。作者仅用了寥寥数语，竟然将这些人物刻画得惟妙惟肖，让他们跃然纸上，给今天的读者以真实的感触，读完之后让我们回味无穷。

桑扈

原文

交交桑扈①，有莺其羽。君子乐胥，受天之祜②。

交交桑扈，有莺其领③。君子乐胥，万邦之屏。

之屏之翰④，百辟为宪。不戢⑤不难⑥，受福不那⑦。

兕觥⑧其觩⑨，旨酒思柔。彼交匪敖，万福来求。

注释

①桑扈：鸟名，即青雀。②祜（hù）：福禄。③领：颈。④翰：通"幹"，支柱。⑤戢（jí）：克制。⑥难（nuó）：通"傩"，行有节度。⑦那（nuó）：多。⑧兕（sì）觥（gōng）：牛角酒杯。⑨觩（qiú）：弯曲的样子。

译文

青雀叫声真动听，羽毛光洁色分明。大人君子共享乐，受天保佑乐悠悠。

可爱青雀真灵巧，颈间羽色好美妙。大人君子同欢乐，保卫家国靠你们。

国家屏障和支柱，诸侯把你当榜样。平和恭敬守礼节，接受福禄享不尽。

弯弯牛角杯频举，美酒佳酿色香浓。贤者交往不倨傲，万福来聚随人愿。

解析

这是周王宴会上所唱的一首助兴乐歌。

这首诗言简而精致，充满了愉悦的气息。诗分四章。首两章均以"交交桑扈"起兴，以欢然鸣叫的青雀、光彩明亮的羽毛营造了一种明快欢乐的气氛，仿佛青雀与宴饮者之间存在着一种相互作用的心理感应，大大加强了作品的生动性，后两章转向对周天子的赞颂，充分赞扬了他的美好德行，是诸侯的好榜样。

青蝇

原文

营营^①青蝇，止于樊^②。岂弟^③君子，无信谗言。

营营青蝇，止于棘。谗人罔极，交乱四国。

营营青蝇，止于榛。谗人罔极，构^④我二人。

注释

①营营：象声词，拟苍蝇飞舞声。②樊：篱笆。③岂（kǎi）弟（tì）：同"恺悌"，平和有礼。④构：造谣陷害。

译文

青头苍蝇嗡嗡飞，飞到篱笆上面停。开朗平和真君子，不要相信那谗言。

青头苍蝇嗡嗡飞，飞到酸枣树上边。佞人说话没准则，祸乱四国不安宁。

青头苍蝇嗡嗡飞，飞到榛树上面来。佞人说话没准则，离间你我两个人。

解析

这是一首著名的谴责诗，诗中将造谣谄媚的小人比喻成嗡嗡乱飞的苍蝇，形象生动，劝说斥责感情痛切。

这首诗的特点是取喻确切传神，十分贴切，后来"青蝇"就成了进谗佞人的代称。此外，诗人对谗言的危害和根源也做了深刻揭示，使"无信谗言"的规劝和警示显得充分有力，从而大大增强了诗的讽刺、谴责的力度。

宾之初筵

原文

宾之初筵①，左右秩秩。笾豆有楚，殽②核维旅。酒既和旨，饮酒孔偕。钟鼓既设，举酬逸逸。大侯③既抗，弓矢斯张。射夫既同，献尔发功。发彼有的，以祈尔爵。

籥④舞笙鼓，乐既和奏。烝衎⑤烈祖，以洽百礼。百礼既至，有壬有林。锡⑥尔纯嘏⑦，子孙其湛。其湛曰乐，各奏尔能。宾载手仇⑧，室人入又。酌彼康爵⑨，以奏尔时。

宾之初筵，温温其恭。其未醉止，威仪反反⑩。曰既醉止，威仪幡幡⑪。舍其坐迁，屡舞仙仙。其未醉止，威仪怭怭⑫。曰既醉止，威仪抑抑。是曰既醉，不知其秩。

宾既醉止，载号载呶⑬。乱我笾豆，屡舞僛僛⑭。是曰既醉，不知其邮⑮。侧弁⑯之俄，屡舞傞傞⑰。既醉而出，并受其福。醉而不出，是谓伐德。饮酒孔嘉，维其令仪。

凡此饮酒，或醉或否。既立之监，或佐之史。彼醉不臧，不醉反耻。式勿从谓，无俾大怠。匪言勿言，匪由勿语。由醉之言，俾出童羖^⑱。三爵不识，矧^⑲敢多又。

注释

①初筵：宾客初入席时。②殽（yáo）：指肉食。③大侯：射箭用的大靶子。④籥（yuè）：籥是一种竹制管乐器，据考形如排箫。⑤衎（kàn）：娱乐。⑥锡：赐。⑦纯嘏（gǔ）：大福。⑧仇：指对手。⑨康爵：大杯。⑩反反：形容谨慎且凝重。⑪幡幡：轻浮无威仪的样子。⑫怭怭（bì）：轻薄亵慢。⑬呶（náo）：喧哗不止。⑭僛僛（qī）：身体歪斜倾倒的样子。⑮邮：通"尤"，过失。⑯侧弁（biàn）：歪戴着皮帽。⑰傞傞（suō）：形容醉舞不止。⑱童羖（gǔ）：没角的公山羊。⑲矧（shěn）：何况。

译文

宾客来到初入席，主客列坐分东西。食器放置很整齐，鱼肉瓜果摆那里。好酒味浓甘又醇，满座宾客快喝起。钟鼓已经架设好，举杯敬酒不停息。大靶已经张挂好，整顿弓箭备射礼。射手已经集合好，快请献上妙射技。发箭射中那靶心，敬上美酒送祝福。

持籥欢舞笙鼓奏，音乐和谐声调柔。进献乐舞娱祖宗，礼数周到情意厚。各种礼节都已尽，隆重丰富说不够。神灵关爱赐洪福，子孙安享乐悠悠。和乐欢快喜气扬，各显本领莫保守。宾客选人互较量，主人又入陪在后。斟酒装满那空杯，献给中的那射手。

宾客来齐初开宴，温良恭谨堪赞叹。他们还没喝醉时，威严庄重自非凡。他们都已喝醉时，威严庄重全不见。离开座位乱跑动，左摇右晃舞步摇。他们还没喝醉时，庄重威严皆可观。他们都已喝醉时，庄重威严尽荡然。只因大醉现丑态，不知规矩全紊乱。

宾客已经醉满堂，又呼喊来又吵嚷。把我食器全弄乱，左摇右晃舞步跄。因为大醉现丑态，不知过错真荒唐。皮帽歪斜在头顶，左摇右晃舞癫狂。如果喝醉便离席，主客托福两无伤。如果醉了不离开，这叫败德留坏样。喝酒本是好事情，只是仪态要端庄。

所有如此喝酒人，有的醉倒有的醒。已设酒监来督察，又设酒史来警戒。那些醉的虽不好，不醉反而愧在心。莫再跟着去劝酒，莫使轻慢太任性。不该发问别开言，不合法道莫出声。依着醉后说胡话，没角公羊何处寻。不懂饮礼限三杯，怎敢劝他再满斟？

解析

这首诗细致地描写了周朝贵族在酒宴上纵情无度、丑态百出的形象，十分具有讽刺意味。

诗歌可分为三部分。第一部分是前二章，描写合乎礼制的酒宴；第二部分是三、四两章，描写违背礼制的酒宴；第三部分为末章，是总结性的言辞。全诗章法结构非常严谨，在组织上更是精妙无比。从具体的修辞上，也可看出诗人高明的表达技巧，尤其是叠字修辞格的运用，对人物的描摹起到了上佳的效果。

除了艺术方面的成就，这首诗对于后人研究周代的酒文化也具有珍贵的史料价值。

采菽

采菽采菽，筐之筥①之。君子来朝，何锡予之？
虽无予之，路车乘马。又何予之？玄衮及黼②。

觱沸③槛泉，言采其芹。君子来朝，言观其旂④。
其旂淠淠⑤，鸾声嘒嘒。载骖载驷，君子所届⑥。

赤芾在股，邪幅⑦在下。彼交匪纾⑧，天子所予。
乐只君子，天子命之。乐只君子，福禄申之。

维柞之枝，其叶蓬蓬。乐只君子，殿天子之邦。
乐只君子，万福攸同。平平左右，亦是率从。

汎汎⑨杨舟，绋纚⑩维之。乐只君子，天子葵⑪之。
乐只君子，福禄腪⑫之。优哉游哉，亦是戾⑬矣。

雅·小雅

注释

①莒（jǔ）：圆形竹器，方者为筐，圆者为莒。②黼（fǔ）：黑白相间的花纹。③觱（bì）沸：泉水涌出的样子。④旂（qí）：画有蛟龙图案的旗。⑤淠（pèi）淠：旗帜飘动。⑥届：到。⑦邪幅：裹腿。⑧纾：怠慢。⑨汎汎（fàn）：随水漂流的样子。⑩绋（fú）：麻制的绳索。缩（lí）：拉船用的竹索。⑪葵：借为"揆"，度量。⑫腜（pí）：厚赐。⑬戾（lì）：安定。

译文

采大豆来采大豆，用筐用莒来盛放。诸侯君子来朝见，王用何物来犒赏？
纵没什么将他赠，路车驷马给他乘。还用何物将他赠？龙袍绣衣和礼服。

翻腾喷涌泉水边，我来采集水中芹。诸侯君子来朝见，看那龙旗渐靠近。
他们旗帜迎风扬，鸾铃传来真动听。三马四马驾大车，远方诸侯已来临。

红色护膝大腿上，裹腿在下斜着绑。不致怠慢不骄狂，天子因此有赐赏。
诸侯君子尽情乐，天子策命授爵位。诸侯君子尽情乐，又有福禄赐予他。

柞树枝条一丛丛，它的叶子繁又茂。诸侯君子尽情乐，镇邦定国天子重。
诸侯君子尽情乐，万种福分来聚拢。左右属国善治理，于是他们都顺从。

杨木船儿水中漂，索缆系住不会跑。诸侯君子尽情乐，天子量才用以道。
诸侯君子尽情乐，福禄厚赐好关照。从容不迫真自在，生活安定乐逍遥。

解析

这首诗记述了周天子接受诸侯朝见，并对其进行赏赐的情景。

全诗五章。第一章是诸侯上朝之前，身为大夫的作者在猜想周天子可能准备的礼物；第二章则开始记叙诸侯朝见天子时极为壮观的场面；第三章铺排诗人近观诸侯朝见天子时的情景；第四章对来朝诸侯卓著功勋的颂扬；末章是大夫赞美诸侯之辞。全五章多用赋法，对诸侯觐见天子的场面进行了详尽的描述，场景宏大，感情真诚而厚重。

角弓

原文

骍骍①角弓，翩②其反矣。兄弟昏姻，无胥远矣。
尔之远矣，民胥然矣。尔之教矣，民胥效矣。

此令兄弟，绰绰有裕③。不令兄弟，交相为瘉④。

民之无良，相怨一方。受爵不让，至于已斯亡。

老马反为驹，不顾其后。如食宜饇⑤，如酌孔取。
毋教猱⑥升木，如涂涂附。君子有徽猷⑦，小人与属⑧。

雨雪瀌瀌⑨，见睍⑩日消。莫肯下遗，式居⑪娄骄。
雨雪浮浮，见睍日流。如蛮如髦⑫，我是用忧。

注释

①骍骍（xīn）：调和弦和弓。②翩：指反过来弯曲的样子。③裕：宽大。④瘉（yù）：病，指残害。⑤饇（yù）：饱。⑥猱（náo）：猿。⑦徽猷：善道。⑧属：依附。⑨瀌瀌（biāo）：雪花飞舞的样子。⑩睍（xiàn）：太阳的热气。⑪居：倨傲。⑫髦（máo）：古代对西南少数民族的称呼。

译文

角弓精心调整好，弦弛便向反面转。兄弟婚姻一家人，不要相互太疏远。
你和兄弟太疏远，百姓都会如此做。你若这样去教导，百姓都会跟着跑。

彼此和睦亲兄弟，感情深厚怨怒少。彼此不和亲兄弟，相互残害全不顾。
有些人心不善良，相互抱怨恨对方。接受爵禄不谦让，轮到自己道理忘。

老马当作马驹使，不念后果怎么样。正如吃饭要吃饱，喝酒最好饮适量。
猴子本就会爬树，好比泥土善附墙。君子如果德行好，小人自然来依附。

雪花落下满天飘，一见阳光全融消。小人不肯示谦恭，反而屡屡要骄傲。
雪花落下随风飘，一见阳光全化掉。小人无礼真粗野，我心因此多烦忧。

解析

这首诗劝诫统治者切莫因为小人从中作梗而兄弟反目，骨肉生疏。《毛诗序》说得相当明白：“《角弓》，父兄刺幽王也。不亲九族而好谗佞，骨肉相怨，故作是诗也。”因此这也是一首讽刺诗。

全诗均以父兄口吻，劝诫统治者不要“亲小人，远贤臣”，同时阐释了兄弟情谊的重要性。诗歌一气贯通，或取譬，给人“光怪陆离，眩人耳目”之感；或直言，给人一种酣畅、奔涌的激情。各章之间有机交融，可谓浑然一体。

雅·小雅

菀柳

原文

有菀①者柳，不尚息焉。上帝甚蹈，无自暱②焉。俾予靖③之，后予极焉。

有菀者柳，不尚愒④焉。上帝甚蹈，无自瘵⑤焉。俾予靖之，后予迈焉。

有鸟高飞，亦傅于天。彼人之心，于何其臻。曷予靖之，居以凶矜⑥。

注释

①菀（yù）：形容树木茂盛。②暱（nì）：病。③靖：治。④愒（qì）：休息。⑤瘵（zhài）：病。⑥矜：危。

译文

柳树枝叶真茂盛，谁不想在树下歇。君王喜怒太无常，不要与他太亲近。若使我去谋国事，结果必定遭极刑。

柳树枝叶真茂盛，谁不想在树下歇。君王喜怒太无常，不要与他太接近。若使我去谋国事，结果必定遭放逐。

鸟儿展翅高处飞，一直向上把天追。那人内心摸不透，何处才能是止境。为何让我谋国事，将我置于凶险地。

解析

这是一个被周王无辜降罪处罚的大臣所写的讽刺诗，揭露了统治者暴虐无常，使得诸侯皆不敢朝见的社会现实。

全诗共分三章，每章六句。开头两章诗人皆以"有菀者柳"起兴，隐喻了不可在周朝做官，否则将自招祸殃的事实，呼告语气中传递着诗人的无限感慨。末章由劝诫性的诉说转向声泪俱下的控诉，再次倾诉自己尽心治国却反被迫害的怨恨。诗人怀才不遇的悲愤、疾恶如仇的性情和命运多舛的遭遇都在诗中有了极致的体现，给读者强烈的震慑。

都人士

原文

彼都人士，狐裘黄黄。其容不改，出言有章。行归于周，万民所望。

彼都人士，台笠缁撮①。彼君子女，绸②直如发。我不见兮，我心不说。

彼都人士，充耳琇③实。彼君子女，谓之尹吉④。我不见兮，我心苑结⑤。

彼都人士，垂带而厉。彼君子女，卷发如虿⑥。我不见兮，言从之迈。

匪伊垂之，带则有余。匪伊卷之，发则有旟⑦。我不见兮，云何盱⑧矣。

注释

①缁（zī）撮（cuō）：青布帽子。②绸：通"稠"。③琇（xiù）：一种宝石。④尹吉："尹"和"吉"是周代有声望的两个贵族姓氏。⑤苑（yuàn）结：郁结。⑥虿（chài）：蝎类的一种。长尾曰虿，短尾曰蝎。⑦旟（yú）：上扬。⑧盱（xū）：忧伤。

译文

那些京都的人士，狐皮袍子真闪耀。他们容貌不曾改，出口成章文采棒。行为遵循西周礼，正是万民所希望。

那些京都的人士，头上草笠青布冠。那些贵族妇女们，密直头发垂两边。如今我无法见到，心有不快真愁怨。

那些京都的人士，玉石坠子耳边垂。那些贵族妇女们，姓尹姓吉名气大。如今我无法见到，心有不快多郁闷。

那些京都的人士，衣带下垂两边飘。那些贵族妇女们，卷发如蝎头上翘。如今我无法见到，但愿跟随一起走。

不是要把衣带垂，衣带本该有余长。不是要她把发卷，头发本该向上扬。如今我无法见到，为之四顾心忧伤。

解析

　　这是一首怀旧诗。朱熹《诗集传》云："乱离之后，人不复见昔日都邑之盛、人物仪容之美，而作此诗以叹惜之也。"因此可见这首诗描写西周末年战乱不断，京都破败，人们生活穷苦窘迫，追忆起昔日繁华，不禁感慨万千。诗五章，皆用赋法，平淡的叙述中寄寓着浓烈的情感内容。全诗处处落笔于昔日京都男女的衣饰仪态之美，让读者在回忆和想象中产生强烈的对比感，准确地传递出昔盛今衰的情感落差，惋惜之情真实可感。

隰桑

原文

隰桑有阿，其叶有难①。既见君子，其乐如何。

隰桑有阿，其叶有沃。既见君子，云何不乐。

隰桑有阿，其叶有幽②。既见君子，德音孔胶③。

心乎爱矣，遐④不谓矣？中心藏之，何日忘之！

注释

①难（nuó）：通"娜"，盛。②幽：通"黝"，青黑色。③孔胶：十分融洽。④遐：何。

译文

　　洼地桑树真婀娜，枝叶柔嫩又茂盛。已经见到那君子，心里不知多欢乐。
　　洼地桑树真婀娜，枝叶柔嫩又滑润。已经见到那君子，心里怎能不快乐。
　　洼地桑树真婀娜，枝叶色深绿油油。已经见到那君子，情深意笃愈加深。
　　心里早已爱上他，何不对他把话讲？内心深处将他藏，什么时候能忘掉！

解析

　　这是一首爱情诗，抒发了一个女子对心上人的眷恋之情。

　　全诗四章，分为两部分。前三章叠唱，以湿地桑树起兴，引发女子见到男子的激动喜悦之情，表达了对男子深深的爱慕；末章则陈述女子无时无刻不在思念着心中那个"他"，却又无法鼓起勇气向他表白的复杂心理。其中诗末"中心藏之，何日忘之"两句具有极大概括力，成了千古传颂的名句。

渐渐之石

原文

渐渐①之石，维其高矣。山川悠远，维其劳矣。武人东征，不皇②朝矣。

渐渐之石，维其卒③矣。山川悠远，曷其没④矣。武人东征，不皇出矣。

有豕白蹢⑤，烝涉波矣。月离于毕，俾滂沱矣。武人东征，不皇他矣。

注释

①渐（chán）渐：通"巉（chán）巉"，险峭的样子。②皇：通"遑"，闲暇。③卒：通"崒"，高而险。④没：尽。⑤蹢（dí）：蹄。

译文

巉巉石崖壁险峭，矗立很高直冲天。山水迢迢路又远，跋涉千里真辛劳。将士奉命去东征，出发无暇等破晓。

巉巉石崖壁险峭，矗立陡峭入云天。山水迢迢路又远，不知何处是尽头。将士奉命去东征，深入敌境难回头。

猪的蹄子白净净，成群结队蹚水波。月亮接近毕星宿，大雨滂沱降人间。将士奉命去东征，无暇他顾快通过。

解析

这首诗描述了东征将士历尽艰难整日奔波的情景，抒发了他们有家难回的无奈心情。

全诗三章。首章描写将士感叹道路漫长，不得片刻歇息；二章描写战士东征出生入死，步履维艰；末章通过叙述反常的自然现象表现出了战士有家难顾的悲苦心境。三章层层递进，将旅途艰辛与将士的焦虑心情描述得十分形象，画面感极强。

苕之华

原文

苕①之华，芸其黄矣。心之忧矣，维其伤矣。

苕之华，其叶青青。知我如此，不如无生。

牂^②羊坟首，三^③星在罶^④。人可以食，鲜可以饱。

注释

①苕（tiáo）：植物名，又叫凌霄或紫葳，夏季开花。②牂（zāng）羊：母羊。③三：通"参"（shēn），二十八星宿之一。④罶（liǔ）：捕鱼的竹器。

译文

凌霄花儿开藤上，花瓣已经变枯黄。我的心中多忧愁，满心哀伤难诉说。

凌霄花儿开藤上，叶色青青花已落。早知我心这样苦，不如当初未出生。

母羊瘦弱头显大，星光空照破渔网。虽然也算有饭吃，却少有人能吃饱。

解析

这首诗叙述了饥荒年间人民的悲苦生活。全诗短小精悍，表达情意铿锵有力。

全诗三章。前两章说苕花盛开，一片黄色，叶子青青，沃若葱茏。苕叶青花黄，充满生机，而荒年的人民却难以为生，对比之下更显民生之艰。第三章以羊瘦头大、水中无鱼起兴，暗喻饥荒严重，哀叹在这种食物极其匮乏的年代，人民实在难以为生。

何草不黄

原文

何草不黄？何日不行？何人不将？经营四方。

何草不玄^①？何人不矜^②？哀我征夫，独为匪民。

匪兕^③匪虎，率彼旷野。哀我征夫，朝夕不暇。

有芃^④者狐，率彼幽草。有栈^⑤之车，行彼周道。

注释

①玄：发黑腐烂。②矜（guān）：通"鳏"，无妻者，文中指征夫离家，等于无妻。一说瘁劳病苦。③兕（sì）：野牛。④芃（péng）：兽毛蓬松。⑤栈：役车高高的样子。

译文

哪里草儿不枯黄？哪有日子不奔忙？哪个男子不服役？皆为国事走四方。

诗
经
选

哪里草儿不凋零？哪个男子不单身？可怜我们当征夫，偏偏不被当人待。
不是野牛不是虎，却在旷野受劳苦。可怜我们当征夫，早晚奔波没空闲。
狐狸尾巴蓬松松，深草丛中穿梭忙。看那役车真高大，总在大道上奔跑。

解析

这是长期服役在外的士兵唱出的控诉之歌。战士在外日夜奔波，身心俱疲，有家难归，不得不发出了心底的呼喊。全诗以征人的口吻将心中的无奈与苦楚凄凄惨惨道来。

诗歌首先以野草枯黄起兴，引发将士对终年劳苦生活的感慨，进而在三章达到控诉的高潮——战士不是野牛、老虎，更不是那越林穿莽的狐狸，为何却与这些野兽一样长年在旷野、幽草中度日？然而呼喊归呼喊，在统治者眼中，这些将士却始终"独为匪民"，沦为战争的工具，因此末章写到兵车继续在大道上行走，将士的悲惨命运仍在延续。在那样兵荒马乱、统治黑暗的年代，将士们除了作诗抒发自己的愤恨，又有什么选择呢？

雅·小雅

大雅

文王

文王在上，於昭于天。周虽旧邦，其命维新。
有周不显，帝命不时。文王陟降，在帝左右。

亹亹①文王，令闻不已。陈②锡哉周，侯文王孙子。
文王孙子，本支百世。凡周之士，不显亦世。

世之不显，厥犹③翼翼。思皇多士，生此王国。
王国克生，维周之桢。济济多士，文王以宁。

穆穆文王，於缉熙④敬止。假哉天命，有商孙子。
商之孙子，其丽⑤不亿。上帝既命，侯于周服。

侯服于周，天命靡常。殷士肤敏，祼⑥将于京。
厥作祼将，常服黼冔⑦。王之荩臣⑧，无念尔祖。

无念尔祖，聿修厥德。永言配命，自求多福。
殷之未丧师，克配上帝。宜鉴于殷，骏命不易。

命之不易，无遏尔躬。宣昭义问，有虞⑨殷自天。
上天之载，无声无臭⑩。仪刑文王，万邦作孚⑪。

注释

①亹亹（wěi）：形容勤勉不倦。②陈：一再的。③犹：同"猷"，谋划。④缉熙：光明。
⑤丽：数目。⑥祼（guàn）：古代一种祭礼，在神主前面铺白茅，把酒浇到白茅上。⑦黼（fǔ）：

古代有白黑相间花纹的衣服。扆（xǔ）：商朝的礼帽。⑧荩（jìn）臣：忠臣。⑨虞：审察、推度。
⑩臭：气味。⑪孚：信服。

译文

　　文王神灵升上天，照耀天下显光明。周朝虽是老邦国，承受天命万象新。
　　周朝光辉真荣耀，上天意旨全遵照。文王神灵升天庭，上帝身边来侍候。

　　文王勤勉知进取，美名永远传人间。上帝厚赐兴周邦，子孙百代福无边。
　　文王子孙后裔多，世代繁衍不断绝。凡是周朝贤德卿，累世都光显荣尊。

累世都光显荣尊，深谋远虑谨恭谦。贤良优秀众人才，都在这个王国生。
王国得以长发展，他们都是栋梁臣。众多人才聚一堂，文王可以心安宁。

文王庄重而恭敬，行事光明又谨慎。伟大天命既已定，商朝子孙成周臣。
商朝子孙和后代，人数众多算不清。上帝既已降意旨，臣服周朝顺天命。

商的子孙服周朝，天命无常会改变。归顺贵族服役勤，在京祭飨作陪伴。
裸礼助祭献美酒，身穿祭服头戴冕。为王献身之忠臣，必须感念你祖先。

感念祖先的意旨，修养自身之德行。长久来把天命循，才能求得多福分。
商未失去民心时，也能与天意相称。应该以殷为戒鉴，天命并非不会变。

天命并非不会变，自身不要绝于天。传布显扬好名声，依据天意慎恭虔。
上天行事无法测，没声没气不能辨。效法文王好榜样，天下万国信永远。

解析

这是《大雅》的首篇，歌颂的是周王朝的奠基者文王姬昌。

全诗七章，每章八句。除了对文王功业和德行的歌颂，还以深谋远虑、富有政治经验的政治家的识见，向周王和全宗族的既得利益者，提出敬天法祖、以殷为鉴的告诫，以求得周王朝的长治久安。全诗恳切叮咛，有劝勉，也有鼓励，有引导，也有启发，理正情深，充分表现了老一辈对后生晚辈的苦口婆心。

大明

原文

明明在下，赫赫在上。天难忱①斯，不易维王。天位殷适②，使不挟四方。

挚仲氏任，自彼殷商，来嫁于周，曰嫔③于京。乃及王季，维德之行。

大任有身④，生此文王。维此文王，小心翼翼。昭事上帝，聿怀多福。厥德不回，以受方国。

天监在下，有命既集。文王初载，天作之合。在洽之阳，在渭之涘。

文王嘉止，大邦有子。大邦有子，伣⑤天之妹。文定厥祥，亲迎于渭。

造舟为梁，不显其光。

有命自天，命此文王。于周于京，缵⑥女维莘。长子维行，笃生武王。保右命尔，燮伐大商。

殷商之旅，其会⑦如林。矢于牧野，维予侯兴。上帝临女，无贰尔心。

牧野洋洋，檀车煌煌，驷騵彭彭。维师尚父，时维鹰扬。涼⑧彼武王，肆伐大商，会朝清明。

注释

①忱：信任。②适（dí）：通"嫡"，嫡子。③嫔：妇，指做媳妇。④有身：有孕。⑤倪（qiàn）：如，好比。⑥缵：续。⑦会（kuài）：借作"旝"，军旗。⑧涼：辅佐。

译文

皇天光辉照人间，光彩卓异显于天。天命无常真难测，国王做好也很难。天命有意立殷王，终又让他丧威严。

挚国好女有太任，来自殷商诸侯国，远嫁来到我周原，成为王季的好新娘。太任王季在一起，推行德政好主张。

太任怀孕生儿郎，生下就是周文王。伟大英明我君主，小心翼翼恭谦让。勤勉努力奉上帝，赐我无数之福祥。德行光明又磊落，因此继承做国王。

上帝明察人世间，文王身上天命现。在他年轻的时候，给他缔结好姻缘。文王迎亲到水北，就在渭水河岸边。

文王筹备婚礼喜，殷商有位美姑娘。殷商这位美姑娘，长得如同天仙貌。卜辞显婚姻吉祥，文王亲迎渭水旁。造船相连渡河去，婚礼隆重显荣光。

上帝有命天而降，降给这位周文王。周原之地京都中，娶来莘国姒姑娘。长子虽然早离世，幸还生有我武王。皇天保佑令武王，前去讨伐那殷商。

殷商调来大批将，军旗繁多像树林。武王誓师在牧野，只有我们最兴旺。上帝监视众将士，不要有二心妄想。

牧野地势广无边，檀木战车真鲜明，驾车驷马真雄骏。还有太师姜太公，就像雄鹰展翅飞。辅佐伟大的武王，讨伐袭击那殷商，一朝就使天下平。

解析

这是周王朝贵族为歌颂自己祖先的功德，为宣扬自己王朝的开国历史而创作的一首具有史诗性质的颂诗。

全诗八章，诗人以"天命所佑"为中心思想，以王季、文王、武王三代相继为基本线索，集中突现了周部族这三代祖先的盛德。其中，武王灭商，是本诗最集中、最突出要表现的重大历史事件，尤其是武王的三句誓师，显得十分坚强和有力。这首诗详略得当，前呼后应，给人以跌宕起伏、气势恢宏而重点突出的感觉。诗中的"小心翼翼""天作之合"等句也早已成为著名的成语，在如今我们使用的现代汉语中仍有很强的生命力。

绵

原文

绵绵瓜瓞①，民之初生。自土沮漆。古公亶父，陶复②陶穴，未有家室。

古公亶父，来朝走马。率西水浒，至于岐下。爰及姜女，聿来胥宇③。

周原膴膴④，堇⑤荼如饴。爰始爰谋，爰契我龟，曰止曰时，筑室于兹。

迺慰迺止，迺左迺右，迺疆迺理，迺宣迺亩。自西徂东，周爰执事。

乃召司空，乃召司徒，俾立室家。其绳则直，缩版⑥以载，作庙翼翼。

捄⑦之陾陾⑧，度之薨薨⑨。筑之登登，削屡冯冯⑩。百堵皆兴，鼛⑪鼓弗胜。

迺立皋门，皋门有伉⑫。迺立应门，应门将将。迺立冢⑬土，戎丑⑭攸行。

肆不殄厥愠，亦不陨厥问。柞棫⑮拔矣，行道兑⑯矣。混夷駾⑰矣，维其喙矣。

虞芮质厥成，文王蹶⑱厥生。予曰有疏附，予曰有先后。予曰有奔奏，予曰有御侮。

注释

①瓞（dié）：小瓜。②复：窑洞。③胥：视察。宇：住地。④膴膴（wǔ）：肥沃的样子。⑤堇（jǐn）：旱芹。⑥缩版：用绳子捆束筑墙的木板。⑦捄（jiū）：盛土于筐。⑧陾陾（réng）：铲土声。⑨薨薨（hōng）：填土声。⑩冯冯（píng）：削平墙头的声音。⑪鼛（gāo）：大鼓。长一丈二尺。⑫伉：高大的样子。⑬冢：即大社，祭祀社神的地方。⑭丑：众人。⑮棫（yù）：白桵，与"柞"皆丛生灌木。⑯兑（duì）：通畅。⑰駾（tuì）：突逃。⑱蹶（guì）：感动。

译文

延绵不绝大小瓜，就像周初的民众。杜水迁徙到漆水。古公亶父始创业，掘地挖穴筑居处，挖了窑洞来作屋。

古公亶父创业初，骑马率领周民迁。沿着西方水边走，一直来到岐山下。带着妃子姜氏女，察看选择定居处。

周土山肥地又美，菫荼苦菜甜如糖。于是谋划又商量，又灼龟壳占凶吉，神说周原可定居，从此筑土安下家。

安下心来住在此，划分左右和东西，又分田界治土地，开沟挖渠种田地。从西一直走到东，周民忙碌建家园。

招来司空管土地，招来司徒管役工，命令周民筑家室。拉绳筑墙直又直，捆好夹板把墙筑，建成宗庙真威严。

众人忙着装泥土，一同填入夹板中。筑墙捣土噔噔响，削平墙头声呼呼。百堵高墙筑起来，大鼓不敌筑墙声。

于是修建外城门，城门高高入云天。于是修建宫正门，正门高大又严整。于是修建大神社，周民遇事把神祭。

虽未断绝对敌恨，礼尚往来不间断。拔除柞树和棫树，道路畅通无拦阻。混夷惊恐落荒逃，早已疲惫又困顿。

虞芮争端已平息，文王善政真高明。我有贤臣来依附，我有贤臣来相助。我有贤臣为我奔，我有贤臣来御敌。

解析

这是周部族的史诗，追述了周王族十三世祖古公亶父自邠迁岐，定居渭河平原，振兴周族的光荣业绩。

全诗共九章。首章以"绵绵瓜瓞"起兴，开首八字简洁地概括了周人延绵不绝、生生不息的漫长历史。以下至第八章，全叙太王率族迁岐、建设周原的情况。全诗语言热情奔放，情景一体，充满了浓郁的生活气息。

棫朴

原文

芃芃棫朴①，薪之槱②之。济济辟王，左右趣③之。

济济辟王，左右奉璋④。奉璋峨峨，髦士⑤攸宜。

淠⑥彼泾舟，烝徒楫⑦之。周王于迈，六师及之。

倬⑧彼云汉，为章于天。周王寿考，遐不作人。

追⑨琢其章，金玉其相。勉勉我王，纲纪四方。

注释

　　①棫（yù）朴：二者均为灌木名。②槱（yǒu）：聚积木柴以备燃烧。③趣（qū）：趋向，归向。
④璋：即"璋瓒"，祭祀时盛酒的玉器。⑤髦士：俊士，优秀之士。⑥淠（pì）：舟行摇荡的样子。
⑦楫：划桨。⑧倬（zhuō）：广大。⑨追（duī）：通"雕"。

译文

栎树朴树多茂盛，砍作木柴祭天神。周王气度无人比，群臣簇拥左右跟。

周王气度无人比，左右群臣捧璋瓒。手捧璋瓒仪容壮，国士得体是贤俊。

船行泾河波声碎，众人举桨齐划水。周王出发去远征，六军前进紧相随。

宽广银河漫无边，光带灿烂贯长天。万寿无疆我周王，培养人才谋虑全。

琢磨良材刻纹花，如金如玉品质佳。勤勉不已我周王，统治天下安四方。

解析

这同样也是一首赞美周王的作品，但究竟赞美的是哪一位周王，却不像《大雅》前三篇那样具体有所指。因为诗中倒数第二章提到了"周王寿考"，而传说中周文王活到了九十七岁，所以历代学者多认为此诗中的周王为周文王。

全诗五章，每章四句。首章是总述，总述周王有德，众士所归。而士分文、武，故二、三篇又分而述之，以补足深化首章之意。末二章直接赞颂文王培养出众多优秀人才，并且勤于政事，德行美好，把国家治理得井井有条。

这首诗开合承启不着痕迹，错落有致，读之使人如闻其声，如临其境。

思齐

原文

思齐大任，文王之母。思媚周姜，京室之妇。大姒嗣徽音①，则百斯男。

惠于宗公，神罔时怨，神罔时恫②。刑于寡妻，至于兄弟，以御于家邦。

雝雝③在宫，肃肃在庙。不显亦临，无射④亦保。

肆戎疾不殄⑤，烈假⑥不瑕。不闻亦式，不谏亦入。

肆成人有德，小子有造。古之人无斁⑦，誉髦⑧斯士。

注释

①徽音：美誉。②恫（tōng）：哀痛。③雝雝（yōng yōng）：和谐的样子。④射（yè）：不明显，隐蔽。⑤殄：残害，灭绝。⑥烈假：指害人的疾病。⑦斁（yì）：厌倦。⑧髦（máo）：俊，优秀。

译文

仪态端庄的太任，就是文王之贤母。德高望重的太姜，做了王室的主妇。太姒继承

雅·大雅

好名声，养育子孙王室兴。

文王孝望先祖宗，神灵不把他怨恨，从此不使他伤痛。为了家人做表率，自己兄弟也守法，以此治理国和家。

文王在家很和睦，宗庙祭祀也恭敬。国家大事亲视察，隐微小事不懈怠。

西戎大难已断绝，大病灾难不再有。听到善言就采用，下臣进谏常采纳。

故今成人德高尚，年纪虽小有作为。文王诲人永不倦，乐于选拔好人才。

解析

这是首赞美诗，颂扬了周文王修身、齐家、治国的美好德行。

全诗二十四句，《毛传》将这首诗分为五章，前两章为六句，后三章为四句。首章是全诗的引子，通过赞扬文王家有贤妻良母来表明他的圣德源自家族的优良传统；二章赞美文王善于齐家治国；三章以文王在家庭与在宗庙为典型环境，言其处处以身作则，为人表率；四章说文王能够从谏如流，使国民远离灾难；末章则赞扬文王勤于培养人才，使周人有所建树。

本诗赞扬了周文王的贤母，更赞颂了周文王的伟大功业，认为他之所以能得到天下，是因为他能够听取劝告，选用人才。这首诗全方位地赞扬了周文王的圣德，正如学者薛瑄所云："《思齐》一诗，修身、齐家、治国、平天下之道备焉。"

皇矣

原文

皇矣上帝，临下有赫。监观四方，求民之莫。维此二国，其政不获。维彼四国，爰究爰度。上帝耆①之，憎其式廓②。乃眷西顾，此维与宅。

作之屏之，其菑其翳③。修之平之，其灌其栵④。启之辟之，其柽⑤其椐。攘之剔之，其檿⑥其柘。帝迁明德，串夷载路⑦。天立厥配，受命既固。

帝省其山，柞棫斯拔，松柏斯兑。帝作邦作对，自大伯王季。维此王季，因心则友。则友其兄，则笃其庆。载锡之光，受禄无丧，奄有四方。

维此王季，帝度其心，貊⑧其德音。其德克明，克明克类，克长克君。王⑨此大邦，克顺克比。比于文王，其德靡悔。既受帝祉⑩，施于孙子。

帝谓文王：无然畔援⑪，无然歆羡⑫，诞先登于岸。密人不恭，敢距

大邦，侵阮徂共。王赫斯怒，爰整其旅，以按徂旅。以笃于周祜[13]，以对于天下。

依其在京，侵自阮疆，陟我高冈。无矢我陵，我陵我阿；无饮我泉，我泉我池。度其鲜[14]原，居岐之阳，在渭之将。万邦之方，下民之王。

帝谓文王：予怀明德，不大声以色，不长夏[15]以革。不识不知，顺帝之则。帝谓文王：询[16]尔仇方，同尔弟兄。以尔钩援，与尔临冲，以伐崇墉[17]。

临冲闲闲，崇墉言言。执讯连连，攸馘[18]安安。是类是祃[19]，是致是附，四方以无侮。临冲茀茀[20]，崇墉仡仡。是伐是肆，是绝是忽，四方以无拂。

注释

①耆：意向。②式廓：规模。③翳：通"殪"，指死而仆倒的树木。④椐（lì）：斩而复生的枝杈。⑤柽（chēng）：木名，俗名西河柳。⑥檿（yǎn）：木名，俗名山桑。⑦路：通"露"，败。⑧貊（mò）：传布。⑨王（wàng）：称王，统治。⑩帝祉（zhǐ）：上帝赐予之福。⑪畔援：跋扈，专横暴虐。⑫歆羡：犹言"觊觎"，非分的希望和企图。⑬祜（hù）：福。⑭鲜（xiān）：犹"巘"，小山。⑮夏：夏楚，刑具。⑯询：商议。⑰崇：古国名，在今陕西西安、鄠邑区一带。墉：城墙。⑱馘（guó）：古代战争时割取所杀之敌左耳以计数献功，称"馘"。⑲祃（mà）：师

祭，至所征之地举行的祭祀；或谓祭马神。⑳莽莽（fú）：强盛的样子。

译文

上帝伟大又辉煌，洞察人间慧目明。监察观照国四方，发现民间疾苦灾。想到夏商这二国，朝政实不符民望。想到天下诸侯国，认真研究细思量。上帝经过慎考察，有心扩大它封疆。怀着宠爱向西望，就把岐山赐周王。

砍伐山林清杂树，去掉立卧枯草木。将它修齐剪平整，灌木丛丛枝杈簇。将它挖去将它芟，柽木椐木都除尽。将它排除将它剔，桑黄桑杂生四处。上帝迁来明德君，彻底打败犬戎族。皇天选他当天子，受命于天国稳固。

上帝省视周岐山，柞树棫树都砍完，苍松翠柏种山间。上帝为周兴疆域，太伯王季将功建。就是王季这祖先，顺从父亲爱兄弟。友爱他两位兄长，致使福庆不断添。上帝赐予大荣光，承受福禄永不减，天下四方我占全。

就是王季这祖宗，上帝度其心胸广，将他美名广传扬。他的品德真端正，是非类别分得清，师长国君一身兼。统领如此泱泱国，万民亲附百姓从。到了文王依如此，他的德行永光荣。已经受到帝赐福，延及子孙福无穷。

上帝亲对文王说："不要暴虐休狂妄，也不要去非分想，渡河要先登上岸上。"密国之人不恭敬，对抗大国太狂傲，侵阮伐共气焰嚣。文王对此勃然怒，整顿军队奋勇剿，痛击敌人把国保。大大增加周国福，天下四方乐陶陶。

周京军队真强盛，息兵停战凯歌扬，登临我国高山上。不要陈兵在丘陵，那是我国之山冈；不要饮用那泉水，那是我国之山泉。文王审察那山野，占据岐山南边地，就在那渭水之旁。他是万国之榜样，他是人民好君王。

上帝告知周文王："你的德行我欣赏。不要疾言和厉色，莫将刑具来依仗。要做到不声不响，上帝意旨莫要忘。"上帝还对文王道："要与盟国好商量，联合同姓常来往。用你那些爬城梯，和你那些攻城车，讨伐攻破崇国墙。"

临阵战车轰隆出，崇国城墙高高耸。抓来俘虏结成队，割取敌耳表战功。祭祀天神求胜利，招降崇国抚民心，四方不敢侵我国。临阵冲车多强盛，哪怕崇国墙高耸。坚决打击坚决攻，把那顽敌杀一空，四方不敢抗我威。

译文

这是《诗经》中多篇周朝开国史诗之一。它先写西周为天命所归及古公亶父（太王）经营岐山、打退昆夷的事迹，再写王季的继续发展和他的德行，最后重点描述了文王伐密、灭崇的事迹和武功。

全诗八章，每章十二句。内容丰富，气魄宏大，笔力遒劲，条理分明。前四章重点写太王，后四章写文王，将一部周部族的周原创业史展现在了读者面前。

灵台

原文

经始灵台，经①之营之。庶民攻②之，不日成之。经始勿亟，庶民子来。

王在灵囿③，麀鹿④攸伏。麀鹿濯濯⑤，白鸟翯翯。王在灵沼，於牣鱼跃。

虡⑥业维枞⑦，贲⑧鼓维镛⑨。于论鼓钟，于乐辟雍⑩。

於论鼓钟，於乐辟廱⑪。鼍⑫鼓逢逢。矇瞍⑬奏公。

注释

①经：测量规划。②攻：建造。③灵囿：古代帝王畜养禽兽的园林名。④麀（yōu）鹿：母鹿。⑤濯濯：肥壮的样子。⑥虡（jù）：悬钟的木架。⑦枞（cōng）：崇牙，即虡上的载钉，用以悬钟。⑧贲（fén）：借为"鼖"，大鼓。⑨镛（yōng）：一种大钟。⑩辟雍（bì yōng）：离宫名。⑪辟廱：离宫名。⑫鼍（tuó）：即扬子鳄，一种爬行动物，用其皮制鼓甚佳。⑬矇瞍："矇"和"瞍"是古代对盲人的两种称呼。当时乐官乐工常由盲人担任。

译文

开始计划造灵台，先来测量后来造。庶民百姓齐努力，不多几天就建成。开始计划本不急，百姓如子齐出力。

文王亲临灵囿中，母鹿安静躺伏着。母鹿毛色多润泽，白鸟洁净羽毛白。文王来到灵池旁，鱼儿满池欢蹦跳。

钟鼓支架崇牙耸，挂着大鼓和大钟。依次轮流击钟鼓，君民同乐在辟雍。

依次轮流击钟鼓，君民同乐在辟廱。鳄皮大鼓声和谐，盲人乐师把歌奏。

解析

这是一首记述周文王建成灵台和游赏奏乐的诗，表现出了周文王与民同乐、深得民心的美好德行。

全诗共四章，前两章每章六句，后两章每章四句。第一章写建造灵台；第二章写灵囿、灵沼；第三章、第四章写君民同乐在辟雍。诗歌充满了游乐的欢快气氛和对君王的赞美之情。

此外，《灵台》是中国历史上较早的提到园林的诗歌作品之一，对于今人的研究具有重要的史料价值。

文王有声

原文

文王有声，遹①骏有声。遹求厥宁，遹观厥成。文王烝②哉！

文王受命，有此武功③。既伐于崇，作邑于丰。文王烝哉！

筑城伊淢④，作丰伊匹。匪棘其欲，遹追来孝。王后烝哉！

王公伊濯⑤，维丰之垣。四方攸同，王后维翰⑥。王后烝哉！

丰水东注，维禹之绩。四方攸同，皇王维辟。皇王烝哉！

镐京辟雍，自西自东，自南自北，无思不服。皇王烝哉！

考卜维王，宅是镐京。维龟⑦正之，武王成之。武王烝哉！

丰水有芑⑧，武王岂不仕？诒⑨厥孙谋，以燕⑩翼子。武王烝哉！

注释

①遹（yù）：语助词。②烝（zhēng）：美。③武功：征伐之功。④淢（xù）：通"洫"，即护城河。⑤濯：本义是洗涤，引申有"光大"义。⑥翰：主心骨。⑦龟：指龟兆。⑧芑（qǐ）：同"杞"。"芑""杞"古音同部，故"杞"为本字，"芑"是假借字，释为杞柳。⑨诒：遗留。⑩燕：安定。

译文

文王声望传四方，如雷贯耳大名享。但求天下能安宁，终见功成国运昌。文王真个是明王！

受命于天我文王，建功赫赫气势旺。举兵攻克那崇国，又建丰邑真漂亮。文王真个是明王！

挖好城壕筑城墙，作邑般配实在棒。不贪私欲品行正，用心尽孝为周邦。君王真个是明王！

文王功绩自昭彰，犹如丰邑那垣墙。四方诸侯来依附，君王实在有主见。君王真个是明王！

沣水奔流向东方，大禹功绩不可忘。四方诸侯来依附，大王树立好榜样。大王真个

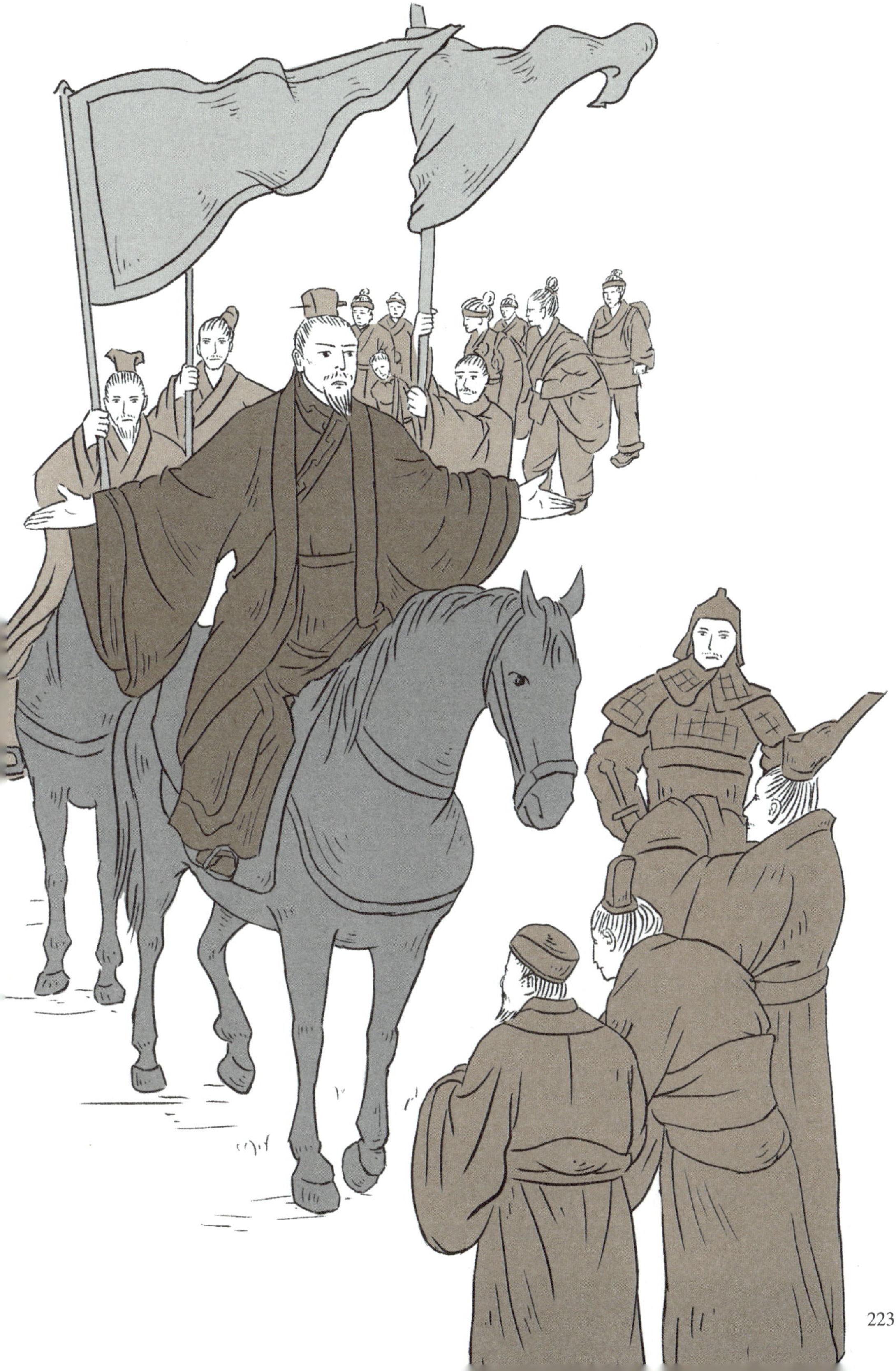

是明王!

　　落成离宫镐京旁，从那西方到东方，又从南面到北面，没人不服我周邦。大王真个是明王!

　　占卜我王求吉祥，定都镐京好地方。依靠神龟定工程，武王完成堪颂扬。武王真个是明王!

　　沣水边上杞柳壮，武王任重岂不忙? 留下治国好策略，庇荫子孙把福享。武王真个是明王!

解析

　　这是一首赞颂文王、武王迁都功德的诗歌。

　　全诗共八章，每章五句。前四章主要赞颂文王建都丰邑的历史功绩，并强调建都继承了祖先的遗烈；后四章颂美武王营建镐京的历史功绩，点明了他对子孙后代所做的杰出贡献。

　　诗歌运用叙事与抒情结合的修辞手法，加强诗的形象感染力，使之成为歌功颂德的一篇杰作。

生民

原文

　　厥初生民，时维姜嫄。生民如何? 克禋^①克祀，以弗无子。履帝武敏歆^②，攸介攸止，载震^③载夙。载生载育，时维后稷。

　　诞弥^④厥月，先生如达。不坼不副，无菑^⑤无害。以赫厥灵。上帝不宁，不康禋祀，居然生子。

　　诞寘之隘巷，牛羊腓^⑥字之。诞寘之平林，会伐平林。诞寘之寒冰，鸟覆翼之。鸟乃去矣，后稷呱矣。实覃实訏^⑦，厥声载路。

　　诞实匍匐，克岐^⑧克嶷^⑨，以就口食。蓺之荏菽，荏菽旆旆。禾役穟穟，麻麦幪幪，瓜瓞^⑩唪唪^⑪。

　　诞后稷之穑，有相之道。茀厥丰草，种之黄茂。实方实苞，实种实褎^⑫。实发实秀，实坚实好。实颖实栗，即有邰^⑬家室。

诞降嘉种，维秬维秠^⑭，维穈维芑。恒之秬秠，是获是亩。恒之穈芑，是任是负，以归肇祀。

诞我祀如何？或舂或揄，或簸或蹂^⑮。释之叟叟，烝之浮浮。载谋载惟，取萧祭脂。取羝以軷^⑯，载燔^⑰载烈，以兴嗣岁。

卬盛于豆，于豆于登。其香始升，上帝居歆，胡臭亶^⑱时。后稷肇祀，庶无罪悔，以迄于今。

注释

①禋（yīn）：祭天的一种礼仪，先烧柴升烟，再加牲体及玉帛于柴上焚烧。②歆：心有所感的样子。③震：怀孕。④弥：满。⑤菑（zāi）：同"灾"。⑥腓（féi）：庇护。⑦訏（xū）：大。⑧岐：知意。⑨嶷（yí）：识。⑩瓞（dié）：小瓜。⑪唪唪（běng běng）：果实累累的样子。⑫褎（yòu）：禾苗渐渐长高。⑬邰（tái）：当时氏族，其地在陕西武功县。⑭秬（jù）：黑黍。秠（pī）：黍的一种，一个黍壳中含有两粒黍米。⑮蹂：以手搓余剩的谷皮。⑯軷（bá）：剥去羊皮。⑰燔（fán）：将肉放在火里烧炙。⑱亶：诚然，确实。

译文

当初先民生下来，是因姜嫄能产子。如何生下先民来？祷告神灵祭天帝，祈求生子免无嗣。踩着上帝大脚印，悠悠停下来休息，胎儿时动时静止。一朝生下勤养育，孩子就是周后稷。

怀胎十月产期满，头胎分娩很顺利。产门不破也不裂，安全无患体健康，已然显出大灵光。上帝心中告安慰，全心全意来祭享，庆幸果然生儿郎。

新生婴儿弃小巷，爱护喂养牛羊至。再将婴儿扔林中，遇上樵夫被救起。又置婴儿寒冰上，大鸟暖他覆翅翼。大鸟终于飞去了，后稷这才哇哇啼。哭声又长又洪亮，声传道路强有力。

后稷很会四处爬，又懂事来又聪明，觅食吃饱有本领。不久就能种大豆，大豆一片苗壮生。种了禾粟嫩苗青，麻麦长得多旺盛，瓜儿累累果实成。

后稷耕田又种地，辨明土质有法道。茂密杂草全除去，挑选嘉禾播种好。不久吐芽出新苗，禾苗细细往上冒。拔节抽穗又结实，谷粒饱满质量高。禾穗沉沉收成好，颐养家室真是宝。

上天关怀赐良种，秬子秠子既都见，红米白米也都全。秬子秠子遍地生，收割堆垛忙得欢。红米白米遍地生，扛着背着运仓满。忙完农活祭祖先。

祭祀先祖是怎样？又舂谷来又舀米，又簸粮来又筛糠。沙沙淘米声音闹，蒸饭喷香热气扬。筹备祭祀来谋划。香蒿牛脂燃芬芳，大肥公羊剥了皮，又烧又烤供神享，祈求来年更丰穰。

祭品装在碗盘中，木碗瓦盆都装满。香气升腾满厅堂，上帝因此来受享。饭菜滋味

225

实在香。后稷始创祭享礼，祈神佑护祸莫降，传承至今仍这样。

解析

　　这是周朝的开国史诗之一。诗歌描述了后稷的出生传说、发明种植、获取五谷丰收以及在邰地建邦立业的有关情况，具有浓郁的传奇色彩。同时歌颂了先祖后稷的伟大创造，也真实地反映了远古社会人类生活和生产状况。

　　本诗内容比较丰富，它将神话传说同真实的生活结合起来，使得诗歌既充满神奇的色彩，又有生活的气息。诗的最后描写丰收之后举行祭祀活动，表达了对未来生活的祈福与展望，更增加了庄严的气氛，展示了现实与未来、人间与上天的联系。诗中关于农业生产的具体描述，可以说是先民们生产经验的总结。

行苇

原文

敦①彼行苇，牛羊勿践履。方苞方体，维叶泥泥。
戚戚兄弟，莫远具尔。或肆之筵，或授之几。

肆筵设席，授几有缉御②。或献或酢③，洗爵奠斝④。
醓醢⑤以荐，或燔或炙。嘉殽脾臄⑥，或歌或咢⑦。

敦弓既坚，四鍭⑧既均。舍矢既均，序宾以贤。
敦弓既句⑨，既挟四鍭。四鍭如树，序宾以不侮。

曾孙维主，酒醴维醹⑩。酌以大斗，以祈黄耇⑪。
黄耇台背，以引以翼。寿考维祺，以介景福。

注释

　　①敦（tuán）：草丛生的样子。②缉御：相继有人侍候。③酢（zuò）：客人拿酒回敬。④斝（jiǎ）：古酒器，青铜制，圆口，有鋬和三足。⑤醓（tǎn）：多汁的肉酱。醢（hǎi）：肉酱。⑥殽：同"肴"。臄（jué）：牛舌。⑦咢（è）：只打鼓不伴唱。⑧鍭（hóu）：一种箭，金属箭头，鸟羽箭尾。⑨句（gōu）：张弓。⑩醹（rú）：酒味醇厚。⑪黄耇（gǒu）：年高长寿。

译文

　　芦苇丛丛生一块，别让牛羊把它踩。芦苇初茂长成形，叶儿润泽有光彩。
同胞兄弟最亲密，不要疏远应友爱。铺设竹席来请客，端上茶几面前摆。

铺席开宴上菜肴，轮流上桌一道道。主宾酬酢共畅饮，洗杯捧盏兴致高。
送上肉酱请客尝，烧肉烤肉滋味好。牛胃牛舌也煮食，唱歌击鼓人欢笑。

雕弓拽满势坚劲，四支利箭合标准。发箭一射中靶心，较量射技座次分。
雕弓张开弦紧绷，利箭四支手持定。四箭竖立靶子上，排列客位不慢轻。

宴会主人是曾孙，供应美酒味香醇。斟满大杯来献上，恭祝高寿贺老人。
龙钟体态行蹒跚，侍者帮扶身前站。长命吉祥是人瑞，请神赐送大福分。

解析

这首诗讲述了周室贵族与兄弟族人宴饮祈福的活动。

全诗共四章。第一章先从诗人不让牛羊践踏路旁芦苇起兴，暗喻兄弟骨肉之间应相亲相爱。第二章正面描写宴会，先写摆筵、设席、授几；次写主人献酒，客人回敬；再写菜肴丰盛，美味无比。第三章写宴会上一项重要活动——比射。第四章仍写宴会，重在表明对长者的尊敬之意。

本篇既有大的场面描绘，又有小的细节点染，转换自然，层次清晰，洋溢着一种融洽欢乐的气氛。

假乐

假^①乐君子，显显令德，宜民宜人。受禄于天，保右命之，自天申之。

千禄百福，子孙千亿。穆穆皇皇，宜君宜王。不愆^②不忘，率由旧章。

威仪抑抑，德音秩秩。无怨无恶，率由群匹。受福无疆，四方之纲。

之纲之纪，燕及朋友。百辟卿士，媚于天子。不解^③于位，民之攸塈^④。

注释

①假（jiǎ）：通"嘉"，赞美。②愆（qiān）：过失。③解（xiè）：通"懈"，怠慢。④塈（xì）：安宁。

228

译文

　　君王冠礼行嘉乐，美德高尚传四方，德合庶民与群臣，所得福禄皆天成。保佑辅佐受天命，上天常常关照您。

　　千重厚禄百重福，子孙千亿无穷数。您既端庄又坦荡，理应天下称君王。从不犯错不迷狂，遵循先祖旧典章。

　　容仪庄美令人敬，文教言谈条理明。不怀私怨与私恶，诚恳遵从众贤臣。所得福禄无穷尽，四方以您为准绳。

　　天下以您为准绳，您设筵席酬友朋。众位诸侯与百官，爱戴天子有忠心。从不懈怠在王位，人民安宁国永昌。

解析

　　诗中"假乐"一词点出诗的主题或用途，据王闿运《诗经补笺》说："假，嘉，嘉礼也，盖冠词。"所以这应是一首庆祝周宣王行冠礼的诗歌。

　　全诗仅四章，充满了赞美之情。首章赞美周宣王有抚慰人们的美德；二章赞美周宣王遵循祖宗法典，子孙众多；三章颂扬周宣王善于用人，政德美好；四章赞美周宣王不负众望，深得民心。从字里行间可以看出这首诗表现了周朝宗室，尤其是急切希望振兴周王朝的中兴大臣对一个年轻君主的殷切期望。

公刘

原文

　　笃①公刘，匪居匪康。迺②埸迺疆，迺积迺仓。迺裹糇粮③，于橐于囊④。思辑用光。弓矢斯张，干戈戚⑤扬，爰方启行。

　　笃公刘，于胥斯原。既庶既繁，既顺迺宣，而无永叹。陟则在巘⑥，复降在原。何以舟之？维玉及瑶，鞞琫⑦容刀。

　　笃公刘，逝彼百泉，瞻彼溥原。乃陟南冈，乃觏⑧于京。京师之野，于时处处，于时庐旅⑨。于时言言，于时语语。

　　笃公刘，于京斯依。跄跄济济，俾筵俾几。既登乃依，乃造其曹⑩。执豕于牢，酌之用匏。食之饮之，君之宗之。

　　笃公刘，既溥既长。既景乃冈，相其阴阳，观其流泉。其军三单⑪，度其隰原，彻田为粮。度其夕阳，豳居允荒。

笃公刘，于豳斯馆。涉渭为乱，取厉取锻。止基^⑫迺理，爰众爰有。夹其皇涧，溯其过涧。止旅乃密，芮鞫^⑬之即。

注释

①笃：诚实忠厚。②迺：同"乃"。③糇（hóu）粮：干粮。④于橐于囊：指装入口袋。有底曰囊，无底曰橐。⑤戚：斧。⑥巘（yǎn）：小山。⑦鞸（bǐng）：刀鞘。琫（běng）：刀鞘口上的玉饰。⑧觏（gòu）：察看。⑨庐旅：此二字古通用，即"旅旅"，寄居之意。⑩曹，祭猪神。一说喂养牲口的地方。⑪单（shàn）：通"禅"，意为轮流值班。⑫止基：打下基础。⑬芮：水边向内凹处。鞫（jū）：水边向外凸处。

译文

忠厚我祖好公刘，不图安康和享受。划分疆界治田畴，仓里粮食堆得厚。包起干粮备远游，大袋小袋全装满，和睦团结威信高。佩起弓箭执戈矛，盾牌刀斧都拿好，向着前方阔步走。

忠厚我祖好公刘，察看豳地谋虑周。百姓众多紧跟随，民心归顺舒畅透，没有叹息不烦忧。忽登山顶远处望，忽下平原细细察。身上佩戴什么宝？美玉琼瑶般般有，鞘口玉饰光彩柔。

忠厚我祖好公刘，沿着溪泉岸边走，广阔原野漫凝眸。登上高冈放眼量，京师美景一望收。京师四野多肥沃，在此建都美无俦，快快去把宫室修。又说又笑喜洋洋，又笑又说乐悠悠。

忠厚我祖好公刘，定都京师立鸿猷。群臣侍从威仪盛，赴宴入席错觥筹。宾主依次安排定，先祭猪神求保佑。圈里抓猪做佳肴，且用瓢儿酌美酒。酒醉饭饱情绪好，推选公刘为领袖。

忠厚我祖好公刘，开辟新地广义大。丈量平原和山丘，山南山北测一周，勘明水源与水流。组织军队分三班，勘察低地开深沟，开荒种粮治田畴。再到西山仔细看，豳地广大真非旧。

忠厚我祖好公刘，豳地筑宫环境幽。横渡渭水驾木舟，砺石锻石任取求。块块基地治理好，民康物阜笑语稠。皇涧两岸人住下，面向过涧豁远眸。移民定居人稠密，河之两岸建满房。

解析

这首诗通过描述公刘带领族人迁居豳地，初步安定并且积极发展农业生产的活动，集中展示了周朝社会的风貌。

诗共六章。整篇之中，突出地塑造了公刘的形象。他在邰地从事农业本可以安居乐业，但他"匪居匪康"，不敢安居，仍然率领人民开辟环境更好的豳地。这说明他深谋远虑，极具开拓进取的精神。此诗的特点是在具体场景中刻画人物形象，将人与景结合起来描写，栩栩如生。

卷阿

原文

有卷^①者阿，飘风自南。岂弟君子，来游来歌，以矢其音。

伴奂^②尔游矣，优游尔休矣。岂弟君子，俾尔弥尔性，似^③先公遒矣。

尔土宇昄章，亦孔之厚矣。岂弟君子，俾尔弥尔性，百神尔主矣。

尔受命长矣，茀^④禄尔康矣。岂弟君子，俾尔弥尔性，纯嘏^⑤尔常矣。

有冯有翼，有孝有德，以引以翼。岂弟君子，四方为则。

颙颙^⑥卬卬，如圭如璋，令闻令望。岂弟君子，四方为纲。

凤凰于飞，翙翙^⑦其羽，亦集爰止。蔼蔼^⑧王多吉士，维君子使，媚于天子。

凤凰于飞，翙翙其羽，亦傅于天。蔼蔼王多吉人，维君子命，媚于庶人。

凤凰鸣矣，于彼高冈。梧桐生矣，于彼朝阳。菶菶^⑨萋萋，雝雝喈喈^⑩。

君子之车，既庶且多。君子之马，既闲且驰。矢诗不多，维以遂歌。

注释

①有卷（quán）：形容山体弯曲。②伴奂：无拘无束的样子。③似：同"嗣"，继承。④茀：通"福"。⑤纯嘏（gǔ）：大福。⑥颙颙（yóng）：庄重恭敬。⑦翙翙（huì）：鸟展翅振动之声。⑧蔼蔼：众多的样子。⑨菶菶（běng）：草木茂盛的样子。⑩雝雝（yōng）喈喈（jiē）：鸟鸣声。

译文

曲折丘陵风光好，旋风南来怒声号。和气近人的君子，到此遨游歌载道，大家献诗兴致高。

江山如画任你游，悠闲自得且暂休。和气近人的君子，终生辛劳何所求，继承祖业

功千秋。

版图和封疆广而多,一望无际遍海内。和气近人的君子,终生辛劳有作为,主祭百神最相配。

你受天命长又久,福禄安康样样有。和气近人的君子,终生辛劳百年寿,天赐洪福永享受。

贤才良士辅佐你,品德崇高有权威,匡扶相济功绩伟。和气近人的君子,垂范天下万民随。

贤臣肃敬志高昂,品德纯洁如圭璋,名声威望传四方。和气近人的君子,天下诸侯好榜样。

高高青天凤凰飞,百鸟展翅紧相随,凤停树上百鸟陪。周王身边贤士萃,任您驱使献智慧,爱戴天子不敢违。

青天高高凤凰飞,百鸟纷纷紧相随,直上晴空迎朝晖。周王身边贤士萃,听您命令不辞累,爱护人民行无亏。

凤凰鸣叫示吉祥,停在那边高山冈。高冈上面生梧桐,面向东方迎朝阳。枝叶茂盛郁苍苍,凤凰和鸣声悠扬。

迎送贤臣马车备,车子既多又华美。迎送贤臣有好马,奔腾熟练快如飞。贤臣献诗真不少,为答周王唱歌颂。

解析

这是一首赞美诗,讲述的是周王出游卷阿,群臣歌功颂德的场景。

全诗共十章。全篇规模宏大，结构完整，赋笔之外，兼用比兴。比如，以"如圭如璋"比贤臣之"颙颙卬卬"，以凤凰百鸟比喻"王多吉士""王多吉人"，都很贴切自然，给读者留下了鲜明的印象，同时也对后世产生了广泛的影响。

民劳

原文

民亦劳止，汔①可小康。惠此中国，以绥②四方。无纵诡随，以谨无良。式遏寇虐，憯③不畏明。柔远能迩，以定我王。

民亦劳止，汔可小休。惠此中国，以为民逑④。无纵诡随，以谨惛怓⑤。式遏寇虐，无俾民忧。无弃尔劳，以为王休。

民亦劳止，汔可小息。惠此京师，以绥四国。无纵诡随，以谨罔极。式遏寇虐，无俾作慝⑥。敬慎威仪，以近有德。

民亦劳止，汔可小愒⑦。惠此中国，俾民忧泄。无纵诡随，以谨丑厉。式遏寇虐，无俾正败。戎虽小子，而式弘大。

民亦劳止，汔可小安。惠此中国，国无有残。无纵诡随，以谨缱绻⑧。式遏寇虐，无俾正反。王欲玉女，是用大谏。

雅·大雅

注释

①汔（qì）：庶几。②绥：安。③憯（cǎn）：曾，乃。④逑：聚合。⑤惛（hūn）怓（náo）：喧嚷，争吵。⑥慝（tè）：恶。⑦愒（qì）：休息。⑧缱（qiǎn）绻（quǎn）：固结不解，指统治者内部纠纷。

译文

百姓已经够辛苦，应该可以稍安康。抚爱这方众百姓，安定四方诸侯邦。不要听从欺诈语，谨慎提防不善良。遏止暴虐与掠夺，怎不畏惧天朗朗。安抚远地使亲近，我王心定福安享。

百姓已经够辛苦，应该可以稍休息。抚爱这方众百姓，百姓安乐聚一起。不要听从欺诈语，谨慎提防喧争事。遏止暴虐与掠夺，不使百姓过忧急。不要抛弃旧功劳，来为王家谋利益。

百姓已经够辛苦，应该可以稍喘息。抚爱京师老百姓，安定四方诸侯地。不要听从欺诈语，谨慎提防无法纪。遏止暴虐与掠夺，不使作恶太得意。恭敬庄重保威仪，亲近仁人与志士。

百姓已经够辛苦，应该可以稍安宁。抚爱这方众百姓，使我百姓除心病。不要听从欺诈语，谨慎提防有奸佞。遏止暴虐与掠夺，不使政事败难成。您虽是个年轻人，光耀祖先作用大。

百姓已经够辛苦，应该可以稍安定。抚爱王畿众百姓，国无残酷无酸辛。不要听从欺诈语，谨慎提防内乱生。遏止暴虐与掠夺，不使我国政颠倒。我王贪财爱美女，因此谏诤诉衷肠。

解析

《民劳》一诗，《毛诗序》以为"召穆公刺厉王也"，即西周贵族召穆劝谏周厉王要安民防奸臣的诗。

本篇共五章，每章十句，均为标准的四言句，句式整齐，结构谨严。全诗始终围绕着劝诫周厉王不要姑息养奸，要以京畿为重，抚爱国中百姓来叙述。国民的生活已经够辛苦，应该得到安宁，因此劝戒周厉王一定要谨防奸佞。其中的利害关系在诗中得到了极致的体现，表现出了诗人的拳拳爱国忠心。

板

原文

上帝板板①，下民卒瘅②。出话不然，为犹不远。
靡圣管管③，不实于亶。犹之未远，是用大谏。

天之方难，无然宪宪。天之方蹶④，无然泄泄⑤。
辞之辑矣，民之洽矣。辞之怿⑥矣，民之莫⑦矣。

我虽异事，及尔同僚。我即尔谋，听我嚣嚣⑧。
我言维服，勿以为笑。先民有言，询于刍荛⑨。

天之方虐，无然谑谑。老夫灌灌⑩，小子蹻蹻⑪。
匪我言耄，尔用忧谑。多将熇熇⑫，不可救药。

天之方懠⑬，无为夸毗。威仪卒迷，善人载尸。

民之方殿屎^⑭，则莫我敢葵^⑮？丧乱蔑资，曾莫惠我师？

天之牖^⑯民，如埙如篪^⑰，如璋如圭，如取如携。
携无日益，牖民孔易。民之多辟，无自立辟。

价人^⑱维藩，大师维垣，大邦维屏，大宗维翰^⑲。
怀德维宁，宗子维城。无俾城坏，无独斯畏。

敬天之怒，无敢戏豫。敬天之渝，无敢驰驱。
昊天曰明，及尔出王。昊天曰旦，及尔游衍^⑳。

注释

①板板：指违背常道。②卒（cuì）瘅（dàn）：劳累多病。③管管：任意放纵。④蹶：动乱。⑤泄泄（yì）：通"呭呭"，妄加议论。⑥怿（yì）：败坏。⑦莫：通"瘼"，疾苦。⑧嚣嚣（áo）：同"聱聱"，不接受意见的样子。⑨刍：草。荛（ráo）：柴。此指樵夫。⑩灌灌：款款，诚恳的样子。⑪蹻蹻（jué）：傲慢的样子。⑫熇熇（hè）：火势炽烈的样子，此指一发而不可收。⑬惀（qí）：愤怒。⑭殿屎（xī）：痛苦呻吟。⑮葵：通"揆"，猜测。⑯牖：通"诱"，诱导。⑰篪（chí）：古竹制管乐器。⑱价人：善人。⑲翰：骨干，栋梁。⑳游衍：游荡。

译文

上帝昏乱离常道，下民受苦多辛劳。说出话来不像样，作出决策没依靠。
刚愎自用抛圣贤，不讲诚信是非混。执政行事没远见，要用诗歌来劝告。

天下正值多灾难，不要再作乐寻欢。天下恰逢祸患乱，不要再一派胡言。
政令若协调和缓，百姓便融洽自安。政令败坏不像样，人民自然遭苦难。

你我虽各司其职，但也与你同共事。我来和你同商议，不听忠言还嫌弃。
我言治国求实际，切莫当作是儿戏。古人有话不应忘，请教樵夫有裨益。

天下近来闹灾荒，不要纵乐太放荡。老人忠心诚满腔，小子如此傲慢狂。
别说我老来乖张，被你当昏愦荒唐。多行不义难收场，不可救药病膏肓。

老天近来已震怒，曲意顺从事难补。君臣礼仪都混乱，好人如尸无法诉。
人民正呻吟受苦，我今怎敢有他顾？国家动乱资财匮，如何将我百姓安？

天对万民有教化，如吹埙篪般和洽。又如璋圭配相称，时时携取把它佩。
随时相携无阻碍，因势利导无偏差。民间今多邪僻事，徒劳无益枉立法。

好人就像篱笆拥，民众好比围墙垒，大国如屏障挡风，同族如栋梁一般。
有德便能从容安，宗子可自处城中。莫让城墙坏无用，莫要孤立心忡忡。

敬畏上天怒警告，怎再敢荒嬉逍遥。看重天变化示意，怎么任性再桀骜。
上天意志明可鉴，与你来往一同道。上天惩戒时时在，伴你出入同游遨。

解析

这首诗据《毛诗序》记载，是凡伯假托讽刺同僚以讽刺周厉王。西周从夷王开始就衰落不振，厉王执政之后，政治更加黑暗，民不聊生。

本诗八章，对周王朝风雨飘摇的统治都做了比较深刻的揭露。诗人斥责统治者不以圣人为则，刚愎自用而无远虑，致使人民困苦。诗人告诫统治者在国运艰难之时，要认真整肃朝纲，要听从忠告，不要作恶太甚，否则只会使周王朝处于不可挽回的危亡境地。最后一章诗人告诫统治者，上天无时不在监临下士，不可不加倍敬畏天命。

荡

原文

荡荡①上帝，下民之辟②。疾威上帝，其命多辟。天生烝民，其命匪谌③。靡不有初，鲜克有终。

文王曰咨，咨汝殷商。曾是彊御，曾是掊克④。曾是在位，曾是在服。天降滔德，女兴是力。

文王曰咨，咨女殷商。而秉义类，彊御多怼⑤。流言以对，寇攘式内。侯作侯祝，靡届靡究。

文王曰咨，咨女殷商。女炰烋⑥于中国，敛怨以为德。不明尔德，时无背无侧。尔德不明，以无陪无卿。

文王曰咨，咨女殷商。天不湎⑦尔以酒，不义从式。既愆尔止。靡明靡晦。式号式呼。俾昼作夜。

文王曰咨，咨女殷商。如蜩如螗⑧，如沸如羹⑨。小大近丧，人尚乎由行。内奰⑩于中国，覃⑪及鬼方。

文王曰咨，咨女殷商。匪上帝不时，殷不用旧。虽无老成人，尚有典刑。曾是莫听，大命以倾。

文王曰咨，咨女殷商。人亦有言：颠沛之揭，枝叶未有害，本实先拨。殷鉴不远，在夏后之世。

雅·大雅

注释

①荡荡：放荡不守法制。②辟（bì）：君王。③谌（chén）：诚信。④掊（póu）克：聚敛，搜括。⑤怼（duì）：怨恨。⑥炰（páo）烋（xiāo）：同"咆哮"。⑦湎（miǎn）：沉湎，沉迷。⑧蜩（tiáo）：蝉。螗：又叫蝘，一种蝉。⑨羹：热汤。⑩奰（bì）：愤怒。⑪覃：延及。

译文

上帝骄纵又放荡，他是下民的君王。上帝贪心又暴虐，政令邪僻太反常。上天生养众百姓，政令无信尽撒谎。万事开头讲得好，但却少有好收场。

文王开口长声叹，叹你殷商末代王。多少凶暴与强横，敲骨吸髓又贪赃。窃据高位享厚禄，有权有势太猖狂。天降这些不法臣，助长国王逞强梁。

文王开口长声叹，叹你殷商末代王。你任善良以职位，凶暴奸臣心怏怏。面进谗言来诽谤，强横窃据朝廷上。诅咒贤臣害忠良，没完没了造祸殃。

文王开口长声叹，叹你殷商末代王。跋扈天下太狂妄，竟把恶人当忠良。知人之明你没有，不知叛臣结朋党。知人之明你没有，不知公卿谁能当。

文王开口长声叹，叹你殷商末代王。上天未让你酗酒，也未让你用匪帮。礼节举止全不顾，没日没夜灌黄汤。狂呼乱叫不像样，日夜颠倒政事荒。

文王开口长声叹，叹你殷商末代王。百姓悲叹如蝉鸣，恰如落进沸水汤。大小事儿都不济，你却依旧老模样。全国人民怒气生，怒火蔓延到远方。

文王开口长声叹，叹你殷商末代王。不是上帝心不好，是你不守旧规章。虽然身边没老臣，还有成法可依傍。这样不听人劝告，命将转移国将亡。

文王开口长声叹，叹你殷商末代王。古人有话不可忘：大树拔倒根出土，枝叶虽然暂不伤，树根已坏难久长。殷商镜子并不远，夏桀王朝早灭亡。

解析

　　《荡》诗是一首托古讽今之作。诗人借文王斥责纣王来讽刺周厉王暴虐无道，暗示周王朝将要重蹈覆辙。第一章以后各章，都是假托上帝之名，讽刺周厉王法纪废弛，暴虐无道，不能保有善性。第二章诗人借文王斥责纣王重用无德之人，鞭挞周厉王。第三章在第二章明斥纣王暗责厉王重用贪暴之臣后，指出这样做的恶果必然是贤良遭摒，祸乱

横生。第四章刺王刚愎自用，内无美德，外无良臣，必将招致亡国之难。第五章刺王沉湎于饮酒作乐。第六章痛陈前面所说纣王各种败德的行为，借古喻今。第七章作者对殷纣王的错误做总结。最后一章，借谚语"颠沛之揭，枝叶未有害，本实先拨"告诫周历王应亡羊补牢，不要大祸临头还浑然不觉。而这些历王都不会听取。诗的末两句"殷鉴不远，在夏后之世"，实际上是语重心长地提醒周历王应当吸取殷纣亡国的教训，语意深长，振聋发聩。

抑

原文

抑抑①威仪，维德之隅。人亦有言：靡哲不愚。庶人之愚，亦职维疾。哲人之愚，亦维斯戾②。

无竞维人，四方其训之。有觉德行，四国顺之。訏谟③定命，远犹辰告。敬慎威仪，维民之则。

其在于今，兴迷乱于政。颠覆厥德，荒湛④于酒。女虽湛乐从，弗念厥绍。罔敷求先王，克共明刑。

肆皇天弗尚，如彼泉流，无沦胥⑤以亡。夙兴夜寐，洒扫庭内，维民之章。修尔车马，弓矢戎兵，用戒戎作，用逷⑥蛮方。

质尔人民，谨尔侯度，用戒不虞。慎尔出话，敬尔威仪，无不柔嘉。白圭之玷⑦，尚可磨也；斯言之玷，不可为也。

无易由言，无曰苟矣，莫扪⑧朕舌。言不可逝矣。无言不雠⑨，无德不报。惠于朋友，庶民小子。子孙绳绳，万民靡不承。

视尔友君子，辑柔尔颜，不遐有愆⑩。相在尔室，尚不愧于屋漏。无曰不显，莫予云觏。神之格思，不可度思，矧⑪可射思。

辟尔为德，俾臧俾嘉。淑慎尔止，不愆于仪。不僭⑫不贼，鲜不为则。投我以桃，报之以李。彼童而角，实虹⑬小子。

荏染柔木，言缗⑭之丝。温温恭人，维德之基。其维哲人，告之话言，顺德之行。其维愚人，覆谓我僭，民各有心。

於乎小子，未知臧否。匪手携之，言示之事。匪面命之，言提其耳。借曰未知，亦既抱子。民之靡盈，谁夙知而莫成？

昊天孔昭，我生靡乐。视尔梦梦，我心惨惨。诲尔谆谆，听我藐藐⑮。匪用为教，覆用为虐⑯。借曰未知，亦聿既耄⑰。

於乎小子，告尔旧止。听用我谋，庶无大悔。天方艰难，曰丧厥国。取譬不远，昊天不忒⑱。回遹⑲其德，俾民大棘⑳。

诗经选

注释

①抑抑：慎密。②戾：乖谬。③訏（xū）谟：大谋。④湛，同"耽"。⑤沦胥：相率，沉没。⑥遏（tì）：通"剔"，制服。⑦玷：玉上的小斑点。⑧扪：按住。⑨雠：通"酬"，应答。⑩愆（qiān）：过错。⑪矧（shěn）：况且。⑫僭（jiàn）：超越本分。⑬虹：同"讧"，溃乱。⑭缗（mín）：给乐器安上弦。⑮藐藐：轻视的样子。⑯虐："谑"的假借，戏谑。⑰耄：老。⑱忒（tè）：偏差。⑲回遹（yù）：邪僻。⑳棘：通"急"。

译文

仪表堂堂礼彬彬，为人品德很端正。古人有句老俗话：智者有时也愚笨。常人如果不聪明，那是自身有毛病。智者如果不聪明，那就反常令人惊。

有了贤人国强盛，四方诸侯来归诚。君子德行正又直，诸侯顺从庆升平。建国大计定方针，长远国策告群臣。举止行为要谨慎，人民以此为标准。

如今天下乱纷纷，国政混乱不堪言。你的德行已败坏，沉湎酒色醉醺醺。只知吃喝和玩乐，继承帝业不关心。先王治道不广求，不能明法利众民。

皇天不肯来保佑，好比泉水空自流，君臣相率一齐休。起早睡晚难入眠，里外洒扫除尘垢，为民表率要带头。整治你的车和马，弓箭武器认真修，防备一旦战事起，征服国外众蛮酋。

安定你的老百姓，谨守法度莫任性，以防祸事突然生。说话开口要谨慎，行为举止要端正，处处温和又可敬。白玉上面有污点，尚可琢磨除干净；开口说话出毛病，想要挽回却不成。

不要随口把话吐，莫道说话可马虎，没人把我舌头捂。一言既出难弥补。没有出言无反应，施德总能得福禄。朋友群臣要爱护，百姓子弟多安抚。子子孙孙要谨慎，人民没有不顺服。

看你招待那贵族，和颜悦色笑盈盈，小心过失莫发生。看你独自处室内，做事无愧于神明。休道室内光线暗，没人能把我看清。神明来去难预测，不知何时忽降临，不可厌倦自遭惩。

修明德行养情操，使它高尚更美好。举止谨慎行为美，仪容端正有礼貌。不犯过错不害人，很少不被人仿效。人家送我一篮桃，我以李子来相报。胡说羊羔头生角，实是乱你周王朝。

又坚又韧好木料，制作琴瑟丝弦调。温和谨慎老好人，根基深厚品德高。如果你是明智人，古代名言来忠告，马上实行当作宝。如果你是糊涂虫，反说我错不讨好，人心各异难诱导。

可叹少爷太年轻，不识好歹与重轻。非但与你互谈心，也曾教你办事情。非但当面教导你，还拎你耳要你听。假使说你不懂事，也已抱子有儿婴。人们虽然有缺点，谁会早慧却晚成？

苍天在上最明白，我这一生没愉快。看你糊涂不清醒，我心烦闷又悲哀。反复耐心教导你，你既不听也不睬。不知教你为你好，反当笑话来编排。若说你还不懂事，怎会嫌弃我老迈。

叹你小子还年幼，听我告你旧典章。你若听用我主张，不致大错太荒唐。上天正把灾难降，只怕国家要灭亡。让我就近打比方，上天赏罚不冤枉。如果邪僻性不改，黎民百姓要遭殃。

解析

这是周王朝一位臣工劝告、讽刺周王的诗，诗歌虽然没有直接批评某王，但却形象地反映了西周末年统治者的腐朽无能和处于崩溃边缘的社会现实。

诗人叙说贤人身处于乱世只能假装糊涂才能生存，统治者不重用贤臣，只知饮酒作乐，祖先的规章都被抛弃。统治者要为民表率，勤修内政，防止外患。五、六两章诗人反复重申统治者言行的重要性，告诫统治者要谨言慎行。七、八、九三章诗人重点强调要以德治天下，从善如流，善待百姓臣工，敬事鬼神。后几章诗人告诫周王要实行先王礼法，敬天修德，不可狂傲无知。否则，国家和人民将蒙受患难。

本篇同时也是一座成语的宝库，"夙兴夜寐""白圭之玷""舌不可扪""投桃报李""耳提面命""谆谆告诫"等成语，都出自本篇。

云汉

原文

倬^①彼云汉，昭回于天。王曰：於乎！何辜今之人？天降丧乱，饥馑荐^②臻。靡神不举，靡爱斯牲。圭璧既卒，宁莫我听！

旱既大甚，蕴隆虫虫^③。不殄禋祀，自郊徂宫。上下奠瘗^④，靡神不宗。后稷不克，上帝不临。耗斁^⑤下土，宁丁我躬^⑥。

旱既大甚，则不可推。兢兢业业，如霆如雷。周余黎民，靡有孑遗。昊天上帝，则不我遗^⑦。胡不相畏？先祖于摧。

旱既大甚，则不可沮。赫赫炎炎，云我无所。大命近止，靡瞻靡顾。群公先正，则不我助。父母先祖，胡宁忍予？

旱既大甚，涤涤^⑧山川。旱魃^⑨为虐，如惔^⑩如焚。我心惮暑，忧心如熏。群公先正，则不我闻。昊天上帝，宁俾我遯^⑪？

旱既大甚，黾勉^⑫畏去。胡宁瘼我以旱？憯不知其故。祈年孔夙，方社不莫。昊天上帝，则不我虞。敬恭明神，宜无悔怒。

　　旱既大甚，散无友纪。鞫[13]哉庶正，疚哉冢宰。趣马师氏，膳夫左右。靡人不周，无不能止。瞻卬昊天，云如何里。

　　瞻卬昊天，有嘒[14]其星。大夫君子，昭假无赢。大命近止，无弃尔成。何求为我，以戾庶正。瞻卬昊天，曷惠[15]其宁？

注释

①倬（zhuó）：大。②荐：重，再。③虫虫：热气熏蒸的样子。④瘗（yì）：指把祭品埋在地下以祭地神。⑤耗敦（dù）：败坏，损耗。⑥躬：身。⑦遗（wèi）：赠。⑧涤涤：光秃无草木的样子。⑨旱魃：古代传说中的旱魔。⑩惔（tán）：火烧。⑪遁：读为"屯"，一说通"困"。⑫黾（mǐn）勉：勉力为之，谓尽力事神，急于祷请。⑬鞫（jū）：穷，与"通"相对。⑭嘒

雅·大雅

243

（hui）：微小而众多的样子。⑮惠：赐。

译文

　　看那银河多高远，白光闪亮旋在天。周王声声在叹息，现今人们有何罪？老天降下丧祸乱，饥饿灾荒接连来。没有神灵不祭奠，奉献牺牲毫不吝。礼神圭璧全用完，神灵还不听我言！

　　旱情已非常严重，暑气郁盛大地蒸。接连不断行祭祀，祭天处远在郊宫。祀天祭地埋祭品，天地诸神无不奉。后稷恐怕难救民，上帝不理民受难。天灾这般害人间，大难恰恰落我身。

　　旱情已经非常重，想要推开没可能。整天都小心翼翼，正如头上落雷霆。周地余下那百姓，现在几乎无所剩。渺渺苍天之上帝，竟然没有东西赐。怎不感到忧愁惶？人死失祭祖受损。

　　旱情已经非常重，没有办法来止住。赤日炎炎热气腾，哪里还有遮阴处。死亡之期已临近，无暇前瞻无暇顾。诸侯公卿众神灵，不肯显灵来佑助。父母先祖神在天，为何忍心我受苦？

　　旱情已经非常重，山秃河干草木枯。眼看旱魔要肆虐，遍地好像大火烧。暑热难当我心畏，忧心忡忡如煎熬。诸侯公卿众神灵，哪管我悲痛呼号。渺渺苍天高上帝，难道迫我要出逃？

　　旱情已经很严重，勉力祈祷求上苍。为何害我降大旱？不知缘故费思量。祈年之礼举行早，延祭社祭也未迟。渺渺苍天高上帝，竟然对我不肯帮。一向恭敬诸神明，不该恨我气难当。

　　旱情已经很严重，饥荒散乱我纪纲。各位官长智穷竭，宰相忧苦无法想。趣马师氏齐出动，膳夫百官助祭忙。没有一人不愿济，可是不能止灾荒。仰望苍天晴无云，怎样止旱我忧伤。

　　仰望苍天晴无云，微光闪闪满星辰。公卿大夫众君子，祷告上苍要虔诚。死亡之期已临近，继续祈祷不停歇。禳旱祈雨非为我，全为安定众官心。仰望苍天默祈祷，何时才能赐安宁？

解析

　　本篇是一首写周宣王忧旱求神祈雨的诗，并抒写了他为旱灾而忧劳愁苦的心情。

　　全诗共八章。一、二两章写周宣王在大旱之时祭神祈雨而事与愿违的悲伤心情。三、四两章主要表达了畏旱之情。五章写旱灾继续肆虐，周宣王只好呼天自诉。第六章周宣王叙述失望痛苦之余的扪心自省，觉得自己并无过错，责问上天为何让自己治下的百姓遭此劫难。第七章叙君臣上下因忧旱而困病的情况。末章以描写周宣王勉励群臣继续虔诚祈祷祖先、上天，以求得降雨消灾来总结全篇。

烝民

原文

　　天生烝民①，有物有则。民之秉彝②，好是懿德。天监有周，昭假于下。保兹天子，生仲山甫。

　　仲山甫之德，柔嘉维则。令仪令色③，小心翼翼。古训是式，威仪是力。天子是若，明命使赋④。

　　王命仲山甫，式⑤是百辟。缵戎⑥祖考，王躬是保。出纳王命，王之喉舌。赋政于外，四方爰发⑦。

　　肃肃王命，仲山甫将⑧之。邦国若否⑨，仲山甫明之。既明且哲，以保其身。夙夜匪解，以事一人。

　　人亦有言：柔则茹⑩之，刚则吐之。维仲山甫，柔亦不茹，刚亦不吐。不侮矜寡，不畏强御。

　　人亦有言：德輶⑪如毛，民鲜克⑫举之。我仪图⑬之，维仲山甫举之⑭，爱莫助之。衮职有阙⑮，维仲山甫补之。

　　仲山甫出祖⑯，四牡业业。征夫捷捷，每怀靡及。四牡彭彭，八鸾锵锵。王命仲山甫，城彼东方。

　　四牡骙骙⑰，八鸾喈喈。仲山甫徂⑱齐，式遄其归。吉甫作诵，穆如清风。仲山甫永怀，以慰⑲其心。

雅·大雅

注释

　　①烝民：众民。②秉：禀赋，天性。彝（yí）：常理。③令：美。仪：仪容。色：表情。④明命：国家的政令。赋：颁布、实施。⑤式：做榜样。⑥缵：继承。戎：你。⑦爰：于是。发：实施。⑧将：实施。⑨若否（pǐ）：通"臧否"，好坏。⑩茹：吞并。⑪輶：轻。⑫鲜（xiǎn）：少。克：能。⑬仪图：揣度。⑭举之：指能注重德行。⑮衮（gǔn）：绣龙图案的王服。职：犹"适"，即偶然。阙：缺。⑯祖：祭路神。⑰骙骙（kuí）：马不停蹄的样子。⑱徂：往。⑲慰：安慰。

译文

　　上天生万物，皆有其法则。人们的本性，追求真善美。上天监视周王室，虔诚祷告以求福。上天保佑周天子，降下辅臣仲山甫。

山甫贤良具美德，温和善良作准则。仪容端庄好面色，恭敬谨慎真负责。效法先王的遗训，勉力做事合礼节。天子选他做大臣，国家政令得实施。

周王命令仲山甫，要做诸侯的榜样。继承祖业要弘扬，辅佐天子振朝纲。掌管周王的号令，天子喉舌责任重。发布政令告畿外，四方听命都遵从。

严肃对待王命令，山甫全力来推行。国内政事好与坏，山甫心里明如镜。既明事理又聪慧，保全自身的节操。从早到晚不懈怠，侍奉周王献忠诚。

有句老话这样说：柔软东西吃下肚，刚硬东西往外吐。与众不同仲山甫，柔软东西他不吃，刚硬东西偏下肚。鳏夫寡妇他不欺，如遇强暴狠打击。

有句老话这样说：德行如同毛羽轻，很少有人能高举。我细揣摩又合计，能举起者仲山甫，别人爱他难相助。天子龙袍有破缺，独有山甫能弥补。

山甫出行祭路神，四匹公马力强劲。车载使臣匆匆行，常恐尚有不周处。四马奔走嘭嘭响，八只鸾铃声锵锵。周王命令仲山甫，督修齐城赴东疆。

四匹公马蹄不停，八只鸾铃响当当。山甫急急赴齐地，早日完工赶紧回。吉甫作歌赠穆仲，乐声和美如清风。山甫临行顾虑多，宽慰其心向东行。

解析

本诗主要讲周宣王委派卿士仲山甫前往齐地筑城，大臣尹吉甫作此诗以赠别。诗歌用很长的篇幅赞美仲山甫的美德和他对周王室所做的贡献。

全篇共八章。第一章叙述仲山甫应天运而生，来辅佐周王。接下去二至六章便不遗余力赞美仲山甫的德才与政绩：首先说他有德；其次说其在周王朝中所发挥的重要作用；再次说他明辨聪慧，明哲忠贞，忠于职守；继而说他执政刚直不阿，不畏强暴，不欺凌弱者；然后说他德高望重，关键靠自己修养，不断积累。七、八两章写仲山甫奉王命赴东方督修齐城，尹吉甫临别作诗相赠，安慰其离别之心，祝愿其能早日功成归来。

江汉

原文

江汉浮浮①，武夫滔滔。匪安匪游，淮夷来求。既出我车，既设我旟。匪安匪舒，淮夷来铺。

江汉汤汤②，武夫洸洸③。经营四方，告成于王。四方既平，王国庶定。时靡有争，王心载宁。

江汉之浒④，王命召虎：式辟四方，彻我疆土。匪疚匪棘，王国来极。于疆于理，至于南海。

王命召虎：来旬来宣。文武受命，召公维翰。无曰予小子，召公是似。肇敏⑤戎公，用锡尔祉。

釐尔圭瓒⑥，秬鬯一卣⑦。告于文人，锡山土田。于周受命，自召祖命。虎拜稽首⑧，天子万年！

虎拜稽首，对扬王休。作召公考⑨，天子万寿！明明天子，令闻不已。矢⑩其文德，洽此四国。

注释

①浮浮：众多而强盛的样子。②汤汤（shāng）：水势大的样子。③洸洸（guāng）：威武的样子。④浒（hǔ）：水边。⑤肇敏：图谋。⑥釐：通"赉"，赏赐。圭瓒（zàn）：用玉作柄的酒勺。⑦鬯（chàng）：一种香草，即郁金，姜科，多年生。卣（yǒu）：带柄的酒壶。⑧稽（qǐ）首：古时礼节，跪下拱手磕头，手、头都触地。⑨考：通"簋"（guǐ），一种古代的铜制食器。⑩矢：通"施"。

译文

长江汉水波涛滚滚，出征将士意气风发。不为安逸不为旅游，要对淮夷进行讨伐。前方已经出动兵车，竖起彩旗迎风如画。不为安逸不为舒适，镇抚淮夷在此驻扎。

长江汉水浩浩荡荡，出征将士威武雄壮。将士奔波平定四方，战事成功上告我王。四方叛国均已平定，但愿周朝安定盛昌。从此没有纷争战斗，我王之心宁静安详。

长江汉水二水之滨，王向召虎颁布命令：开辟新的四方国土，料理划定疆土地境。不是扰民不是过急，要以王朝政教为准。经营边疆料理天下，领土直至南海之滨。

我王册命下臣召虎：巡视南方政令宣诵。文王武王受命天下，召公实为国之梁栋。莫说为了我的缘故，你要继承召公传统。全力尽心建立大功，因此赐你福禄无穷。

　　赐你圭瓒以玉为柄，黑黍香酒再赐一卣。禀告文德昭著先祖，还要赐你山川田畴。去到岐周进行册封，援例康公仪式如旧。下臣召虎叩头伏地，大周天子万年长寿！

　　下臣召虎叩头伏地，报答颂扬天子美意。作成纪念康公铜簋，敬颂天子万寿无期！勤勤勉勉大周天子，美名流播永无止息。施行文治广被德政，和洽当今四周之地。

解析

　　周宣王之时，首先消除猃狁之患，然后周宣王亲征，平定淮夷之乱。周宣王驻于江汉之滨，命召伯虎率军征之。召伯虎取胜归来，周宣王大加赏赐，召伯虎因而作铜簋以纪其功事，并作此诗，以颂其祖召康公之德与天子之英明。

　　周宣王对朝廷老臣说话时恰如其分的谦虚和鼓励的语气，通过表彰召康公的业绩来表彰召伯虎，并激励他再建大功。第五、六章写周宣王对召伯虎赏赐规格之高和对召伯虎的感戴之情。全诗以"矢其文德，洽此四国"作结，表现出中兴君臣的共同愿望。

瞻卬

原文

　　瞻卬[1]昊天，则不我惠。孔填[2]不宁，降此大厉。邦靡有定，士民其瘵。蟊贼蟊疾，靡有夷届。罪罟[3]不收，靡有夷瘳[4]。

　　人有土田，女反有之。人有民人，女覆夺之。此宜无罪，女反收之。彼宜有罪，女覆说之。

　　哲夫成城，哲妇倾城。懿厥哲妇，为枭为鸱[5]。妇有长舌，维厉之阶。乱匪降自天，生自妇人。匪教匪诲，时维妇寺。

　　鞫人忮忒[6]，谮始竟背[7]。岂曰不极，伊胡为慝[8]？如贾三倍，君子是识。妇无公事，休其蚕织。

　　天何以刺？何神不富？舍尔介狄，维予胥忌[9]。不吊不祥，威仪不类。人之云亡，邦国殄瘁[10]。

　　天之降罔，维其优矣。人之云亡，心之忧矣。天之降罔，维其几矣。人之云亡，心之悲矣。

　　觱沸槛泉[11]，维其深矣。心之忧矣，宁自今矣？不自我先，不自我后。藐藐昊天，无不克巩。无忝[12]皇祖，式救尔后。

注释

　　①卬（yǎng）：通"仰"，仰望。②填（chén）：通"尘"，长久。③罟（gǔ）：网。罪罟：指周幽王设置的名目繁多的罪名。④瘳（chōu）：病愈。⑤枭（xiāo）：相传长大后食母的恶鸟。鸱（chī）：猫头鹰，古人认为猫头鹰是不祥之鸟。⑥鞫（jū）：穷尽。忮（zhì）：害。忒（tè）：变化。⑦谮（zèn）：进谗言。竟：终。背：违背，自相矛盾。⑧慝（tè）：通"嚘"，悦，欢喜。⑨胥（xū）：相。忌：怨恨。⑩殄（tiǎn）瘁：病。⑪觱（bì）沸：泉水涌动的样子。槛：通"滥"，泛滥。⑫忝（tiǎn）：辱没。

译文

　　仰望上天晦阴阴，对我不肯赐恩情。世间很久不平静，天降惩罚大祸临。国家没有和平时，士人平民都困病。害虫疯狂食禾稼，不到满足不会停。刑网布下不收起，如病不愈苦难尽。

别人拥有好土地，你却侵犯去占有。别人拥有的奴隶，你却强夺要带走。这人本来没有罪，你反拘捕将他囚。那人应该判有罪，你却让他得自由。

聪明男子能创业，有才女子乱国政。那个聪明的女人，猫头鹰般发怪声。她有长舌善狡辩，产生邪恶埋祸根。大乱是非从天降，生自工谗此妇人。劝谏国王听不进，妇人内侍言必信。

不断害人变化多，谗言首尾相矛盾。难道凶狠还不够，为何还要宠爱她？如同奸商逐利益，入朝执政哪能成。妇人不做妇人事，放弃纺织养蚕功。

上天为何责我王？神灵为何不降福？深谋远虑全抛弃，恨我只因忌忠良。人们遭难不恤问，威仪不修乱朝纲。贤人君子离朝堂，邦国危难将灭亡。

上天无情降罗网，牢不可破难躲藏。贤人君子离朝堂，我心实在太忧伤。上天无情降罗网，已近王身国将亡。贤人君子离朝堂，我心实在太悲凉。

泉水喷涌流不止，深深源头总在此。我心实在太悲伤，难道只是从今始？恶政不在我身前，也不在我身后施。苍茫上天自高远，万物都得受控制。莫让祖宗受耻辱，悔改才能救后嗣。

解析

本诗讽刺和严正痛斥昏庸荒淫的周幽王宠幸褒姒，斥逐贤良，败坏纪纲，倒行逆施以致政乱民病，天怒神怨，国运濒危。诗歌在一定程度上反映出了西周末年统治阶级内部矛盾重重、政治一片黑暗的社会现实，具有较强的现实性。言辞凄楚激越，既表现了诗人忧国忧民的情怀，又抒发了他疾恶如仇的愤慨。

全诗七章。首章斥责周幽王施行暴政、国不安宁。二章说政刑颠倒。三章言致祸之缘由，认为女宠是祸乱的根源。四章写褒姒无中生有，陷人于罪，斥责她干预朝政，祸国殃民。五章申斥幽王听信褒姒谗言，不虑国政，忌恨贤臣，致使人亡国瘁。六章哀贤人之亡，抒发忧国的痛苦之情。末章自叹生不逢时，希望幽王改悔，光复祖德，造福子孙。

召旻

原文

旻天疾威[1]，天笃降丧。瘨[2]我饥馑，民卒流亡，我居圉卒荒。

天降罪罟，蟊贼内讧。昏椓[3]靡共，溃溃回遹[4]，实靖夷我邦。

皋皋訿訿[5]，曾不知其玷。兢兢业业，孔填不宁，我位孔贬。

如彼岁旱，草不溃茂，如彼栖苴。我相此邦，无不溃止。

维昔之富不如时，维今之疚不如兹。彼疏斯粺，胡不自替？职兄斯引[6]。

池之竭矣，不云自频。泉之竭矣，不云自中。溥斯害矣，职兄斯弘，不烖[7]我躬。

昔先王受命，有如召公，日辟国百里，今也日蹙[8]国百里。於乎哀哉！维今之人，不尚有旧！

注释

①旻（mín）天：此指上天。疾威：暴虐。②瘨（diān）：灾病。③昏，昏乱。椓（zhuó），通"诼"，谗毁。④溃溃：昏乱的样子。回遹（yù）：邪僻。⑤皋皋：欺诳不诚实。訿訿（zǐ）：谗毁。⑥职：主。兄（kuàng）：通"况"。斯：语助词。引：延长。⑦烖（zāi）：同"灾"。⑧蹙（cù）：收缩。

译文

上天暴虐难预防，接二连三降灾荒。饥馑遍地灾情重，十室九空尽流亡，国土荒芜生榛莽。

天降罪网真严重，蟊贼争斗起内讧。谗言乱政职不供，昏愦邪僻肆逞凶，会把国家断送掉。

欺诈攻击心藏奸，却不自知有污点。君子谨慎又勤勉，对此一直心不安，可惜职位不起眼。

就像干旱年头到，地里百草不丰茂，像那枯草歪又倒。看看国家这模样，灭亡崩溃逃不掉。

昔日富裕今日穷，痛必朝政日败坏。人吃粗粮他吃米，何不退后居朝中？情况越来越严重。

池水枯竭非一天，不说开始在岸边。泉水枯竭源头断，不说开始在中间。这场祸害太普遍，这种情况在发展，让我也在受灾难。

先王受命昔为君，有像召公贤辅臣，当初日辟百里地，如今国土日受损。可叹可悲真痛心！今天朝堂中的人，没有旧时的人杰。

解析

本诗是《大雅》的最后一篇，此诗斥责周幽王昏庸暴虐，任用奸逆之臣，致使天灾人祸频发。

本篇共七章。首章一开始就叙述上天暴戾，自然灾害让老百姓苦不堪言。第二章斥责周王朝内部自相争斗。第三章诗人从另一个角度继续对周王朝进行抨击，并感叹自己职位太低无法遏制朝中奸佞的气焰。第四章说明国家已经濒临崩溃的边缘，以天灾喻人祸。第五章诗人哀叹贤者失位，小人得势，国家的祸患日益加强。第六章诗人以池、泉的水干涸为喻，说明西周王朝已经面临内外交困的绝境。于是，末章怀念起本朝的前代功臣，希望像当初召公那样的贤明而有才干的人物能出来匡正幽王之失，力挽狂澜，而这又与本篇斥责奸佞小人的主题相呼应。

颂

周 颂

清庙

原文

於①穆清庙，肃雝②显相。济济③多士，秉④文之德。对越⑤在天，骏⑥奔走在庙。不显不承⑦，无射于人斯⑧。

注释

①於（wū）：赞叹词，相当于"啊"的意思。②肃雝（yōng）：恭敬平和。③济济：众多且整齐。④秉：执持。⑤对越：报答，颂扬。⑥骏：敏捷、迅速。⑦不（pī）：通"丕"，大。显：显耀。承（zhēng）：继承。⑧射（yì）：厌弃。斯：语助词。

译文

庄严而清静的宗庙啊，祭祀的公卿高贵显赫。济济一堂的官吏，都执持着文王的德行。为了颂扬文王的在天之灵，他们迅速为祭祀奔跑忙碌。文王的德行被人们继承，他永远不会被人们所遗忘！

解析

《清庙》是《周颂》的第一篇，此篇为西周时统治者在宗庙里祭祀文王的乐歌。

正如胡一桂《传说汇纂》所言："此诗只第一句说文王之庙，余皆就祀文王者身上说。"诗篇的作者专门采用侧面描述和侧面衬托的手法，集中描述助祭者和与祭者。通过他们，使文王之德得到了更生动、更具体的表现。这种表现方法比正面的述说显得精明。

一般来说，《颂》里的语言比较繁冗或枯燥，缺乏个性和强烈的感情色彩。但是这一篇，作者具体写了助祭者和与祭者，虽然语言少，但内容却很丰富，而且更显得真实。

维天之命

原文

> 维天之命，於穆①不已。於乎不显②，文王之德之纯③。假以溢我④，我其收之。骏惠⑤我文王，曾孙笃之。

注释

①穆：美好的样子。②不显：通"丕显"，非常光明显赫。③纯：昭著。④假：通"嘉"，美好。溢：通"谧"，安宁。⑤骏惠：郑笺训为"大顺"，马瑞辰《毛诗传笺通释》中说："惠，顺也；骏当为驯之假借，驯亦顺也。骏惠二字平列，皆为顺。"

译文

那是那天命所归，非常美好从不停止。多么庄严、光辉、显赫，文王的品德昭著。美好的东西使我安宁，我自当牢记我所接受的恩惠。顺着文王的路线方针，世代忠实奉行文王之政。

解析

此为周代统治者祭祀文王的乐歌。

前四句主要赞美文王德配天命；后一部分四句说文王德操泽被后代，后代当遵其遗教，发扬光大。此篇无韵，篇幅不长，充满了恭敬之意、颂扬之辞。

此诗的内容是颂扬文王德配上天，对其美德进行歌颂，正是周公摄政制礼、确定祭祀文王的规格仪轨之后，创作祭舞祭歌的必然主题。因为其言辞古直，情意朴素，尚无矫揉造作之弊，今人读来并不至于像读后世千篇一律的祭祀歌辞那样产生反感。

烈文

原文

烈文辟公①，锡兹祉福。惠②我无疆，子孙保③之。无封靡于尔邦，维王其崇之。念兹戎④功，继序⑤其皇之。

无竞⑥维人，四方其训之。不显⑦维德，百辟⑧其刑之。於乎！前王不忘！

注释

①烈：功业。文：文德。辟公：诸侯。②惠：赐福。③保：保有。④戎：大。⑤继序：继承。⑥无竞：无争。⑦不显：非常光明显赫。不，通"丕"，大。⑧百辟：众诸侯。

译文

有武功文德的诸侯前来助祭，这是先王恩赐的福祉。但愿所赐之福能够绵延不断，子孙后代永远保有它。不要损害你们的邦国，要尊崇王室。思念祖先创建的功业，并继承光大它。

你们若能礼让无争，成为贤人，则四方诸侯都会归顺你。先王道德光明显赫，诸侯效法蔚然成风。啊！永远牢记前王的恩德！

解析

周成王即位祭祀于宗庙，诸侯前来助祭，成王以此诗敕诫诸侯。此诗从周成王的角度出发，首先指出各位诸侯能来助祭是先王的赐福；然后告诫他们要尊崇王室，继承和发扬祖宗的功业，将先王的恩德牢记，做诸侯的典范。

天作

原文

天作①高山，大王荒之，彼作②矣，文王康③之。彼徂④矣，岐有夷之行⑤。子孙保⑥之。

注释

①作：生。②作：开发。③康：安居。④徂：山势险峻。⑤夷：平坦易通。行（háng）：道路。⑥保：保守。

译文

高耸的岐山自然天成，大王用心治理，岐山变成了良田沃野，文王继承之后更加欣欣向荣。昔日岐山山势险峻，周人使其有了畅通平坦的道路。子孙后代永远保有先王的遗烈。

解析

对周人来说，岐山是圣地，本文就是周代统治者祭祀岐山的诗篇。诗歌叙述了周人先祖开发岐山的故事，最终使岐山"有夷之行"。

昊天有成命

原文

昊天①有成命，二后受之。成王不敢康②，夙夜基命宥密③。於缉熙④！单⑤厥心，肆其靖之⑥。

注释

①昊天：上天。②康：安宁，安乐。③夙夜：起早贪黑。基：谋划。命：政令。密：通"勉"，勤勉。④缉熙：光明。⑤单：通"殚"，竭尽。⑥肆：巩固。靖：安定。

译文

苍天有成命，文、武二王接受上天的命令。成王不敢图安乐，而是起早贪黑勤勉于谋划政令。多么光明！竭尽衷心，使国家安定平和。

解析

本篇只有七句，是《诗经》中较短的篇章，但诗题却是《诗经》中较长的。本篇的主旨是祭祀周成王。诗歌赞美周成王能继承文王、武王的遗烈，日夜辛勤谋划政令，竭尽所能，使国家安定。同时也在宣扬天命神权，歌颂祖先的丰功伟业。

思文

原文

思文①后稷，克配彼天。立②我烝民，莫菲尔极③。贻我来牟，帝命率④育。无此疆尔界，陈⑤常于时夏。

注释

①文：文德。②立：通"粒"，养育。③极：准则。④率：用。⑤陈：遍布。

译文

追思先祖后稷的文德，丝毫无愧于配享上天。养育了我们全部百姓，无人不以你为准则。留给我们优良麦种，天命用它来养育天下众生。农耕彼此不分疆界，全国推广农耕技巧。

解析

　　周颂中祭祀祖先的作品一般篇幅都很短，本诗祭祀后稷，也不过八句。究其原因，就是周朝历代先王的丰功伟绩，已成常识，无须赘述。本诗篇幅的简短，也恰恰反映当时国泰民安、政治清明，这与后来鲁颂中冗长不堪且有媚上之嫌的《閟宫》形成强烈对照。

臣工

原文

　　嗟嗟臣工，敬尔①在公。王釐尔成②，来咨来茹③。嗟嗟保介④，维莫之春⑤，亦有何求？如何新畬⑥？於皇来牟⑦，将受厥明。明昭上帝，迄用康年。命我众人，庤⑧乃钱镈，奄观铚⑨艾。

注释

　　①敬，勤谨。②釐：通"赉（lài）"，赏赐。成：指成法。③茹：调度。④保介：田官。⑤莫（mù）：通"暮"，莫之春即暮春。⑥新畬（yú）：古时实行轮种，种过的田地间隔一段时间再种。⑦来牟：麦子。⑧庤（zhì）：储备。⑨铚（zhì）：古代一种短小的镰刀。

译文

群臣百官啊，你们勤谨地从事公务。我颁布了农耕的规则，你们要商量研究调度。田官啊，现在正是暮春时节，你再想想还有什么事需要筹划？如何整治新田呢？多茂盛的麦子啊，看来今年要有好收成。伟大的上帝啊，终于赐给我们丰年。我命令我的百姓们，收拾好你们的锹和镰刀，我要去视察收割的情况了。

解析

传说本诗是周成王时代的作品。从诗的行文来看，应是周王的口气。这是周王耕种籍田并告诫农官的诗。诗歌叙述周王告诫农官恪于职守，在暮春时就要早早筹划农事，并且敦促农民准备齐全各种农具，以备春种秋收之用，表明了周王非常关心农业生产。

噫嘻

原文

噫嘻成王，既昭假①尔。率时农夫，播厥②百谷。骏发尔私③，终三十里。亦服尔耕，十千维耦④。

注释

①昭假：明告。②播：播种。厥：其。③私：私田。④耦：两人并肩拉犁耕田。

译文

成王轻声感叹，我已明告先公先王。我将率领众多农夫，播种那百谷杂粮。大家迅捷地在三十里田野上开发自己的私田。在耕作的过程中相互配合，万人耦耕结成五千对。

解析

本诗是周王春天祭祀上天祖先，祈求百谷丰收并告诫农官的乐歌。诗歌叙述了周王在祭祀上天之后，昭告农官率领农夫播种百谷，并鼓励农官大规模开发公田之外的私田。这是西周奴隶社会时，农奴进行大规模集体农业劳动的真实写照。

丰年

原文

丰年多黍多稌①，亦有高廪，万亿及秭②。为酒为醴③，烝畀祖妣④。以洽百礼，降福孔皆。

注释

①稌（tú）：稻谷。②秭：十亿。③醴：古代一种美酒。④烝：进献。畀：给予。祖妣：男女祖先。

译文

在丰收之年，麦子和稻谷车载斗量，并且建有高大的粮仓，数不胜数的粮食被好好储藏。酿成各种美酒，向祖先献上。以此用来配合各种祭祀仪礼，祈求上天降福给普天下的苍生。

解析

这是周王在秋天收获之后祭祀祖先及上天神灵的乐歌。全诗首先表明今年又是一个丰收之年，粮食堆满仓。后来描述了大丰收之后，把一部分谷物酿成美酒，祭祀祖先神灵，以祈求来年更大的福禄。

雝

原文

有来雝雝①，至止肃肃。相维辟公，天子穆穆②。於荐广牡③，相予肆④祀。假哉皇考，绥予孝子。

宣哲维人，文武维后。燕⑤及皇天，克⑥昌厥后。绥⑦我眉寿，介以繁祉⑧，既右烈考⑨，亦右文母。

注释

①雝雝（yōng）：和睦的样子。②穆穆：庄重恭敬的样子。③荐：进献。广牡：祭祀用的大牲口。④肆：陈列。⑤燕：安。⑥克：能。⑦绥：赐。⑧繁祉：多福。⑨烈考：先父。

译文

各诸侯一路行进，和睦虔诚，到达此地恭敬祭享。各国诸侯相助祭祀，天子居中庄重恭敬。一片赞叹声中进献上大牲口，陈列在庙堂来助我祭祀。伟大先父的在天之灵，保佑我能使国家安定。

人臣贤能如众星拱月，君主英明更举世无双。安定朝邦能感动上天，以保佑我子孙后代永远昌盛。请上天赐予我长寿，助我有更多的福祉，既要保佑先父之灵，又要保佑先母之灵。

解析

相传本诗为武王祭祀文王所作，在祭祀结束之后演唱。周王室虽然不能对全国进行牢固有效的控制，但周王毕竟身为天子，"溥天之下，莫非王土；率土之滨，莫非王臣"（《小雅·北山》），诸侯们还是要尽为臣之责；一些礼仪性的政治活动，如祭祀时的助祭，诸侯们都会来参加。

本诗前六句就是描写祭祀时的场面，庄严肃穆，后十句则赞美文王功德，祈求文王在天之灵多多赐福给子孙后代。

有客

原文

有客①有客，亦白其马。有萋有且②，敦③琢其旅。

有客宿宿，有客信信④。言授之絷⑤，以絷其马。

薄言追⑥之，左右绥⑦之。既有淫威⑧，降福孔夷⑨。

注释

①客：指宋微子。微子，名启，商纣王同母庶兄。②有萋有且（jū）：犹"萋萋且且"，形容随从众多。③敦：通"雕"。④宿：住一夜。信：住两夜。⑤絷（zhí）：绊马索。⑥追：饯行送别。⑦绥：安抚。⑧淫威：大的威望。⑨孔：甚。夷：大。

译文

有客人从远方来到我家，骑着白色的骏马。随从人员众多，个个盛服来随驾。

客住一宿又一宿，两夜三夜再住下。授给客人拴马索，劝客拴住他的马。

客人要走我送别，大家一同馈赠他。客人在此受厚待，神灵赐福会更大。

解析

本诗是宋微子朝周，周王设宴饯行所唱的乐歌。

全诗一章，共十二句，可分三小节。一节四句，描写宋微子到达周朝首都的情况；二节四句，描写周王挽留宋微子及其随从；三节四句，叙述周王及大臣为宋微子饯行。全诗言简而意赅，能看出周王礼仪周到。

武

原文

於皇①武王！无竞②维烈。允文③文王！克开厥④后。嗣武受之，胜殷遏刘⑤，耆⑥定尔功。

注释

①皇：伟大。②竞：争，强。③允：确实。文：文德。④厥：其。⑤遏：制止。刘：杀戮。⑥耆（zhǐ）：致，做到。

译文

伟大的周武王啊！他自强而成就霸业。周文王确实有文德啊！他开创了子孙后代的基业。武王继承了文王的事业，他战胜殷商，制止了杀戮，完成辉煌的功业。

解析

此诗为叙述周武王战胜殷商的《大武》乐歌中的一章，诗歌主要赞颂了周文王为周朝的建立奠定了基础。周文王伐崇戡黎，建立丰邑，修德行善，礼贤下士，深得人心。而周武王继承先祖的遗烈，自强不息，最终战胜暴君商纣王，成就了千古功业。

颂·周颂

闵予小子

原文

闵①予小子，遭家不造②，嬛嬛③在疚。於乎皇考，永世克孝。念兹皇祖，陟降④庭止。维予小子，夙夜敬止。於乎皇王，继序⑤思不忘。

注释

①闵：通"悯"，怜悯。②不造：不幸，指遭凶丧。③嬛（qióng）嬛：同"茕茕"，孤独忧伤的样子。④陟降：升降，指任免群臣。⑤序：绪，事业。

译文

可怜我这个年轻人，遭遇丧父真是悲痛，孤独无援忧心忡忡。伟大的先王啊，一生都非常孝顺。念我先祖兴大业，任贤黜佞国运隆。我虽年幼但已即位，夙兴夜寐勤勉于政以求得成功。伟大的先王啊，我将继承并且永远不会忘记先王的遗烈。

解析

相传这是周成王丧父之后，向祖先神灵祷告，表白心迹，祈求保佑的诗，同时也有对臣民的宣导作用。诗歌叙述成王在宗庙中诉说自己遭遇丧父的悲伤心情，追思先祖先王的功德，并以继承先王的遗烈自勉。

敬之

原文

敬①之敬之，天维显②思，命不易哉。无日高高在上，陟降③厥士，日监在兹④。维予小子，不聪⑤敬止。日就月将，学有缉熙⑥于光明。佛时仔肩⑦，示⑧我显德行。

注释

①敬：通"儆"，警戒。②显：昭著。③陟降：任免赏罚。④兹：此。⑤聪：听。⑥缉熙：积累，指掌握知识渐广渐深。⑦佛（bì）：辅佐。时：是。仔肩：责任。⑧示：指示。

译文

必须事事警戒，须知天道昭著，保有天命是不容易的。不要说天道遥远，须知世间任免赏罚群臣均在上天的监视之中。我是没有经验的年轻人，不敢不听从天道。通过日久天长勤奋的学习，日积月累得到知识与经验。希望群臣承担起辅佐我的责任，指引我获得光明的道德品行。

解析

此诗讲述了周王对群臣的告诫和他严格的自律。

诗歌前六句叙述周成王以天道昭著、监临下士与群臣共勉。周成王利用天命告诫群臣，由于他的天子身份，因而很自然地具有居高临下的威势。后六句则叙述年幼的周成王面对年龄较长的群臣，决心虚心学习、努力进取，并希望群臣辅佐自己，成就大业。

小毖

原文

予其惩^①而毖^②后患。莫予荓蜂^③，自求辛螫^④。肇允彼桃虫^⑤，拚^⑥飞维鸟。未堪家多难，予又集于蓼^⑦。

注释

①惩：警惕。②毖：谨慎。③荓（píng）蜂：小草和细蜂。④螫（shì）：毒虫刺人。⑤肇：开始。允：确实。桃虫：一种体形极小的鸟，即鹪鹩。⑥拚：上下翻飞的样子。⑦蓼（liǎo）：草名，生于水边，味辛辣苦涩。

译文

我必须深刻地吸取教训，小心谨慎免除后患。不再轻视小草和细蜂，被刺被蜇之后才知是自寻烦恼。不再听信小到可以忽略的鹪鹩，因为它可能转眼便化为凶恶的大鸟。难以承受国家发生如此多的变故，我似乎又陷入苦涩的草丛中不能自拔。

解析

这是周成王在遭受管、蔡之乱后，于东征淮夷途中所作的提醒自己的诗。他感觉到在管、蔡之乱后自己缺乏得力的辅政大臣，他不得不在年轻并缺乏经验的情况下挂帅亲征，舟车劳顿，为此不免有些忧伤。

本诗的主旨在于惩前毖后。惩前是条件，毖后是目的。诗中毖后的目的虽然没有展示，却已隐藏在之前的描述之中。在诗中我们可以体会到周成王深刻的反省：不能被表象所蒙蔽，不然后果不堪设想。周成王已经慢慢变得成熟，并将保持政治上的清醒，他决心为巩固政权而行天子之令。

载芟

原文

载芟载柞^①，其耕泽泽。千耦^②其耘，徂隰徂畛^③。侯^④主侯伯，侯亚侯旅，侯彊侯以^⑤。有嗿其馌^⑥，思媚其妇，有依其士。有略其耜，俶载南亩，播厥百谷。实函斯活，驿驿其达^⑦。有厌^⑧其杰，厌厌其苗，绵绵其麃^⑨。载获济济，有实其积，万亿及秭。为酒为醴^⑩，烝畀^⑪祖妣，以洽^⑫百礼。有飶^⑬其香，邦家之光。有椒^⑭其馨，胡考^⑮之宁。匪且^⑯有且，匪今斯今，振古^⑰如兹。

注释

①芟（shān）：割除杂草。柞（zé）：砍除树木。②耦：二人并耕；千，概数，言其多。③徂（cú）：往。隰（xí）：低湿地。畛（zhěn）：高坡田。④侯：语助词。⑤彊：同"强"，强壮者。以：帮工。⑥噆（tǎn）：众人饮食的声音。馌（yè）：送给田间耕作者的饭食。⑦达：长出地面。⑧厌：美好。⑨穮（biāo）：谷物的穗。⑩醴（lǐ）：甜酒。⑪烝：进。畀（bì）：给予。⑫洽：合。⑬有飶（bì）：飶飶，飶通"苾"，香气扑鼻。⑭椒：以椒浸制的酒。⑮胡考：长寿，指老人。⑯匪（fēi）：非。且：此。⑰振古：自古。

译文

又除草来又砍树，田头翻地松土壤。农夫合作在耕地，洼地坡田都会去。主人带着长子来，子弟晚辈也都在。有壮汉也有帮工，地头吃饭声音响。妇女温柔又娇柔，小伙子们壮如牛。犁头尖刃真锋利，南面那田已耕种。播撒百谷的种子，颗粒饱满有生机。小芽纷纷长出土，苗儿露头真美丽。禾苗越长越茂盛，谷穗下垂长又长。收获谷物真是多，露天堆满打谷场，成千上万难数尽。酿造清酒与甜酒，进献先祖妣尝，完成百礼供祭飨。祭献食品香喷喷，是我国家有荣光。献祭椒酒香喷喷，祝福老人都长寿。不是现在是这样，不是今年是这样，年年都有这景象。

解析

本诗是周王在秋收之后用所收获的新谷祭祀宗庙时所唱的乐歌。诗歌十分具体地描述了耕耘、收获，以及祭祀求福的事件，再现了当时的社会生活。

全诗共三十一句，不分章，是《周颂》中最长的一篇。此诗叙述有层次、有重点，

层层铺叙，上下衔接。从诗中我们可以非常清晰地了解到西周奴隶制度下的生产方式和生活状态，对我们的历史研究具有一定的作用。

良耜

原文

畟畟良耜①，俶载②南亩。播厥百谷，实函③斯活。或来瞻女④，载筐及筥，其饟⑤伊黍。其笠伊纠，其镈⑥斯赵，以薅荼蓼。荼蓼朽止，黍稷茂止。获之挃挃⑦，积之栗栗。其崇如墉⑧，其比如栉⑨。以开百室，百室盈止，妇子宁止。杀时犉⑩牡，有捄⑪其角。以似⑫以续，续古之人。

注释

①畟（cè）畟：形容锋利的样子。良耜（sì）：质量上乘的犁头。②俶（chù）：开始。载：通"菑"（zī），耕种。③实：百谷的种子。函：含，指种子播下之后孕育发芽。④女：读同"汝"，文中指耕地者。⑤饟：同"饷"，此指所送的食物。⑥镈（bó）：锄头。⑦挃（zhì）挃：形容收割庄稼发出的声响。⑧墉（yōng）：高高的城墙。⑨比：密，指粮仓紧密排列。栉（zhì）：篦子。⑩犉（rún）：黄毛黑唇的牛。⑪捄（qiú）：形容牛角弯曲的样子。⑫似（sì）：通"嗣"，继续。

译文

犁头入土真锋利，先到南面去耕地。百谷种子播进土，粒粒孕育新生机。有人给你送来饭，挑着方筐和圆篓，里面装的是黍米。头戴自制草斗笠，手持锄头来翻地，有草的地得清理。野草腐烂作肥料，庄稼生长真茂密。挥镰收割声齐响，打下谷子高堆起。堆得高高似城墙，排列紧密似篦齿。粮仓一个挨一个，各个粮仓都装满，妇女儿童心欢喜。杀头黑唇大黄牛，弯弯犄角真美丽。不断祭祀我老祖，继承古人的礼仪。

解析

此诗是周王于秋收之后祭祀祖先神灵的乐歌。前一篇《载芟》是《诗经》中农事诗的代表作，而"《良耜》，秋报社稷也"，一前一后相映成趣。

全诗共二十三句。前十二句展示在我们面前的是一幅春耕夏耘的画面。次七句极力铺陈秋天大丰收的盛况，展示的是另一种欢快的画面。最后四句描写周王祭祀神灵，感谢上天，点明了主题。

酌

原文

於铄①王师，遵养时晦②。时纯熙③矣，是用大介④。我龙⑤受之，蹻蹻⑥王之造。载用有嗣⑦，实维⑧尔公允师。

注释

①铄（shuò）：美，光明辉煌。②遵：率，指率兵。养：攻取。晦：暗。③纯：大。熙：光明。④介：助。⑤龙：借为"宠"。光荣，荣幸。⑥蹻（jué）蹻：勇武的样子。⑦有：助词。嗣：继承。⑧实：语助词。维：通"唯"，只有。

译文

武王的军队在不利的形势下韬光养晦以待时机成熟。一旦形势有利，武王便率师出击。我光荣地承受武王开创的功业，朝中武将骁勇聪明。因此后嗣之王，确实应该把武王当作效法的榜样。

解析

本诗是周成王所作《大武》乐歌之一。诗歌歌颂周武王在极其困难的情况下能够顺应时势，不急不躁，瞅准时机，最终成就功业。同时诗歌中写周成王自己很荣幸能够继承这么好的基础，还有朝中得力大臣辅佐。同时他希望后世子孙能够以周武王为榜样。

桓

原文

绥①万邦，屡丰年。天命匪解②，桓桓③武王。保有厥士④，于以⑤四方，克⑥定厥家。於昭于天，皇以间⑦之。

注释

①绥：安定。②匪（fěi）解（xiè）：非懈，不懈怠。③桓桓：威武的样子。④保：拥有。士：指武士。⑤于：于是。以：有。⑥克：能。⑦间（jiàn）：监察。

译文

万国和谐，连年丰收。全靠上天降福禄，威武的武王。拥有英勇的武士，拥有了天下四方，使周王朝安定兴旺。武王的功德昭著于上天，请上天监察我周室家邦。

解析

这首诗是周成王所作的《大武》乐章之一，诗歌歌颂周武王战胜商朝之后，各个诸侯国安定，屡获丰年，美德显著，齐于上天。

诗的前三句以"绥万邦，屡丰年"来证明天命完全支持周朝。在古代社会，获得农业丰收，离不开风调雨顺的自然条件，"屡丰年"即顺了天意。中间四句歌颂英勇的武王和全体将士，并告诉全体诸侯，武王的将士有能力征服天下、保卫周室。最后两句是祷告上苍、让上天来监临自己。

诗经选

鲁 颂

駉

原文

駉駉^①牡马，在坰^②之野。薄言駉者，有骄^③有皇，有骊^④有黄，以车彭彭^⑤。思无疆，思马斯臧^⑥。

駉駉牡马，在坰之野。薄言駉者，有骓^⑦有駓，有骍有骐^⑧，以车伾伾^⑨。思无期，思马斯才。

駉駉牡马，在坰之野。薄言駉者，有驒有骆^⑩，有骝有雒^⑪，以车绎绎^⑫。思无斁，思马斯作^⑬。

駉駉牡马，在坰之野。薄言駉者，有骃有騢^⑭，有驔有鱼^⑮，以车祛祛^⑯。思无邪，思马斯徂^⑰。

271

注释

①駉駉（jiōng）：马匹肥壮的样子。②坰（jiōng）：遥远。③騟（yù）：黑身白胯的马。④骊（lí）：纯黑色的马。⑤彭彭：马匹奔跑发出的声响。⑥臧：好。⑦骓（zhuī）：毛色苍白杂色的马。⑧驿（xīn）：赤色马。骐：青黑色相间的马。⑨伾（pī）伾：有力的样子。⑩驒（tuó）：有鳞状黑斑纹的青色马。骆：黑身白鬃的马。⑪骝（liú）：赤身黑鬃的马。雒（luò）：黑身白鬃的马。⑫绎绎：马奔跑得很快的样子。⑬作：腾跃奋起。⑭骃（yīn）：浅黑间杂白色的马。騢（xiá）：赤白杂色的马。⑮驔（diàn）：黑身黄脊的马。鱼：眼眶有白圈的马。⑯祛祛：强健有力的样子。⑰徂：行，指马擅长行走。

译文

高大健壮的公马，放牧在遥远的原野上。那些马高大健壮，有黑身白胯有白底带黄，有一色纯黑有黄中带赤，驾车蹄声阵阵响。鲁君深谋远虑，养的马儿多强壮。

高大健壮的公马，放牧在遥远的原野上。那些马高大健壮，有苍白杂色有白色间黄，有赤而兼黄有青黑杂色，驾车有力奔向前方。鲁君不厌其烦地思索，养的马儿都很棒。

高大健壮的公马，放牧在遥远的原野上。那些马高大健壮，有青毛鳞斑有黑身白鬃，有赤身黑鬃有黑身白鬃，驾车跑来多迅速。鲁君谋虑无懈怠，养的马儿神气旺。

高大健壮的公马，放牧在遥远的原野上。那些马高大健壮，有浅黑带白有赤白相杂，有黑身黄脊有眼圈纯白，驾车驰骋真强健。鲁君思虑正道不邪曲，养的马儿跑远方。

解析

本诗描写了众多种类的马匹。在古代，马匹是国家重要的战略物资，所以此诗突出反映了鲁国强大的实力，歌颂鲁国君主深谋远虑，注意加强国防建设。

全诗一共有四章，反复叙述鲁国马匹品种、毛色齐全，强壮有力，同时赞美了鲁国国君具有远见卓识。由于古代各个国家国防力量的强弱，很大程度体现在兵车和战马的数量上，因此可以看出，一个国家能够养众多战马实际上就是考虑到了整个国家的长远利益。

有駜

原文

有駜①有駜，駜彼乘黄②。夙夜在公③，在公明明④。振振⑤鹭，鹭于下。鼓咽咽⑥，醉言舞。于胥⑦乐兮！

有駜有駜，駜彼乘牡⑧。夙夜在公，在公饮酒。振振鹭，鹭于飞。鼓咽咽，醉言归。于胥乐兮！

有駜有駜，駜彼乘騜⑨。夙夜在公，在公载燕⑩。自今以始，岁其⑪有。君子有穀⑫，诒⑬孙子。于胥乐兮！

注释

①有駜（bì）：马匹强健的样子。②乘（shèng）黄：四匹黄色的马。古者一车四马曰乘。③公：官府。④明明：通"勉勉"，勤勉尽力的样子。⑤振振：鸟儿抖动翅膀的样子。⑥咽咽：有节奏的鼓声。⑦于：通"吁"，感叹词。胥：相。⑧牡：公马。⑨騜（xuān）：青骊马，又名铁骢。⑩载：则。燕：宴饮。⑪岁：年年。其：将。⑫穀：字面指五谷，兼有福善之意。⑬诒：遗留。

译文

拉车的四匹黄毛马，真高大啊真肥壮。早晚都在官府中，在那办事很繁忙。一群白鹭向上飞，渐收羽翼俯下身。鼓声咚咚响不停，趁着醉意舞翩翩。一起快乐心舒坦！

拉车的四匹公马，真肥壮呀真高大。早晚都在官府中，在那饮酒喜交加。一群白鹭向上飞，渐展翅膀任来回。鼓声咚咚响不停，趁着醉意把家回。乐在一起真快慰！

拉车的四匹铁骢马，肥壮高大令人赞。早晚都在官府中，在那官府设酒宴。从今开始享受太平，年年都有好收成。君子有福又有禄，福泽世代留子孙。乐在一起真高兴！

解析

此诗为鲁君宴饮群臣、祈祷祈福的乐歌。全诗共三章。前两章叙述了鲁国君臣日夜勤勉于公事，在公事之余共同饮酒并且有歌舞表演。最后一章表达希望鲁国今后年年有余，造福子孙后代。诗人不仅希望鲁国国君把收获的粮食传给后代，更希望鲁国福泽绵长。

《史记·鲁周公世家》载："成王乃命鲁得郊，祭文王。"郊祭对于鲁国显示出在诸侯中的崇高地位，故诗人极力赞扬，每章以"于胥乐兮"为结束。

泮水

原文

思乐泮水①，薄②采其芹。鲁侯戾止，言观其旂。其旂茷茷③，鸾声哕哕④。无小无大，从公于迈。

思乐泮水，薄采其藻。鲁侯戾止，其马蹻蹻⑤。其马蹻蹻，其音昭昭⑥。载色载笑，匪怒伊教。

思乐泮水，薄采其茆⑦。鲁侯戾止，在泮饮酒。既饮旨酒⑧，永锡⑨难老。顺彼长道，屈此群丑。

穆穆鲁侯，敬明其德。敬慎威仪，维民之则。允文允武，昭假烈祖。靡有不孝，自求伊祜[10]。

明明[11]鲁侯，克明其德。既作泮宫，淮夷[12]攸服。矫矫虎臣，在泮献馘[13]。淑问如皋陶[14]，在泮献囚。

济济多士，克广德心。桓桓于征，狄彼东南。烝烝皇皇，不吴不扬。不告于讻[15]，在泮献功。

角弓其觩[16]，束矢其搜。戎车孔博，徒御无斁[17]。既克淮夷，孔淑不逆。式固尔犹，淮夷卒获。

翩彼飞鸮，集于泮林。食我桑葚，怀我好音。憬[18]彼淮夷，来献其琛[19]。元龟象齿，大赂[20]南金。

注释

①泮（pàn）水：水名。鲁僖公在泮水岸边筑有离宫。②薄：语助词。③茷（pèi）茷：飘扬的样子。④鸾：通"銮"，车铃。哕（huì）哕：车铃的响声。⑤蹻蹻（jué）：马匹强壮的样子。⑥昭昭：指声音洪亮。⑦茆（mǎo）：即今的莼菜。⑧旨酒：美酒。⑨锡：同"赐"，此句相当于"万寿无疆"。⑩祜（hù）：福。⑪明明：同"勉勉"，勤勉的样子。⑫淮夷：古代分布在淮河流域不受周王室控制的部落。⑬馘（guó）：古代作战割取所杀之敌的左耳以记功。⑭淑：善。皋陶（yáo）：相传尧时负责刑狱的官，造狱立律。⑮讻：凶恶的敌人。⑯角弓：两端镶有兽角的弓。⑰徒：徒步行走，指步兵。御：驾驭马车，指战车上的武士。致（yì）：厌倦。⑱憬（jǐng）：觉悟。⑲琛（chēn）：珍宝。⑳赂：通"璐"，古代玉器。

译文

　　大家游乐泮水滨，来此采摘水中芹。鲁侯大驾要光临，看那旌旗多气派。车上旌旗随风展，鸾铃和鸣声声在。无论大官和小官，跟着鲁公向前行。

　　游乐泮水兴致高，来此采摘水中藻。鲁侯大驾已来到，他的马儿真矫健。他的马儿真健矫，他的声音亮又高。面容和蔼又带笑，不发怒气耐心教。

　　游乐泮水久停留，采摘莼菜忙不休。鲁侯大驾已光临，泮水边上饮美酒。饮完香甜的美酒，祝君长生不老寿。代代相传遵正道，征服敌寇那群丑。

　　举止肃穆的鲁侯，恭敬勤勉德高。注意威仪有礼貌，光辉榜样人人效。真正能文又能武，先祖神灵诚祭告。遵循祖训无不孝，求得上天长庇佑。

　　勤勉努力鲁僖公，能修品德讲法度。已把泮宫兴建成，淮夷人民都归服。武臣矫矫如猛虎，献敌左耳泮水处。善于讯问如皋陶，就在泮宫献俘虏。

　　齐心协力众兵将，鲁侯仁德能发扬。大军出征雄赳赳，东南敌人要扫荡。声势盛大军容壮，没有喧哗无叫嚷。宽待俘虏不穷究，泮宫献功无夸张。

　　角弓弯弯硬又强。百箭发出嗖嗖响。兵车坚固数量多。战士英勇斗志昂。已经战胜那淮夷，甘心顺从不敢闹。坚决执行你谋略，淮夷终于得扫荡。

　　翩翩飞来猫头鹰，落在泮水傍边林。吃了我的桑上果，回报我们好声音。如今淮夷有觉悟，前来贡献多珍品。既有大龟和象牙，还有南方特产金。

解析

　　此诗描述鲁僖公在泮宫饮酒作乐，群臣颂扬鲁僖公文武兼备，终致淮夷恭顺归降。

　　前三章叙述鲁僖公前往泮水的过程。第一章通过写旗帜飘扬、銮声起伏、随从者众多，烘托出因鲁侯出现而产生的一种热闹的气氛和威严的声势。第二章直接写鲁侯来临的情况，突出君主的特别身份。第三章歌颂鲁侯的功德，并祝福他万寿无疆。第四、五两章赞美鲁侯的德行。第六、七两章写征伐淮夷的鲁国军队纪律严明，装备精良，士无骄悍。最后一章写淮夷归顺，贡献珍宝。鲁国积弱，但这次却能累次出师，逐鹿中原，所以鲁人寄希望于鲁僖公，纵情歌唱。

閟宫

原文

閟宫有侐①，实实枚枚。赫赫姜嫄，其德不回。上帝是依②，无灾无害，弥月不迟，是生后稷③。降之百福，黍稷重穋④，稙稚⑤菽麦。奄有下国，俾民稼穑⑥。有稷有黍，有稻有秬⑦。奄有下土，缵⑧禹之绪。

后稷之孙，实为大王。居岐之阳，实始翦商。至于文武，缵大王之绪。致天之届⑨，于牧之野。无贰无虞⑩，上帝临女。敦商之旅，克咸⑪厥功。王曰叔父，建尔元子，俾侯于鲁。大启尔宇，为周室辅。

乃命鲁公，俾侯于东。锡之山川，土田附庸。周公之孙，庄公之子。龙旂承祀，六辔⑫耳耳。春秋匪解，享祀不忒。皇皇后帝！皇祖后稷！享以骍⑬牲，是飨是宜，降福孔多。周公皇祖，亦其福女。

秋而载尝，夏而楅衡⑭。白牡骍刚，牺尊将将。毛炰胾羹⑮，笾⑯豆大房。万舞洋洋，孝孙有庆。俾尔炽而昌，俾尔寿而臧。保彼东方，鲁邦是尝。不亏不崩，不震不腾。三寿作朋，如冈如陵。

公车千乘，朱英绿縢⑰，二矛重弓⑱，公徒三万，贝胄朱綅⑲，烝徒增增。戎狄是膺，荆舒是惩，则莫我敢承！俾尔昌而炽，俾尔寿而富。黄发台背，寿胥与试。俾尔昌而大，俾尔耆而艾⑳。万有千岁，眉寿无有害。

泰山岩岩，鲁邦所詹。奄有龟蒙，遂荒大东。至于海邦，淮夷来同。莫不率从，鲁侯之功。

保有凫绎，遂荒徐宅。至于海邦，淮夷蛮貊，及彼南夷，莫不率从。莫敢不诺，鲁侯是若。

天锡公纯嘏㉑，眉寿保鲁。居常与许，复周公之宇。鲁侯燕喜，令妻寿母。宜大夫庶士，邦国是有。既多受祉，黄发儿齿。

徂徕之松，新甫之柏，是断是度，是寻是尺。松桷有舃㉒，路寝孔硕，新庙奕奕。奚斯所作，孔曼且硕，万民是若。

注释

①閟（bì）：通"秘"，神。仳（xù）：清静的样子。②依：眷顾。③后稷：周之始祖，名弃；"稷"为农官之名，弃曾为尧农官，故曰"后稷"。④重穋（lù）：两种谷物，通"穜稑"，晚熟的谷物曰"穜"，早熟的谷物曰"稑"。⑤稙（zhí）稚（zhì）：两种谷物，早种者曰"稙"，晚种者曰"稚"。⑥稼穑："稼"为播种，"穑"为收获，指从事农业生产。⑦秬（jù）：黑黍。⑧缵（zuǎn）：继承。⑨届：严厉的惩罚。⑩贰：二心。虞：欺骗。⑪咸：完成。⑫辔：御马的嚼子和缰绳。古代四马驾车，辕内两马共用两条缰绳，辕外两马各用两条缰绳，故曰"六辔"。⑬骍（xīn）：赤色。⑭楅（bī）衡（hēng）：控制牛的用具。⑮毛炰（páo）：带毛涂泥燔烧，此是烧小猪。臡（zì）羹：肉片汤。⑯笾（biān）：竹制的献祭容器。⑰朱英：装饰在矛上的红缨。绿縢：装饰在弓带上的绿绳。縢（téng）：绳。⑱二矛：古代每辆兵车上有两支矛，一长一短，用于不同距离的交锋。重弓：古代每辆兵车上有两张弓，一张常用，一张备用。⑲贝：贝壳，用于装饰头盔。胄：头盔。綅（qīn）：线，用于编缀固定贝壳。⑳耆、艾：皆指长寿。㉑纯嘏（gǔ）：《郑笺》："纯，大也。受福曰嘏。"嘏（gǔ）：福。㉒桷（jué）：方形的椽。有舄（xì）：粗大的样貌。

译文

宫庙深闭真是静寂，殿高屋大人迹疏稀。光明伟大圣母姜嫄，品德端正没有邪僻。上帝给她眷顾依恋，没有伤害没有灾变，怀胎十月没有延迟，生下儿子就是后稷。上帝赐予许多福气，降下穈子、谷子和種穄，还有豆麦和各种谷米。荫庇普天之下邦国，教授人民学习农艺。既有高粱又有黍子，种下遍地水稻黑秬。拥有天下这片土地，将那大禹事业承继。

后稷那位后代嫡孙，正是我们先君太王。他迁居岐山向阳地，从此开始翦灭殷商。发展到文王和武王，来将太王传统发扬。接受天命进行征伐，城郊牧野展开决战。切勿分心不要犯错，上帝监督保你吉祥。制服敌方殷商军队，能够完成大功一项。成王开口叫您叔父，诸子之中择立其长，封于鲁地快快前往。要去努力扩土开疆，作为周室藩辅屏障。

因此命其号为鲁公，封为诸侯王畿之东。赐他大片山川田地，并把小国作为附庸。他是周公后代嫡孙，也是庄公之子僖公。载着龙旗前去祭祀，六缰柔软手中挥舞。春秋两祭都不懈怠，献享祀祖一心庄重。上帝在天辉煌英明！始祖后稷伟大光荣！神位前供赤色全牛，敬请前来吃喝享用，降下吉祥幸福重重。这位伟大先祖周公，让你享福大有神通。

秋天祭祀命名为尝，夏天给牛设置栏杠。雄牛色白小牛色红，献祭酒尊碰击锵锵。烧烤小猪熬煮肉汤，盛入笾豆装满大房。众多的人来跳舞，孝孙定会吉庆祯祥。让你炽盛而又兴旺，让你长寿无灾无恙。保卫王朝东方国土，鲁国实为诸侯之长。山不缺损也不崩溃，水不震激也不动荡。有上中下三寿比邻，犹如魏峨峰峦山冈。

鲁公战车有一千乘，矛饰红缨弓扎绿绳，两矛两弓以备交锋。鲁公步兵有三万人，头盔镶贝红线缀缝，众多军队声势旺。戎族狄族我将痛击，楚国徐国我将严惩，没人胆敢与我抗衡！让你兴旺而又炽盛，让你长寿富贵同在。白发变黄背有鱼纹，寿命都能长如泰山。让你健康而又强壮，让你高寿年至耆艾。过了万岁再加千岁，活到高寿不受损害。

泰山真是高大巍峨，鲁国视为境内天险。拥有两山龟山蒙山，疆土直达东方极地。延伸已接海畔附庸，淮夷都来盟会谒见。他们无不相率服从，这是鲁侯所建功业。

据有两山那凫那绎，抚定徐戎旧居之地。延伸直到海边小国，要将淮夷蛮貊治理，那些南方蛮夷之族，他们无不听命服气。没人敢不唯唯诺诺，顺从鲁侯岂敢叛逆。

上天赐予鲁公福气，长命百岁永保鲁域。常许二地又有居处，恢复周公原有疆域。鲁侯设宴让人欢喜，既有贤妻又有老母。协调众士与卿大夫，国家遂能保有其土。已经获得许多福祉，白发变黄乳齿再出。

徂徕山上青松郁郁，新甫山上翠柏葱葱，将它截断将它砍斫，丈量尺寸留下待用。松木方椽又直又大，寝殿宽敞气势恢宏，新修宗庙真是漂亮。大夫奚斯成诗一首，篇幅漫长蕴涵甚多，万民满意齐声赞扬。

解析

这是鲁人在新庙落成之际所作的追述祖先功德、赞美鲁僖公政绩的乐歌，表达诗人希望鲁国恢复其在周初时尊长地位的强烈愿望。此诗长达一百二十句，是《诗经》中篇幅最长的诗。

閟宫也就是诗中提到的"新庙"，是供奉鲁国列祖列宗的地方，也是国家的重要场

所。诗一、二、三章叙述了周的产生、发展、壮大，以及鲁国的建立。从第四章开始颂扬鲁僖公政绩，他使国家稳固，兵强马壮，各国都来归顺朝奉。到第八章颂扬鲁僖公能恢复周公创立的基业，将永保江山社稷。最后叙述新庙的建造情况，赞扬此举顺应民心。

诗人在诗中表达出了周公后裔们对于鲁僖公恢复旧物所产生的共鸣，是对于再现过去辉煌的向往，这是一个衰落宗族特定时期的真实感情。作为鲁国诗人，作者抒发了这种情感，它既是充沛的又是复杂的，只有鸿篇巨制才能容纳得下，只有细致的描写和深透的论说才能尽情倾吐。

颂·鲁颂

商 颂

烈祖

嗟嗟烈祖①！有秩②斯祜。

申锡无疆，及尔斯所③。

既载清酤④，赉⑤我思成。

亦有和羹，既戒⑥既平。

鬷假⑦无言，时靡有争。

绥我眉寿，黄耇⑧无疆。

约軝错衡⑨，八鸾鸧鸧⑩。

以假以享，我受命溥将⑪。

自天降康，丰年穰穰。

来假来飨，降福无疆。

顾予烝尝⑫，汤孙之将⑬。

注释

①烈祖：功业显赫的祖先，此指商朝开国的君王成汤。②有秩：盛大的样子。③斯所：此处，指宋国。④清酤：清酒。⑤赉（lài）：赐。⑥戒：齐备。⑦鬷（zōng）假：集合大众祈祷。⑧黄耇

（gǒu）：义同"眉寿"，长寿。⑨约軧（qí）错衡：用皮革缠绕车毂两端并涂上红色，车辕前端的横木用金涂装饰。错，金涂。⑩鸧鸧（qiāng）：同"锵锵"，象声词。⑪溥（pǔ）：大。⑫烝尝：冬祭叫"烝"，秋祭叫"尝"。⑬将：奉祀。

译文

赞叹伟大我先祖！大吉大利有洪福。
永无休止赏赐多，至今恩泽仍丰足。
祭祖清酒杯中倒，佑我事业能成功。
再把肉羹调制好，五味平和最适中。
众人祷告不出声，没有争执很庄重。
赐我平安得长寿，长寿无终保安康。
车衡车轴金革镶，銮铃八个鸣铿锵。
来到宗庙祭祖上，我受天命自浩荡。
平安康宁从天降，丰收之年满囷粮。
先祖之灵请尚飨，赐我大福绵绵长。
秋冬两祭都登场，成汤子孙永祭享。

解析

此诗是周代宋国统治者祭祀成汤的乐歌。诗歌首四句叙述先祖赐福很多；次十二句描写宋君前往宗庙祭祀时车马整饬，祭品丰盛；末四句描写主祭的宋君祈求神灵降临，赏赐给宋国丰年俸禄。这首诗的功利目的非常明显，即通过祭祀烈祖，祈求"绥我眉寿""降福无疆"。由此看来，这是一首典型的庙堂乐歌。

玄鸟

原文

天命玄鸟①，降而生商，宅殷土芒芒。古帝命武汤，正域彼四方。

方命厥后②，奄有九有③。商之先后，受命不殆，在武丁孙子。武丁孙子，武王靡不胜。

龙旂④十乘，大糦⑤是承。邦畿千里，维民所止⑥，肇域⑦彼四海。

四海来假⑧，来假祁祁。景员维河。殷受命咸宜⑨，百禄是何⑩。

注释

①玄鸟：黑色燕子。传说有娀氏之女简狄吞燕卵而怀孕生契，契建商。②后：四方诸侯国的君主。③九有：九州。传说禹划天下为九州。《尔雅·释地》："两河间曰冀州，河南曰豫州，河西曰雍州，汉南曰荆州，江南曰扬州，济南曰兖州，济东曰徐州，燕曰幽州，齐曰营州。"④龙旂（qí）：古时一种旗帜，画有蛟龙。⑤糦：同"饎"，酒食。⑥止：居住。⑦肇：通"兆"，兆域：疆域。⑧来假（gé）：前来朝贡。⑨咸宜：都认为适宜。⑩何（hè）：通"荷"，承受。

译文

天帝命令那玄鸟，降人间生契建商，住在殷地广且宽。当时天神命成汤，征伐天下安四边。

昭告部落各首领，商占遍九州土地。商朝先王后继前，承受天命不怠慢，孙子武丁最贤能。武丁是个好后代，成汤的遗业他承担。

龙旗大车有十乘，贡献粮食常载满。千里国土真辽阔，百姓居处得平安，疆域到达四海边。

四海小国来朝拜，他们个个都争先。景山外围大河流。殷受天命人称善，百样福禄都占全。

解析

本诗是殷后裔祭祀并颂扬先祖的颂歌。诗歌叙述了殷商始祖契的降生，成汤受命建国，以及武丁嗣其祖德的事迹。

本诗成功地应用了对比、顶真、叠字等修辞手法，结构严谨，脉络清晰，其成熟度令人惊奇。开始写神圣的始祖诞生和商汤立国，以此来衬托武丁中兴的大业，以先王的不朽功业与武丁之中兴事业相比较，更加显出武丁中兴事业之伟大。

殷武

原文

挞^①彼殷武^②，奋伐荆楚^③。深入其阻，裒^④荆之旅。有截其所，汤孙之绪。

维女^⑤荆楚，居国南乡。昔有成汤，自彼氐羌，莫敢不来享，莫敢不来王。曰商是常。

天命多辟^⑥，设都于禹之绩。岁事来辟，勿予祸适，稼穑匪解。

天命降监，下民有严^⑦。不僭不滥，不敢怠遑。命于下国，封建厥福。

商邑翼翼，四方之极^⑧。赫赫厥声，濯濯厥灵。寿考且宁，以保我后生。

陟彼景山，松伯丸丸^⑨。是断是迁，方斫是虔。松桷有梴^⑩，旅楹有闲^⑪，寝^⑫成孔安。

注释

①挞（tà）：勇武的样子。②殷武：即殷高宗武丁，殷朝的一位中兴之主。③荆楚：楚国。④裒（póu）：通"俘"，俘获。⑤女（rǔ）：同"汝"，你。⑥多辟（bì）：众诸侯。⑦严（yǎn）：同"俨"，敬谨。⑧极：法则。⑨丸丸：形容树干挺直的样子。⑩桷（jué）：方形的椽子。梴（chān）：修长的样子。⑪有闲：犹"闲闲"，大的样子。⑫寝：指为殷高宗所建的寝庙。古时的寝庙分两部分，后面停放牌位和先人遗物的地方叫"寝"，前面祭祀的地方叫"庙"。

译文

殷王武丁神勇英武，是他兴师讨伐荆楚。王师深入敌方险阻，众多楚兵全被俘虏。扫荡荆楚统治领土，成汤子孙功业建树。

你这偏僻之地荆楚，长久居住中国南方。从前成汤建立殷商，那些远方民族氐羌，没人胆敢不来献享，没人胆敢不来朝王。殷王实为天下之长。

上帝命令诸侯注意，建都大禹治水之地。每年按时来朝来祭，不受责备不受鄙夷，好好去把农业管理。

上帝命令殷王监视，下方人民恭谨从事。赏不越级罚不滥施，人人不敢怠慢度日。君王命令下达诸侯，四方封国有福享受。

殷商都城富丽堂皇，它是天下四方榜样。武丁有着赫赫声名，他的威灵光辉鲜明。既享长寿又得康宁，是他保佑我们后人。

登上那座景山山巅，松树柏树挺拔参天。把它砍断把它远搬，削枝刨皮加工完善。长长松木制成方椽，楹柱排列粗壮溜圆，寝庙落成神灵安恬。

解析

这首诗歌各章都有其描写的侧重点。第一章写武丁伐楚之功。特别指出他能有此作为，是因为他是商汤的后世子孙。第二章写武丁对荆楚的训诫。第三章是写四方诸侯来朝。第四章进一步表达出武丁是受"天命"的中兴之主，商民要安分守己，遵守商朝的政令。第五章写商中兴时期的盛况。末章描写修建高宗寝庙的情景，用景山、松柏来象征武丁的中兴盛世。

诗经选